男子禁制ゲーム世界で俺がやるべき唯一のこと5

百合の間に挟まる男として転生してしまいました

端桜 了

MF文庫J

口絵・本文イラスト●hai

赤色の警告灯《パトランプ》が過《よぎ》る。

昼過ぎから降り出していた雨は、夜半の歓楽街に水たまりを作り、明滅する警告灯が濃い赤と薄い赤を水面に投影する。

「…………」

へこんだＳＵＶのトランクに身体《からだ》を預け、ひとりの魔法士が死にかけていた。

劉悠然《リウヨウラン》――最年少の祖の魔法士として一世を風靡《ふうび》し、数多《あまた》の企業の広告塔として象徴《アイコン》となっていた彼女はぼんやりと空を眺める。

雲がかかった空には星ひとつ見えない。何年かぶりに見上げた夜空を眺めるうち、何十年かぶりに子供時代を思い出した。

――お前の宿星は、西方七宿・白虎の昴宿《ぼうしゆく》

子供たちの間で『老変婆《ラオビエンポー》』と恐れられていた老婆の占い師は言った。

――人間は三つの運命に支配されている。変えることの出来ぬ天命、逸《そ》れることは出来ても尽頭《おわり》は決まっている地命、そしてその人間の『星』が道を定める人命

山奥の打ち捨てられた窰洞《ヤオトン》に、たった独りで潜んでいた老婆は笑った。

――星とは導であり、その人間の心を映す鏡。天命は変わらず、地命の大筋は変わらぬ。ならば、お前はお前自身の心で人命を決めねばならぬ

自分は蠱毒《グードウ》を扱ったことで仙娘《シエンニャン》になり損なった蠱婆《グーポー》だと名乗り、老変婆《ラオピエンポー》よりなお悪いと、彼女は迷い込んだ幼い劉《リウ》を脅した。

――お前は、三度奪われる。天命により力を、地命により縁を、そして人命により

大半が抜け落ちた前歯を晒《さら》し、空気が抜ける音を発しながら蠱婆は言った。

――『』を

思い出せない言葉を発し、醜い老婆はカラカラと笑った。

――劉よ。劉悠然《ヨウラン》よ。死の縁で、この醜い老婆の言葉を思い出すが良い。いずれ、お前の道《タオ》は示される。星を見よ。星を見るのだ、幼き虎よ。お前が人虎となるか騶虞《すうぐ》となるかはお前の心が決める。いずれ、お前は霧に道を塞がれる。人の身を捨てた四凶が、お前の人命を食い破るであろう。その刻《とき》、お前は星を見る

怯《おび》えながら、山を駆け下りた劉の頭に蠱婆の声が響いていた。

――その星は、手の中にある

声は言った。

――だが、それは、お前の手の中にはない

恐ろしさのあまり、布団をかぶってもその声が消えることはなかった。

──劉よ、忘れるな。お前が誤った時、その星はお前から離れていくだろう。ずっとずっと遠くへ、天の彼方《かなた》へと消えていき、お前が為《な》すべき使命は他者に委ねられる

薄ぼんやりと、警告は濁って消えてゆく。

──そして、お前は人命により『』を奪われる

追憶の場面が変わり、デコボコとした浅黒い肌を持つ母の手のぬくもりが過《よぎ》った。

──北辰《ほくしん》位高くして百官星の如《ごと》くに列《つら》なる

中国湖南地方の寒村で生まれ育った母は、仕事を求めて都市部に赴き低賃金の仕事にありついて一人娘の劉を育ててくれた。

週末の深夜に戻ってくる母は、劉が眠れない時、外に連れ出して星を見せてくれた。

──皆、この天の下でひとつの星を見上げている。あの北極星を大勢の人が寄る辺にしている。あの星のように、立派な志を持つ人はたくさんの人たちに慕われることでしょう

優しい母は、微笑《ほほえ》みながら言った。

──小然《シャオラン》、敬愛される人間になりなさい

今、思えば、母はあの老婆と同じように教戒を与えていたのだ。

──正しい道を進む人間に、皆を導き照らす北極星になりなさい

母はそう言って、こっそりと劉に玻璃球《リオウリーチヨウ》を見せてくれた。

──もし、小然が皆に慕われる立派な人間になったらこの星をあげる

星の輝きを灯《とも》したその玻璃球《リオウリーチヨウ》は、幼い劉《リウ》には本物の星のように見えた。

あれはきっと、同年代の子どもたちどころか、歴戦の魔法士たちすらも上回る魔力を持って生まれた『天の才』を持つ我が子に授けた教訓だった。

結果として、劉は力に溺れて——蠱婆《グーポー》の言う通り、力を奪われた。

言い訳は、幾らでも浮かんできた。十《とお》にもならないうちに母が死に、天涯孤独の身となった劉は、生まれ持った才で生きていく他なかった。制してくれる大人もいないまま成功を重ね、大金を手にし、天才と呼ばわれ媚《こ》びへつらわれれば誰でもそうなる。

数百万かけて特注させたチェスターコートが真っ赤に染まり、魔法士としての才をすべて失った劉は天命を待ち受ける。

無駄だった。私が必死で喰《く》らいついてきた、この世界に生きる意味などなかった。傲慢で金にあかせて人心を踏みにじった私を誰が慕うというんだ。今まで、私に付き従い媚びへつらってきたヤツらは、全員、私ではなく金と力を欲しがっていただけだ。そのどちらも失《な》くせば、劉悠然《ヨウラン》は、牙も皮もない無価値な張り子の虎に過ぎない。

警告灯の色に染まったブランド品の数々を見下ろし、毎日のように買《か》い漁《あさ》った金品《ガラクタ》を纏《まと》った劉は虚《むな》しさのあまり苦笑していた。

なぜ、こんなものを欲しがったのだろう。寒村で生まれ育った田舎者だと馬鹿にされるのが嫌で、自分が特別な存在であると周囲に思わせたかった。私は、ただ、欲しかったんだ。この手に星を。母がくれると言っていた、あの玻璃球を……この手に。

いつの間にか視界がぼやけていて、劉は自分が泣いていることに気づいた。

アレだけ他者を切り捨ててきた冷酷な自分に、涙を流すなんて機能が備わっているとは夢にも思わなかった。

死ぬ。死ぬんだ、私は。たった独り、誰にも看取《みと》られずに死ぬ。欲しかったものは、なにひとつ得られなかった。奪って、奪われるだけの人生だった。あの村に戻りたい。あの村に。愛してくれる母がいてくれた、小さくてなにもなかったあの村に。

涙を流しながら、劉はなにも掴《つか》めなかった自分の手を眺める。

「私が歩んできた道は偽物だった……正しい道なんかじゃなかった……私は……立派な人間になって……皆に慕われて……そして……星を……」

「なら、そうすれば良《い》い」

声――顔を上げて――光。

眩《まぶ》しさで顔を背けると、眼《め》の前にいた少女は驟雨《しゅうう》の中で懐中電灯を切った。

「劉悠然。貴女《あなた》は、こんなところで潰《つい》えて良い命なんかじゃない。事情はすべて母から聞きました。人間の価値は能力で決まらない。貴女を見捨てれば、私は、妹《ミユール》を無価値だと断定することとなる。それは、私の正義が許さない」

レインコートを着て車椅子に乗った少女は、背後に従者を待たせたまま、キコキコと音を立てて劉《リウ》の前までやって来る。

「劉悠然《ヨウラン》、私が星をあげる」

そして、手を差し伸べた。

「貴女《あなた》が立派な人間になって正しい道を歩めるように、この私、シリア・エッセ・アイズベルトが星となり導となってその道を照らしてあげる。だから――」

呆然《ぼうぜん》とする彼女へと、少女は笑顔で言い切った。

「貴女の道は、偽物なんかにならない」

劉は、ゆっくりと手を伸ばし、その手を――。

＊

俺が眠っている間に、すべてが終わっていた。

眠りこけていた俺からすれば、意味わからんこと山の如《ごと》しだったが、烙禮《らくらい》のフェアレディは消え去ったらしい。きっと、我らが月檻桜《つきおりさくら》さんが倒してくれたんだろう。

九鬼正宗《くきまさむね》を魔人に投擲《とうてき》し『預かっとけ』とかホザいてたのに、ぐーすか眠ってたとかダサいっすね（笑）。格好《かっこ》つけてた癖に、なにもしてないんですが（笑）。ダッセ（笑）。睡眠時無呼吸症候群で死ね（笑）。

熟睡してたアホはさておき、主人公《月檻桜》が大活躍してくれたのは実に喜ばしい。

主人公様の神輿《みこし》をワッショイして、すべての障害が取り除かれた後、学園から叩《たた》き出されて路頭に迷うのが俺の夢だからな。

夢の架け橋が地獄へと繋《つな》がっていることを期待していたが、ヒロインズの好感度はストップ安を迎えてはいなかった。ラピスもミュールも人の病室を女子会会場だと思いこんでいる節があるし、緋墨《ひずみ》には『心配になるから、見守りカメラ付けたい』と言われるし、委員長には『半死人に、女体誘引効果があるとは知りませんでした』と呆《あき》れられた。

でも、俺には姉妹百合《ゆり》があるんで。あの、すんません、ノーダメっす（笑）。

次々と見舞いに来るガールズを笑顔で捌《さば》きながら、俺は退院日を心待ちにしていた。

フェアレディが復活する直前、ミュールはあの教会で俺へと誓った。『後日、もう一度私と会ってください。本物の姉妹百合というものをお見せしますよ』……一言一句違《たが》えることはない。彼女は、確かにこう言っていた。

ええ子や！　この子、めっちゃ、ええ子や！　俺、生きてて良かったよ。生の姉妹百合とか、絶滅危惧ＩＡ類に相当するからね。『cit○us』の世界かよ（厳密には、義理姉妹ではないので違う）。

姉妹百合の見学を心待ちにしながら、入院中の俺は、百合ゲーとリハビリに励んだ。

他人《ひと》様が汗水たらしている姿を眺めながら、アルスハリヤはニヤニヤと笑っており『なんで、笑ってんの？』と問いかけたら『愉《たの》しいから』と答えてくれた。

あ〜、なるほどぉ〜？　死ね〜？

顔馴染《かおなじ》みの先生に説教されているうちに、あっという間に退院日になる。

烏兎匆匆《うとそうそう》、光陰矢の如《ごと》し、納期を確認したら昨日だった……時の流れの速さを表した故事成語の如く、俺は、気がつけばミュールとの約束をした日を迎えていた。

「退院したかと思えば、今度はデートですか」

机に肘をついているスノウは、せんべいを齧《かじ》りながらそっぽを向く。

「は？　デート？　お前、昭和初期から脳内辞書の更新してねぇの？　俺はデートの当事者ではなく、おはようからおやすみまで百合《ゆり》を見守るSP《セキュリティ・ポリス》なんだが？　国から認可を受けてる気分だが？」

「はいはい、承知つかまつりつかまつり〜。すげーすげー、ハレムの王は本日もお日柄よく、側女《そばめ》メイドにデート服を選ばせるということですか。すげーすげー。下僕《しもべ》のメイドはアパレルショップスタッフ扱いで、お嬢様とのシャレオツ・ランデヴー前の余興扱いですか。はいはい、すげーすげー、ぱねぇぱねぇ」

俺は、スノウが買ってきた『たくあん』と書かれたクソダサTシャツを引っ張る。

「しかしながら、スノウさん。側女業界のアパレルショップスタッフが、日干しされた大根で主人をブランディングするものだろうか。なんで、人のことたくあんの宣伝ヒューマンに仕立て上げてんだ」

クローゼットを開いた俺は、クソダサTシャツコレクションを見せつける。

「ほおら、見てご覧なさい、なにこのクソダサの群れ。びっくりだよ。なんなの、ダサいTシャツはダサいTシャツを呼び込むの。仲間呼ぶタイプのザコ敵じゃん。春夏秋冬、半袖クソダサTシャツで賄えちゃう俺の気持ちにもなってよ。四季が台無しじゃん。たったの五百円で、日本の趣を破壊するなよ」

「……………あぁ？」

「すんません、よく見たら、めっちゃ格好《かっこ》良かったっす。バリバリ、かっけーす。スノウさんのゴリ押しコーディネートは他の追随を許さず、おしゃれ魔女サーチａｎｄデストロイっす。うっす、あざっす」

気圧《けお》された俺はべた褒めしてから、クソだせぇ布切れをクローゼットに封印する。

「言っておきますが、私は、貴方《あなた》のためを思ってやってるんですからね」

「出た出た。出ましたよ、パワハラの常套句《じょうとうく》が。よっ、日本社会の擬人化！　お前のためだと称しながら、新入生や新入社員を『気合』の二文字で破壊していけ～？」

「もし、貴方が着飾ったら」

白い髪を揺らしながら、スノウは、びしりと俺を指した。

「好感度上昇は、留《とど》まることを知らず！　天井知らず！　井の中の蛙《かわず》大海を知らず！　あっという間に、美少女たちに囲まれて観覧料が設定されますよ！　かしこ！」

「こやつめ！　ハハハ。なにを有り得んことを宣《のたま》うか。この世は、男、禁制ぞ？　『かしこ』の使い方を間違えているようなアホの忠言など聞く耳もた──ちょっと痛い！」

敷いた座布団に乗って、正座で滑ってきたスノウに胸を叩《たた》かれる。

「あいも変わらず、三人称視点で己を省みない間抜けボーイですね。おわかりですか、ご主人様。極上めちゃカワ智将《ちしよう》、忠誠度100がデフォの忠臣、ダバダバに思いやり溢《あふ》れる美少女、このスノウが心から諫言《かんげん》いたしますが……格好《かっこ》つけるな！」

「お前、さっき、ちょっと手首ぐねっただろ。見せてみ。大丈夫か」

「どぅあーっ！」

俺が手首を取ると、赤くなったスノウは腕を振り回した。

「だ・か・ら、そういうのでしょうがッ！」

「え……ＶＴＲ、巻き戻せる……？」

「残念ながら、コレは、心霊番組ではないので『おわかり頂けただろうか……？』の機会《チャンス》はありません。人生、一発勝負、やり直しの利かない真剣《マヂ》の重なり合い、ご主人様にはその意識が足りていませんね。ばーか。あーほ。たーこ。無意識に、紳士ぶって格好つけるのをやめろって言ってるんですよ。自然《ナチユラル》に女性《ひと》の手を取ったりしたら、奈落のロマンスに沼ってフォーリンラブっちゃうでしょ」

「でも、スノウは、俺の大事なメイドだから大切にしたい」

「貫け、オラァッ！」

鳩尾《みぞおち》にパンチがめり込み、思わず俺は「うっ」と唸《うな》る。

「すいません、背中から拳がズボッと出てくる感じで殺すつもりでした。つい、正義の右拳が唸っちゃって。私、こう見えても、暴力／正義タイプなので」

「そのタイプ、相反してない？　対消滅してよ」

「ともかく、もう少し、お気をつけ遊ばせください。レイ様に手を出したら、脳天唐竹割りフィニッシャーですよ。コンクリ詰めにしてから、お歳暮ギフトとして出荷します」

「コンクリ詰めにされた俺で、どこの誰に日頃の感謝を伝えるつもりだ。お前が所属してるメキシカン・マフィアでコンクリ梱包《こんぽう》が流行《はや》ってんのか」

「せいっ、せいっ、せいっ」

「うっ、うっ！」

正拳で俺の腹を突き、颯爽《さっそう》とスノウは立ち上がる。

「此度《こたび》の説教は、コレにて完遂。毎晩、『ご指導ご鞭撻《べんたつ》ありがとうございました』と天に唱えなさい。今後も、我がクソダサセレクションに従って、デートを台無しにするように」

「よくわからねぇが、そうすれば百合《ゆり》を護《まも》れるんだな！　ひゅーっ！　さすが、スノウさんだぜぇ！」

「いぇーい」

無表情でダブルピースし、スノウは家事に戻ろうとする。

見慣れた後ろ姿を見て、ふと、思いついた俺は声をかける。

「お前、何時《いっ》もメイド服だけど、自分で着る服は買ってきても良《い》いんだからな？　バイナウよ？　絶妙な主従関係の俺たちの間で遠慮とかは不要なんだから、たまには主人の目が潤うようなカワイイ私服姿でも見せてくれよ」

ぴたりと、メイドの動きが止まる。

自分の右腕を押さえたスノウは、ちらりと横目でこちらを見つめた。

「……だから、そういうのだって言ってんでしょうが」

「はぁ？　いやいや、俺とお前の仲じゃん。特別な間柄だからこそ通じるツーカー、軽口の類《たぐい》なのに、本気で受け止めちゃう貴女《あなた》の側に問題があるのでは？」

ふわりとスカートを翻し、振り返ったスノウはにっこり笑って中指を立てる。

「お死にあそばせ～！」

「すげぇ、うちのメイド、バリバリのメキシカンスタイルだぜ！」

メイドとのデイリーコミュニケーションをこなした後、スノウクソダサセレクション（オールシーズン）を身に着けた俺は、百合《ゆり》姉妹見学会の会場へと向かった。

貴重な時間を費やし、待ち合わせ場所の駅前で立ち尽くす。

『たくあん』のTシャツを着こなし、ぼーっと立ち尽くすタイプ不審者《ワイルド》は、行き交う人々にヒソヒソと噂話《うわさばなし》をされているようだった。

こんな堂々と、駅の構内で漬物の広告塔が立ち尽くしてればそうなるわな。

駅内に設置されている銀の鈴のオブジェの前で、画面《ウインドウ》を開いて、SNS上で『#創作恋愛』で検索をかけて暇を潰す。

視界の中央を埋めていた画面の向こう側。ピンク色のブラウスと、アコーディオンプリーツのスカートを着たミュールがやって来る。

「こ、今回は、遅れなかったな。時間を守れるヤツは、こ、好ましく思ってやってもいい」

ミュールは髪型を変えていて、編み込んでいた前髪を下ろし、毛先を少しカールさせていた。

上目遣いで俺を捉えながら、彼女はぐしぐしと前髪を撫《な》で付ける。

白金髪《プラチナブロンド》の隙間から、小さな彼女は俺を見上げた。

「来てくれて……ありがと……」

らしくもなく、緊張しているミュールを見下ろして微笑《ほほえ》みかける。

「なーに、似合わない礼節なんて口にしちゃってんすか。我らが黄の寮《フラーウム》の寮長は、他人様《ひと》の御威光で威張り散らしてなんぼでしょうが。魅惑のミニマムボディで、傲岸不遜の象徴《シンボル》背負っちゃってくださいよぉ」

「ま、まぁ〜な〜？　私ってばすっごいからな〜！　威を貸してくれる虎の連絡先で、電話帳埋まっちゃってるからな〜！　お母様とお姉様とリリィの武勇伝のストックで、エピソード・トークひとりで回せちゃ――って、ボケがッ！　虚《むな》しいわッ！」

「そう、それで良《い》い。俺は御礼なんかより、その喧《やかま》しさが欲しかった。で」

こそこそと身を隠していたリリィさんは、俺に見つかると笑顔で駆け寄ってくる。

ミュールを際立たせるためか、美人な彼女は地味なコーデを選んできたらしい。そのささやかな目論見《もくろみ》が、素材の良さのせいで失敗していることには気づいていないようだ。

衆目を集めながら、彼女は綺麗《きれい》にお辞儀する。

「三条《さんじよう》様、今回の申し出に対する快いお返事、ありがとうございました」

「ハハハ、御礼を言えるのは今のうちですよ。今日は覚悟してもらいますよ。貴女《あなた》たちのイチャコラで、足腰立たなくなるまで追い詰めてもらいますからね」

小首を傾《かし》げたリリィさんは微笑《ほほえ》み、ミュールは「なに言ってんだコイツ」と俺を指した。

「それで、もうひとりの主賓……クリスは？」

問うてから、俺は苦笑する。

「俺を殺しに来るならともかく、俺と遊びに来るとは到底思えませんからね。俺への挨拶もなしで退院してたし、酢豚に入ったパイナップルみたいな避けられ方してるんですよね」

「ふんっ、アレだけお姉様を煽《あお》ったんだから自業自得だ！　私だったら、酢豚に入ったパイナップルはリリィに何時《いっ》もあげてるぞ！　偉いだろうが！」

「そっすね、サーセン（笑）」

「私は、三条様とクリス様の相性はそう悪くないと思っていますよ。巡り合わせが悪かったと言いますか……この度は、御縁に恵まれなかったと言いますか……三大凶殺に重なった方位にたまたまフィットしていたと言いますか……」

「無理にフォローしなくても、俺とクリスは敵同士として宿命付けられてるんですよ。もし、アイツが俺のせいで来ないっていうなら、喜んでこの場から消え失《う》せて双眼鏡を用意しましょう」

「なぜ、双眼鏡を……？」

クリスが話題の中心になった途端、当の本人から連絡が入ってきたらしい。

「良かった、クリス様から連絡がありました。もう、着くみたいで――」

リリィさんは画面《ウィンドウ》を開いたまま絶句し、隣にいたミュールの全身が硬直した。

「え？　なに？　どうしたの？」

ふたりの視線の先へと、俺は振り向き――あんぐりと、口を開けて言葉を失った。

キャンディスリーブのブラウス。

女性らしいハイウエストのフレアスカートを穿《は》いたクリスは、水色のマニキュアを塗った爪を見せながら髪を掻《か》き上げる。

ココに来るまでの間に、美容室にでも行って来たのだろうか。

羽を休めた金翅鳥《こんじちょう》を思わせる白金《プラチナ》の髪は、金砂を散らしたかのようにきらめいている。

剣呑《けんのん》な戦闘装束姿で毒を吐くクリス・エッセ・アイズベルトが、メイクアップしてガーリーコーデに身を包んでいるという驚愕《きょうがく》の光景が脳を揺さぶった。

香水の匂い。

甘ったるいが、不快ではない香りが鼻孔をくすぐった。

耳を真っ赤にしたクリスは、ナチュラルメイクを施しており、トレードマークとなっているステンドグラスのイヤリングが揺れている。

「ま、待たせてしまって、すまなかったな」

蠱惑《こわく》的な声音、彼女は、ちらりと俺を見上げる。

「じゅ、準備に手間取ったから……その、雑誌とかで勉強するのに時間がかかって……じ、実践はまだで……ひ、久々に顔を合わせるし、あの、不安だったから……お前が気に入らないなら……き、着替えてくるが……どうだろうか……？」

大口を開けたまま、俺は首を傾《かし》げる。

誰だ、コイツ？

「く……くくっ……くふっ……ふふっ……ふふふふっ……！」

背後から、魔人《アルスハリヤ》の笑声が響いてくる。

その笑声に混じって、ざわめきが耳朶《じだ》を叩《たた》いた。

俺たちが歩き始めると、頬《ほお》を染めた女性たちが、ささめきを交わしながらクリスを見つめている。

俺の三歩後ろ。

ピッタリと付いてくるクリスは、人目という人目を引きながら、ハンドバッグを両手で握ってしとやかに歩を進めた。

こっそりと背後を窺《うかが》うと、彼女は嬉《うれ》しそうにはにかんで視線を合わせてくる。

だ、誰だ、コイツ……？

俺が知っているクリス・エッセ・アイズベルトは、こんなミルクセーキみたいな甘ったるい私服で街デートするような俗物ではない。オールレンジ威嚇に適した豪奢《ごうしゃ》な衣装に身を包み、余人を視線キルしそうな目つきで『気安く視《み》るな、ゴミ』とか宣《のたま》う女傑である。

あのクリス・エッセ・アイズベルトが、キャンディスリーブにひらひらスカート？　原作でも、あんな私服姿晒《さら》したことないよな？　あの優しい眼差《まなざ》しはなに？　ココに来る前に、二、三人殺してきて殺意ゲージリセットしてきたの？

「おい、そこの浮遊クソ魔人……アルスハリヤ……ッ！」

フヨフヨ浮いていたミニ・アルスハリヤは、ニヤつきながら組んでいた足を解く。

「どうした、ヒーロくん。君の方から、僕を求めてくるなんて珍しいじゃないか。ついに、そこらの女体では我慢ならず、僕の魅惑のロリボディにまで食指を動かしたか」

「おちゃらけなしに、本気《マジ》で聞いてくれ」

真顔の俺は、彼女にささやく。

「俺は、クリスに命を狙われている」

「ぶほぉっ！」

噴き出したアルスハリヤは、腹を抱えて両足をバタつかせる。数十秒の深呼吸で笑いを収めた後、頬を痙攣《けいれん》させながら「ど、どうして、そう思うんだい？」と問いかけてくる。

「お前にとっては、飛躍した推測のお笑い草かもしれないがな。確信があるんだよ。あのクリス・エッセ・アイズベルトが、理由もなしに戦闘装束を脱ぎ捨てオシャレポイントを高めてくるわけないだろ。間違いなく、なんらかの意図がある」

「い、意図……んっ……んふっ……！」

「戦闘になったら魔眼を開く。止めるなよ。副作用に悩まされることにはなるが、今日は、ミュールもリリィさんもいるしな。いざという時には手段を選ばない」

「ま、まかせたまえ……ぼ、僕は、君の相棒だからね……」

なに笑ってんだ、コイツ、きもちわりぃな。

アルスハリヤは腹に一物ありそうだが、俺以外には見えないコイツが出来ることなんてたかが知れている。そもそも、俺とコイツは一体化しているのだから、悪さをすれば直《す》ぐにわかる筈《はず》だ。

敏感指数一億を超える俺の百合《ゆり》センサーによれば、クリスの身に起こった変化にアルスハリヤが関わっている可能性は0%。クリスがなにを狙っているかはわからないが、姉妹百合見学会を成立させるためには我が身を砕く所存よ。

ククッ、魔人、残念だったな。百合をこよなく愛する俺は、貴様の悪巧みを見抜いている。

自前の性格の悪さで、この世界からBANされているお前のことだ。さも自分が関わっているような素振りを見せて、今月も俺のストレスランキングTOP3を席巻《せっけん》するつもりだろう?

俺を翻弄することで、この度の姉妹百合見学会を破壊しようって魂胆だろうが……届かねぇよ。俺のもとにまで、お前の悪意は届かない。その切っ先すらも掠《かす》ることはない。

俺は――現在《いま》――お前の遥《はる》か先にいる。

ぐいぐいと服を引っ張られて、ひとりで勝ち誇っていた俺は我を取り戻す。

振り向くと、不安そうな面持ちのミュールが見上げてくる。

「お姉様が変態だ……」

「寮長、『態』は余計ですね。貴女《あなた》の愛する姉が春先に出没する変質者と化すので気をつけましょう」

「ど、どうしたんでしょうか」

そろりと寄ってきたリリィさんが、こそこそと耳打ちしてくる。

「概念構造《クオリアハイツ》から支給されたスカート丈の短い戦闘装束も、マントなしでは身に着けようとなさらなかったのに。『ミニスカート？　私に素足を晒《さら》して、愚鈍に堕《お》ちろと宣《のたま》うか。蒙《もう》昧《まい》の群れで粗忽《そこつ》を披露するつもりはない』と仰《おっしゃ》っていたんですが」

「え、ちょっと待って、リリィさん？　クリスの声真似《まね》で天下とれちゃいません？　本人降臨したかと思って、一瞬だけ謎の高揚感に襲われちゃったもん」

「『粟《あわ》と稗《ひえ》でも喰《く》っていろ、下民』」

「セリフまでお姉様っぽい！　すごいぞ、リリィ！　飯の種が増えたなっ！」

「ヒイロ」

甘ったるい声音で呼びかけられ、振り返ると笑顔のクリスが立っている。くすくすと笑いながら、ハンドバッグで俺の膝頭を小突いた彼女は身を寄せてくる。

「なんの話をしていたんだ？」

「え……いや、あの……『粟と稗でも喰っていろ、下民』って言ってもらってもいい……？」

「ん？　あわとひえでもくっていろ、げみん？」

甘ったるぅ！　母音と子音すべてに、ホイップクリームてんこ盛りしたみたいになってるぅ！　彼氏のこと『ピ』とか呼ぶ女の声帯じゃん!?　どこの誰だ、お前!?

「もう、あまり、バカなことをやらせるな」

自然な動きで、クリスは俺の寝癖を撫《な》で付けた。凍りついた俺の両肩に手を置いて、全身を見分してから微笑《ほほえ》む。

「服以外は、完璧で文句のつけようがないな。ヒイロはヒイロだから、服なんてどうでも良《い》いが……いや、その服のままの方が良いな。うん。完璧だ」

真顔になった俺は、両手で『T』の字を作る。

口を閉ざしたまま歩き出すと、ミュールとリリィさんも付いてきて三人で円陣を組んだ。

「ココで残念なお知らせです。寮長、貴女《あなた》の姉は、SNS上で彼氏の悪口を言っている風自慢をしてうざがられているタイプの悪霊に取り憑《つ》かれている」

「…………………」

「お嬢様、否定してください。『そうかもしれない。でも、私はそんなお姉様と生きていくんだ』的な諦めの境地に至っちゃダメでしょ」

「確キルを取れる場面にもかかわらず、クリスは俺を殺そうとしなかった。異常事態だ。姉妹百合《ゆり》の危機だ。本日の趣旨からズレている。俺たちは、この危難に対して三本の矢よろしく、一丸となって立ち向かわなければならない。緊急警報発令《エマージエンシーコール》だ。戦の拵《こしら》えはよろしいか、百合の護《まも》り手たちよ。今こそ、我らの力を見せつける時ぞ」

「おぉ！　よくわからんが、感動したぞヒイロ！　ひとりでも頑張れよ！」

「本当に、なんにも、わかってないよぉッ！」

自信満々で理解力ゼロの寮長の横で、リリィさんは眉を八の字にする。

「三条《さんじょう》様の高尚な説法については理解が及びませんでしたが、クリス様の真意は気にかかります。なにか、あったのでしょうか？」

「リリィさん、その『なにか』に心当たりはな——おわあっ！」

振り向いた先にいたクリスは、俺の袖を引っ張りながらニコッと笑う。

「お腹《なか》、減っただろ？　私の行き着けの店があるんだ。お前の大好きなハンバーグもあるし、腹ごしらえしてから遊びに出かけよう？」

「え……俺、別に、ハンバーグはそんなに好きじゃないけど……？」

クリスは、ゆっくりと目を見開いて——碧色《へきしょく》の瞳が潤む。

「やっぱり、優しいなお前は……私の手料理なんて食べられたものじゃなかっただろうに……嘘《うそ》まで吐《つ》いて……このお人好《ひとよ》し……」

「は？」

ぱちくりと瞬《まばた》きをした俺の前で、彼女の顔面が綺麗《きれい》に歪《ゆが》む。

「お前が憶《おぼ》えていなくても、私は、この想《おも》いを奪われなくて良かったと思う。あの時の覚悟は嘘じゃなかった。でも。でも、それでも、一度は打ち捨てた筈《はず》の夢幻に現れた悪戯《いたずら》好きな彼女には感謝している」

視線の先で、口の前に指を立てたアルスハリヤは愉悦で肩を揺らしている。

俺は、その憎たらしい面をむんずと掴《つか》む。

「おいおいコラコラ、アルスハリヤ先生ぇ……？　もしかして、まぁた、なんかやらかしちゃいましたぁ……？　なんだか、急に、この手のひらの中にある球でバスケしたくなっちゃったなぁ……？　太平洋のド真ん中に、ダンクシュートしちゃおっかなぁ……？」

「ハッハッハ、なんだなんだ、僕が関与した証拠はあるのか検察気取り。僕は、君なんぞと道を同じくし大義を帯びた百合《ゆり》の守護者だぞ。まさかまさか、君が愛する姉妹百合を破壊しようだなんて。その間に君を挟む策略を巡らせようなんて、まさかまさか」

「お前……だって、コレ……」

クリスは、熱を帯びた目で、俺のことを見つめる。

「そういうアレじゃないの……だって、あのさ、意味が……意味がわかんないよ……お、俺、寝てただけだよ……な、なのに、どうして……く、クリスが、あんな目で俺のことを見るの……い、愛《いと》おしそうに……ま、まるで恋人みたいに……」

頭を抱えた俺は、その場で蹲《うずくま》って絶叫する。

「お、おかしいよ、そんなのぉおおおおおおお！　間違えてるよぉおおおおおおおおお！　俺は寝てただけなのにぃいいいいいいい！　なんにも悪いことしてないのにぃいいいいいいい！　こんなのって、ないよぉおおおおおおおおおおおおおおおおおっ！」

服が汚れるのも厭《いと》わず、膝をついたクリスは俺に寄り添った。端整な顔が覗《のぞ》き込んできて、抱えるようにして優しく俺の背を撫《な》でる。

「大丈夫か？　具合、悪い？　ほら、掴まれ、少し休憩しようか？　昼食は後に回して、一度、どこかで休もう？」

「良《い》いところがあるぞ！　良いところがあるぞ！」

「アルスハリヤ、テメェエエエエエエエエエエエエエッ！」

大人しか入れないホテルを指差して、叛逆《はんぎやく》の旗を振った魔人の指先に釣られ、俺の視線がそこに釘付《くぎづ》けになる。

クリスもまた、俺の視線の先を見つめて――ゆっくりと、耳の先まで赤くなる。

「……ま、まだ、昼間だぞ」

「ち、違う違う違うっ！　俺じゃない俺じゃない！　魔人が！　悪の魔人が俺に憑《つ》いてるんだ！」

真っ赤な顔で俯《うつむ》いた彼女は、そっと、俺を見上げる。

「…………い、いくの？」

「行かない行かない行かないっ！　なにがなんでも行かない！　百合紳士の経路案内は、男女同伴はサービス外だから！　俺は、貴女《あなた》に手を出せない！　ノータッチ！　ノータッチ、プリーズ、オッケェ!?」

青ざめたミュールが、俺の前で立ち尽くす。

「じ、実の妹の前で……姉をいかがわしい場所に連れ込むつもりか……？」

「ノーノーノーッ！　違う違う違う！　なにもかも違う！　冤罪《えんざい》事件の裁判例として扱われそうなくらい違う！　俺とクリスの間に、なにもねーから！　絶対真空だから！」

「な、なにもないことはないだろ」

胸の前でぎゅっと手を握り込み、そっぽを向いたクリスはささやく。

「き、キスした癖に……」

リリィさんは、飲んでいた水を勢いよく噴き出す。顔面水まみれになった彼女は、真顔で俺のことを凝視した。

「…………」

「ち、違う違う違う違う！　してないしてない！　百合神《ゆり》に誓いを立てた俺は、信仰上の理由で乙女の唇には触れられない！　宣誓ぇーッ！　俺たち百合の守護者連盟は、プランターの精神で百合を見守ることを誓います！」

「だ、抱き締めた時に、いやらしい感じで背をなぞってきた癖に……」

姉の告白を聞いたミュールは、じりじりと後退《あとじさ》る。

「せ、背中からエロを接種するタイプのケダモノ……！」

「ち、違う、寮長、違——いや、背中フェチのケダモノで良《い》いのか!?　あぁ、そうだァ！

俺の検索履歴は、『脊柱起立筋　とってもえっち』でいっぱいだァ！　クリスとも、たくさん、いやらしいことをし——てなぁい！　ぐ、ぐぉお……相反する情動で脳が軋《きし》むぅ……ッ！　こ、ココから、ば、挽回《ばんかい》するには……そ、そうだ、払暁叙事《ふつぎようじよじ》……さ、最善手……あ、アルスハリヤァ！　魔眼を開けェ！」

浮遊している魔人は、俺の叫声を浴びながらニヤニヤと笑った。

「ヒーロくん、その口の利き方は、どうかと思うがねぇ？　それは、アレかな、君なりにお願いしているつもりなのかな？」

「あ、アルスハリヤ……？」

「アルスハリヤ……さん……？」

「…………」

「…………」

俺は、ぼろぼろと涙を零《こぼ》しながら口元を震わせる。

「あ、アルスハリヤ先生ぇ……っ！」

俺は、ガクリと肩を落として座り込む。

「百合が見たいです……」

微笑《ほほえ》んだ魔人は、力なく項垂《うなだ》れる俺の肩に両手を置いた。

「決して忘れるなかれよ、ヒーロくん。僕は、君の脳を粉々に破壊する切り札をあとひとつ残している……その意味がわかるな？」

涙と鼻水で顔面をぐちゃぐちゃにした俺は、よだれを垂れ流し魔人を揺さぶる。

「お、おでは、なにをしたぁ……なにを……なにをしたぁ……なにを……なにをぉ……」

「す、素晴らしい……コレだ……この真に迫る高揚こそ、息づいている命の実感……君のか弱い悲嘆は、僕の心に眠る琴線を掻《か》き鳴らす……平素の努力と練磨の成果が結実したその日、とっておきのヴィンテージワインを舌にのせた瞬間のような……愉悦……この胸に宿る生きがい……百合《ゆり》を破壊し、君の脳を歪《ゆが》める……嗚呼《ああ》、魔人とは斯《か》くあるべきか……！」

満面の笑みで、魔人は、俺にささやいた。

「ヒーロくん、安心しろ。この僕が、絶対に君を幸せにしてやるからな」

「こ、ころ……ころしてやるぅ……こ、ころしてやるぅ……！」

「ひ、ヒイロ、大丈夫か？　が、顔面が溶けてないか？」

俺の腕を抱えたクリスは、引きずるようにして立たせてくれる。反対側の腕にミュールが飛びついてきて、俺とクリスを順番こに睨《にら》みつける。

「二重の意味でダメだ！　今日、頑張って、ヒイロを誘ったのはわたしなのに……お、お姉様もヒイロもズルい！　清く正しい交際違反罪だ！　つーほーだ！　つーほーっ！」

口角を上げたクリスは、ゆっくりと目を細める。

「ほう、このクリス・エッセ・アイズベルトと競うつもりか。その小さな舌で強者の弁を振るってみせるか、ミュール。その不撓不屈《ふとうふくつ》の精神、厭《いと》うことはない。むしろ、好ましい。私の妹として、驥足《きそく》を伸ばしてきたか」

「はいっ！　最近、身長が伸びたので足も伸びましたっ！」

「ミュール、クリス様……こんな光景が見られるなんて……三条《さんじょう》様、貴方《あなた》は本当に……」

「姉妹百合だ、コレは姉妹百合だ、俺という異物を透かして見れば姉妹百合だ。誰がなんと言おうと姉妹百合だ、姉妹百合に違いない、姉妹百合以外の何物でもない。だから、俺は、嘆く必要も絶望する必要もな――アルスハリヤァアアアアアアアアアアアアアアアアッ！」

「ヒーロくんの絶望で、今日もコーヒーが美味《うま》いな」

コーヒーを啜《すす》りながら、小指を立てたアルスハリヤの顔に満悦が浮かぶ。

仲良し姉妹に挟まれた俺は、嗚咽《おえつ》しながら、一日中連れまわされたのだった。

＊

漫画やアニメ、ゲームの中の生徒会は、凄《すさ》まじい権力を持っている。

現実の生徒会といえば、そんなことはまったくない。

実経験からすれば、生徒会とは体の良《い》い雑用係の集合体である。成績優秀者に担任が『お前も生徒会役員にならないか』と声をかけ、権力者特有の圧で立候補させるのが常の組織だ。

生徒会の主だった業務は、学校行事の提案／運営という裏方である。

夢と現《うつつ》の境界線に潜むロマンティストには悪いが、現実の生徒会ではゲームみたいな夢と浪漫《ろまん》溢《あふ》れるイベントが発生することはない。

ココが、百合《ゆり》ゲー世界じゃなかったらなァ!?

前置きが長くなったが、ココから、夢と浪漫に溢れる鳳嬢《ほうじょう》魔法学園の生徒会について紹介しよう。

残念ながら、エスコ世界の生徒会には、山百合会なんて素敵な呼称が付いていたりはしない。紅と白と黄の薔薇《ばら》が三名の幹部として名を連ねていないし、曲がっているタイを直してくれるお姉様も存在していない。

その代わり、鳳嬢学園における生徒会は絶大な権力を握っている。

生徒会は、学園で発生するほぼすべてのイベントに対し強権を振るっている。

原作では、六月の『三寮戦』、八月の『魔法合宿』、九月の『五色絢爛《けんらん》祭』、十一月の『修学旅行』……主だったイベントの舞台と規模、その詳細に至る決定権まで与えられている上に育成観点からもかなり美味《おい》しい。

生徒会に所属することにより、学園内の設備は優先的に使用可能で（鍛錬ボーナス）、周囲の人間から一目置かれるようになり（好感度ボーナス）、学園長からのご褒美がもらえるようになる（学園長ボーナス）。

あの強烈な学園長によるご褒美は、好感度調整が上手《うま》くいけばかなりの利点になるが……下手すれば、学園長ルートに突入して、将来が固定されるので注意が必要だ。

鳳嬢魔法学園で権力を握っているのは、学園長のお気に入りのみで構成された『鳳皇衆《ほうおう》』、学園をコントロールする『生徒会』、高スコア者のみが所属を許される『帝位』である。

この三団体の中で、最も、所属に利点があるのは生徒会であることは疑いようがない。

なにせ、生徒会室で紅茶を飲んでいるだけで、百合イベントが次から次へと巻き起こる。育成計画なんて放り捨て、『お茶百合会（エスコファンによる生徒会の愛称）』に入りたくなる特色がそこにある（所属方法を間違えると地獄だが）。

そんな魅力溢れる生徒会に所属しないかと、委員長《クロエ》を経由して生徒会長から打診があったのは姉妹百合見学会（※不当景品類及び不当表示法違反）の翌日。

俺としても、是非、生徒会室のティーテーブルになりたいところだったが……今までの流れからいえば、生徒会に関われば酷《ひど》いことになる未来しか見えないので、賢いヒイロくんはお断りする未来を選ぶぜ！

とはいえ、あの生徒会長様が俺を誘った理由が気にかかる。

今は五月。あのイベントへの布石なのだろうなと思うが、スコア0で男の俺に粉をかけてくるとは、イミフな慧眼《けいがん》光っちゃってんなという感想しか出てこない。

屋根裏部屋の透明人間とはいえ、俺も黄の寮《フラーウム》の一員だ。

未来への投資でもしてやりますかと、暗雲垂れ込める龍《りゅう》の塒《ねぐら》に顔を出すことにした。

委員長襲来時、無許可で人の部屋にソファーを設置していた妹のレイも勝手に付いてきて、三人肩を並べ生徒会室へ向かうこととなった。

「即断即決、無情のお断り文句で使者に鞭打《むちう》つかと思っていましたが」

俺たちを先導する委員長は、背筋を伸ばしてキビキビと歩きながら口を開く。

「まさか、三条《さんじょう》さんに心が存在するとは」

「俺のこと、よく出来たAIだと思って接してたの……？」

「失敬、言葉を省きすぎました。『生徒会どころか役職や権力に無関心な三条さんに、斯《か》様《よう》な勧誘に心を寄せる余裕が存在するとは。普段、雑草とか食ってそうなのに』までが全《ワン》体像《センテンス》となります」

「謂《いわ》れなき誹謗《ひぼう》中傷まで入れてツーセンテンスだろ。句点みたいな感覚で、トッピングされた悪口はなに？　悪口雑言トッピングサービスとか、人の心を破壊するオプションつけないでくれる？　我、三条家の御曹司ぞ？」

「ぞ？」

ぼそりと、妹《レイ》が加勢してきて、ちらっと俺の反応を窺《うかが》ってくる。彼女にヒクついた笑みを返すと、真っ赤になったレイは咳払《せきばら》いで誤魔化《ごまか》しを入れた。

委員長は、そんな俺たちの様子を不審気に見つめる。

「私の記憶の中の黎《れい》さんと、目の前にいる彼女の痴態とで齟齬《そご》が生じているのですが」

「あ、あの……もしかして、さ、三条黎様、ですか……？」

レイが委員長に反論を加えようとした瞬間、こちらを窺っていた少女が近寄ってくる。

すぅっと、周辺の空気が冷えてゆく。屹然《きつぜん》と背筋を伸ばしたレイは笑みを消し、話しかけてきた少女を見下ろした。

「はい？」

「な、なんでもありませぇん……！」

その迫力にたじろいで、涙目になった少女は逃げ去っていく。

「委員長先生、コレは⁉」

「三条家の教育で形成された外面ではないでしょうか。愛している兄と接している際は、外面を取り繕う必要がなくな――」

「黙れ、このガキッ！」

「は？」

俺が委員長に理不尽な罵声を浴びせると、自分の唇に指先を当てたレイは頬《ほお》を染める。

「お、お兄様のことは、もちろん家族の一員として敬愛しております。家族の一員として。そ、それ以上でもそれ以下でもありません」

「…………（ニチャァ）」

「顔面が法令違反ですよ、三条《さんじょう》さん。なぜ、私に、勝ち誇った笑みを向けるのですか？」

日常会話を続けているうちに、本校舎内にある生徒会室に到着する。

だだっ広い鳳嬢《ほうじょう》魔法学園の敷地内には、本校舎やら第二校舎やらが存在しているが、重要な設備は中央の本校舎に集まっている。

権力が集中するのは、中央という定石《セオリー》に則《のっと》っているわけだ。

赤と金で象《かたど》られた豪奢《ごうしゃ》な扉。

『生徒会』と刻まれたドアプレートは、大理石で出来ており、敷設型魔導触媒器《コンストラクタ・マジックデバイス》としての機能も持ち合わせている。パキパキという破砕音が響いてプレートが変形して、一匹の鳳凰《ほうおう》を形成し、その石鳥《ガーゴイル》は声を発した。

『名を』

「フーリィ・フロマ・フリギエンス後見、クロエ・レーン・リーデヴェルト。並びに賓客《ゲスト》、三条燈色《ひいろ》、三条黎《れい》」

『照会』

石鳥の両眼《りょうめ》から、蒼白《あおじろ》い光線が発せられ、俺たちの頭の先から足先までをなぞる。

ピッ、という承認音と共に、シャッターが開くように扉枠へと扉が収納される。

『生体情報一致、入室許可』

羽ばたいた石鳥は、再びドアプレートへと戻り、入室を許可された俺たちは生徒会室へと足を踏み入れる。

視界に広がる、豪華絢爛《ごうかけんらん》。

赤と金を基調とした調度品は統制を取り、磨き上げられた表面は光沢を発している。銀朱の鱗粉《りんぷん》を散らしながら、朱色《あか》の蝶《ちょう》が薔薇《ばら》の上を飛び交う。

薫香と燐光《りんこう》の狭間《はざま》で、ティーテーブルを挟みお茶会が開かれていた。

かくや、天上天女の八つ時か。羽衣のようなテーブルクロスの上に銀食器《カトラリー》を並べ立てた少女らは、白く細い指で茶菓子《マカロン》を摘《つま》んでいる。

その行く先は雲上の彼方《かなた》かと、錯覚を覚える程に背の高いケーキスタンド。色鮮やかなケーキは甘みを演出し、透明感のある紅茶の橙色《だいだいいろ》は甘露を思わせる。

このお茶会を『天界』と称せば、その横に広がる光景は『地界』と呼ぶのが相応《ふさわ》しい。

真っ黒な隈《くま》と真っ青な顔を抱えて、業務を執り行っている生徒たちは、幾つもの画面《ウインドウ》と複数の部屋を行き来していた。

床自体が敷設型魔導触媒器なのか、矢印が描かれている床《ソコ》に乗った生徒は、横倒しの状態で力尽き、ぴくりともせずに運ばれていく。

地の底から響いてくるような、怨嗟《えんさ》によく似たキーボードを叩《たた》く音が響き渡る。

うふふ、あははと、楽しそうな天上人の声が響いてくる。

そんな天国と地獄の端境で、玉座に腰を据える龍人《ドラゴニュート》は、女生徒たちに爪の手入れをさせながら足を組んでいた。

頬杖《ほおづえ》を突いた彼女は、薄ら笑いを浮かべて、俺のことを見つめた。

朱色《あか》の髪に、捻《ね》じくれた角。

絶対的な権力の頂点、生徒会長を務める少女は微笑《ほほえ》む。

「いらっしゃい」

その名は、フレア・ビィ・ルルフレイム——朱《ルーフス》の寮の長。

彼女を語るには、現界と異界、その成り立ちから紐解《ひもと》く必要がある。

現界と異界。

隣り合わせの世界は、表と裏、その繋《つな》がりは根深く多岐にわたる。

現界には人間が住み、異界には魔物が棲《す》み着く。

その棲み分けは、ふたつの世界が繋がった瞬間に混沌《こんとん》と化して、人間と魔物が入り交じる結果を招いた。混濁の後に生まれたのは、エルフ、龍人、精霊種、半妖《デミアクト》といった半人半魔の存在である。

彼女らは、現界か異界のいずれかに主権を持っている。

例えばエルフであれば、神殿光都《アルフヘイム》という国家を異界に備えている（所謂《いわゆる》、異界主派）。

過去には差別問題であったり、対立戦争であったり、それにまつわる紛争が多発していたが、大正二年のカルイザワ決戦を契機とした『現異条約』の締結によってスコア制が導入され、カースト制度によって差別問題は解決の方向に向かった。

長ったらしい『現異条約』の主旨は、『高スコア者は、現界であろうとも異界であろうとも、同一同様の基本的厚遇の尊重を得られる』というものだ。

基本的厚遇……その内容が広範であることは窺《うかが》えるが、設定資料集にも詳細が書かれてはいなかった。この世界のウェブ上で閲覧出来る条文は濁しに濁されていて、このパラノイア染みた素晴らしき世界の現状を表していた。

要するに、この世界での半人半魔の皆さんは、現異条約の名の下に保護されており、スコアが高ければ高い程に地位名声は高まる。

フレア・ビィ・ルルフレイムは、そんな条約の庇護《ひご》下で強権を振るってきた典型例だ。

龍人は、権力と財宝、そのどちらをも求める強欲な種族として知られている。

中でも、フレアの持つ強欲という名の杯の大きさは計り知れず。彼女は、朱の寮の寮長と生徒会長というふたつの権力を掌中に収めた。

本来であれば、コレは許されざることである。寮長と生徒会長を併任してはならないという暗黙の了解は、その喉笛を噛《か》み千切られて沈黙のまま横死を余儀なくされていた。

なぜ併任が許されないのか、その理由は明白である。

生徒会長には、『学園内のイベント』を操作《コントロール》する権利が与えられている。その権力を思うがままに振るえば、いとも容易に三寮のパワーバランスが崩れることになるからだ……

特に、あのイベントでは。

当然、ミュールもフーリィも、黙っているわけがない。

だが、今日に至るまで、フレア・ビィ・ルルフレイムの牙城は崩されていない。この事実は、依然、彼女の強欲と強権が勝り続けていることを暗に示していた。

あのフーリィが手をこまねいているのだから、フレアが持っている影響力、統率力、政治力……どれをとっても、尋常のものではない。

原作ゲーム内で、フレア・ルートに入るには一万以上のスコアが前提条件だった。そこから考えても、彼女の力《スコア》至上主義が伝わってくる。

そんな上下を分け隔てる実力主義者が、スコア0の俺に粉をかけてきた。原作ゲーム知識を持つ俺には、その意図について既に予測が付いていた。

「怯懦《きょうだ》に濡《ぬ》れる瞳は魅力的だがなぁ……まぁ、そう、怯《おび》える必要はない」

両脇に美少女を侍《はべ》らせている龍《りゅう》の少女は、頬杖《ほおづえ》を突いて足を組んだまま、ぷらぷらと足先を揺らす。

「吾《おれ》は、元来、優しい龍人《ドラゴニュート》だから。慈愛が板についたせいか、地を這《は》いつくばるアリンコは避《よ》けて歩いている。この言を信じるか信じないかの選択権は、きみに委ねることとして、三条燈色《さんじょうひいろ》、まずはお茶の一杯でもいかがかな？」

「とりあえず、テキーラで」

「ひゃっはっは、良《い》いねぇ良いねぇ。気に入った。吾の生徒会に相応《ふさわ》しい。スコア0のアリンコに、獅子《しし》の心臓が備わっているとは予想外。その小さな身体《からだ》に似つかわしくない心臓が、口の中から飛び出ないことを祈っているよ」

「そんな、カートゥーンアニメみたいな機能は備わってませんのでご安心を」

「ハッ、ユーモアまで搭載されている」

　彼女は、遥《はる》か上方から俺を睨《ね》めつける。

「良いねぇ、三条燈色……優れた生物の匂いだ……吾は、元来、鼻が利くが……きみからは、金銀財宝の匂いがする……三条燈色、きみ、裡《うち》に凄《すさ》まじいモノを飼ってるだろ……欲しいなぁ……」

　青筋を立てたレイが、俺の前に立って視線を遮る。

「寮長、用件ひとつ口にするのに数千年かけるつもりですか？　私は、これから、お兄様へ昼の給餌を行わなければなりません。貴女《あなた》のくだらない雑談に付き合わされて辟易《へきえき》しています。家族の貴重な時間を奪うつもりなら、喜んで私がお相手して差し上げますが？」

「やだなぁ、そんなに怒んないでよ、レイちゃん。ブラコン、悪化してるんじゃない？」

「ブラコン？　意味不明な横文字で、私を定義しないでいただけますか？」

「待ち受け画面《ウインドウ》が兄なのに？」

「…………」

「毎日のように、黄の寮《フラーウム》の兄の部屋に入り浸ってるのに？」

「…………」

「なぜ告白を断るのかと聞けば、『兄以下の人間とは付き合えない』と答えているのに？」

「…………」

「なにかと兄を連呼し――」

「生徒会長、赤面涙目でぷるぷると震えている下級生の秘事を暴いて、俺の心すらも殺しにかかるのはやめてください。そんな事実はなかった、わかったな？」

両手で顔を隠して震え続ける妹の横で、兄妹《きょうだい》仲良く、別の意味で兄も震えていた。

「なら本題に入るが……三条燈色《さんじょうひいろ》、きみ、吾《おれ》の寮に転寮しなさい」

急に顔を上げたレイは、きらきらと両目を輝かせる。

「寮長、貴女《あなた》の慧眼《けいがん》は正鵠《せいこく》を射ていますね。好感を抱きます」

「ひゃっはっは、良《い》いねぇ良いねぇ。長き想《おも》いを果たして両想いだ。丁度いいから、吾と付き合っ――」

「気安く、話しかけないでください」

「えっ」

　秒で恋に破れたフレアへと、俺は苦笑を投げかける。

「まぁ、そんなこったろうとは思ったよ。寮長と生徒会長、ふたつの長を兼任する龍人《ドラゴニュート》様の狙いはスコア０にもよくわかる」

　口端を歪《ゆが》めて、朱色《あか》の龍人は足を組み替える。

「ほぉ……では、その絶対なる権力者の狙いとはなにかな、三条燈色くん」

「三寮戦」

　フレアの爪を磨いていた女生徒たちは、あからさまに顔を歪めてフレアを凝視し、手を止め『正解』を教えてしまっていた。生徒会室を二分している役員たちの視線は、宙空でかち合って寄り集まり中央の玉座へと凝集する。

　驚愕《きょうがく》と憂色の景色の中で、生徒会室の王様《フレア》だけは愉《たの》しそうに笑っていた。

「ひゃっはっは、この玉《ぎょく》はどこまで艶《つや》めくのか。さすがは、吾が欲した金銀財宝と賞するべきか。磨けば光る璞《あらたま》、三条家の正統後継者様、予想を遥《はる》かに上回る切れ者は、ココに来るまでの間に正解を導き出していたわけだ」

「ウェルカムサービスか？　わかりやすいおべっかをどうも」

　ちろりと一瞬だけ舌を出し、フレアは目を細める。

「平静を保つものだなぁ、三条燈色。吾の賞賛で愛《め》でられれば、涙滴を零《こぼ》しながら歓喜で打ち震えるものだが」

「初対面で、そこまで上質な演技を求められても困りますね」

笑みをたたえたまま、フレアは顎で指示を出す。呆《ほう》けていた女生徒たちは、慌ててネイルケアを再開する。

「風の噂《うわさ》は龍《りゅう》の耳目にも入っているよ、三条燈色《さんじょうひいろ》。金の騎士《きみ》は、蒼《あお》の魔女《フーリィ》と肩を並べて魔人と相対し、見事に生き残ったというじゃないか」

「おいおい、この生徒会長様ったら、ただの寝坊助《ねぼすけ》を勇者扱いしちゃってるよ。低反発枕に『エクスカリバー』とかルビ振っちゃうタイプかよ、すげーな」

「加えて、あのクリス・エッセ・アイズベルトとデートするだけでは飽き足らず、その妹たる黄の寮《フラーウム》の寮長も侍《はべ》らしているとか」

「寝てただけっつってんだろクソがボケがカスがアホがカスが（小声早口）」

「いやぁ、しかし、驚いた。あのクリス・エッセ・アイズベルトが、あんなにも優しい笑顔で、男の口元をハンカチで拭ってやるとはねぇ。おしとやかに駆け込んだ化粧室で、懸命に髪を直している姿を見た時には卒倒しそうになったよ。アレが乙女の常在戦場ってヤツか」

「……あんた、尾《つ》けてたのか？」

背もたれに全身を預け、ゆったりと構えた龍人《ドラゴニュート》は微笑《ほほえ》む。

「『王様の耳はロバの耳』とまでは言わないが、ココに座っていれば大概の情報は『穴』を通じて耳に入ってくるんだよ。龍が空を飛んで家畜を襲う習わしは大昔に終わった」

「大仰に龍を喧伝《けんでん》してるにしては、せせこましい脅し文句だな」

「ひゃっはっは、脅す？　この吾《おれ》が？　龍たる吾が人如《ごと》きを脅してたまるかよ」

豪快に笑声を上げた彼女は、懸命に己の爪を磨く少女の髪に指を通す。

魔性を匂わせる五指の隙間から、さらさらとしたミルキーブロンドが流れ落ち、なすがままの女生徒は赤らんだ。

「三条燈色、吾はね、この骨肉を巡る龍の血ゆえか財宝を求める性質がある。龍には龍の法則《ルール》があり、細分化された属名があるが、吾が属する一族は特に『人財』に目が眩《くら》む呪いをかけられていてね」

龍の細く尖《とが》る指で、愛《め》でられている女生徒のその髪。

確かに、それは財宝と銘打たれても文句のつけようがない。濡《ぬ》れ色の長髪を撫《な》でながら、龍の少女は満足気に喉を鳴らした。

「人間《ヒト》は良《い》い……眩《くら》むね……心の臓が高鳴り、欲が渦巻くのを感じるよ……三条家の人財は、とうの昔に精査済みで、三条黎《れい》以上の隠し玉があるとは思いもしなかった……もし、あの人幼《ミュール》が既知の下できみを選んだとしたなら……はは、妬むねぇ……アレにも、璞《あらたま》の気はあったが……眼《め》の良さは、吾の上を行くか……」

そっと、髪から手を放して、彼女は俺に目線を向ける。

「三条燈色《さんじようひいろ》、璞《あらたま》の人財くん。きみの予想通り、我が朱の寮《ルーフス》は、来《きた》る六月の三寮戦を見越した備えを始めている。なにがなんでも欲しいと想《おも》ったのはきみだ。きみの心の臓を握るため、役職付きで飾り付けた生徒会役員席も用意した」

笑って、彼女は手の甲を差し伸べる。

「呑《の》め、三条燈色。吾《おれ》の財《モノ》になれ。きみが欲しがる財宝《モノ》は、直《じか》に吾の手から与えよう。金も力も女も。きみも欲が渦巻く人間だ、欲しい欲しいと、喉から手が出る程に強請《ねだ》りたい財宝《モノ》がある筈《はず》だ」

謳《うた》いながら、彼女は、俺に笑みを投げかける。

「さぁ、聞かせてくれよ。きみの望みはな――」

「百合《ゆり》」

ゆっくりと、フレアの余裕の笑みが消えていく。

「……なに？」

「百合」

初めて、困惑の表情を浮かべた龍《りゆう》の少女は、周囲の生徒会役員たちへと目線を向ける。目を向けられた誰もが首を振って、考え込んだフレアは画面《ウインドウ》を開き、検索欄に『百合』と打ち込み――合点がいったかのように頷《うなず》いた。

ぱちんと、指を鳴らして指示を出す。

どこからともなく現れた人員たちが、彼女に百合の花を手渡した。

キザな微笑を浮かべて小首を傾《かし》げたフレアは、俺に一輪の百合の花を差し出す。

「Veux tu te marié avec moi ?」

俺は、鼻で笑って——フレアは、愕然《がくぜん》とする。

「角洗って出直してきな」

「ま、待てッ！」

颯爽《さっそう》と立ち去ろうとした俺の背へと、狼狽《うろた》えているフレアは呼びかけてくる。

「良《い》いのか、この好機を逃しても。金に力に女……吾の力があれば、そのすべてを手に入れられる。どんな生物にでも備わっている欲、その渇きに目を背けるつもりか？」

「金に力に女、ねぇ」

フレアが取りこぼした百合の花を拾い上げ、俺は、かぐわしい香りを吸い込む。

「そんなもの、子供《ガキ》が欲しがる玩具《おもちゃ》だ。百合と呼ばれる至宝に比べればな」

「ゆ、百合……なんだ、その財は……花ではなければ、いったい……」

すっと、俺は、懐に手を入れる。

生徒会役員たちの顔に焦燥が走り、彼女らは、慌てて俺とフレアの間に入ってくる。

不敵な笑みを浮かべたまま、俺は、『マリア様が○てる』（全三十七巻）を一冊一冊取り出し、厳かな動きでティーテーブルの上へ積み上げていった。

お茶会を営んでいた天女たちの笑顔は消えて、高い高いケーキスタンド以上の高さを持つ『マリア様が○てる』（全三十七巻）を見上げ、シリーズ累計発行部数五百六十万部の高みに恐れおののき顔が青ざめる。

圧倒的な『力』で理解《わか》らせた俺は、唖然《あぜん》とする彼女らの前で笑った。

「俺の至宝か？　欲しけりゃくれてやる。探せ！　この世のすべてをココに置いていく！」

呆然《ぼうぜん》とする彼女らに後ろ手を振って、俺は、そっと別れの言葉をつぶやいた。

「タイが曲がっていてよ」

勝ち誇った嘲笑を浮かべたレイと呆《あき》れている委員長を引き連れて、俺は、見事な布教を終えてから生徒会室を辞した。

その次の日、なぜか、俺はまた別の寮長の前に立っていた。

「ヒーくん」

俺を呼び出した蒼の寮《カエルレウム》の寮長、フーリィ・フロマ・フリギエンスは、猫撫《ねこな》で声《ごえ》でささやく。

「蒼の寮に転寮して♡」

「……今度は、こっちかよ」

蒼の寮の寮長室。

全面ガラス張りの壁からは、咲き誇る蒼《あお》色の薔薇《ばら》と青色の水槽《プール》が見えている。

魔法で浮き上がるお嬢様たちは、艶やかな肌を晒《さら》しており、ストイックに泳ぎ続ける光景が在った。

「ヒーくんは、私のこと愛してる？」

「あんた、手段を選ばないにも程があるでしょ……」

席を立ったフーリィは、俺へと迫ってくる。

後ろに逃げると壁にまで追い詰められ、寄り添ってきた彼女はつーっと胸を撫《な》でてくる。

「私、なんだか、ヒーくんと仲良ししたくなってきちゃったなぁ……」

「フリギエンス家のご令嬢ともあろう御方《おかた》が、歴戦のキャバ嬢みたいなことするのはやめてください。男の胸筋を撫でて、頬《ほお》を染めるな」

「やぁね、釣れない男《ひと》」

すっと、顔色を戻したフーリィは苦笑してから席に戻る。

「紅茶は？　いけずな男《ひと》には、パック紅茶しか出さないけど」

「いけずな女《ひと》とは、紅茶は嗜《たしな》みません」

ギシリ、と音が鳴る。レザーチェアに身体《からだ》を預けた彼女は、手のひらの上に氷華を生み出し、人差し指でつんつんと弄ぶ。

「別にね、ヒーくん、私、三寮戦だからって貴方《あなた》を誘ってるんじゃないのよ。残念ながら、私の蒼の寮《カエルレウム》はそんなに安くないから」

「なら、どうして？」

「スコア」

真っ青な氷原みたいな眼《め》で、彼女は俺を捉える。

「上がった？」

俺は答えず、彼女はため息を吐《つ》く。

「今週末、また、ラッピーたちとダンジョンに行くんでしょ？　百合《ゆ》ーズだっけ？　そのファミレスチェーン店みたいなパーティーで世評を高め、スコア0から脱却する戦略に文句はないけれど……ねぇ、もう、三条燈色《さんじようひいろ》の名声はとっくの昔に広まってると思わない？」

輪郭を指でなぞられる度、掌上で花開いた氷華は姿かたちを変える。

いつの間にか、それは、一体の人形へと変じていた。

「高嶺《たかね》でふんぞり返ってるせいか、蒼の寮の寮長様は視野狭窄《きようさく》に陥ってらっしゃる。鳳嬢《ほうじよう》魔法学園内ならまだしも、社会基準でいえば男の俺は塵芥《ちりあくた》と同じだ。日本昔話じゃねーんだよ。現異条約という大義名分をもって社会全体で周知付けられているスコアが、たかが数週間程度のモンスター退治でスコアアップしてめでたしめでたしとなるわけがない」

「あらあら、ラッピーお抱えの騎士様とは思えないくらいに、現実を見据えられていない

「ご意見だこと」

どことなく俺に似ている人形は、フーリィの指先で突《つっ》かれて揺れ動く。

「私、冒険者協会に、魔人討伐者《フエアレディ》を三条燈色として報告したから」

「はぁ!?」

人型の氷像がことんと倒れて、くすくすと笑い声が上がる。

「受理されたわよ、ふつーに。三条家のお坊ちゃまは根が真面目なのか、ダンジョンの立ち入り許可は取っていたみたいだし。正式に書面で認《したた》めた『絶零《私》』からの報告なんだから拒否出来るわけないわよね。諸々《もろもろ》の面倒事はかぶってあげたから安心して」

「おいおい、ふざけんなよ、あんたどういう了見だッ！　他人《ひと》様に無実の功を着せて、罪咎《ざいきゅう》は独り占めかよ強欲がァッ！　ただ寝てただけなのに、ベッドごと祭り上げやがって！」

「つーん、しらなーい。そういうのは、寮内の目安箱に入れてくださーい。寮生以外の意見は受け付けてませーん」

こ、この女《アマ》ァ……！

ぺしりぺしりと、ひいろ君人形にデコピンしながら、フーリィは甘ったるい笑みを浮かべる。

「でも、その結果は噴飯ものよ。おかしいったらありゃしない」

人形の頭が消し飛び、きらきらと氷片が散らばる。

「三条燈色《さんじょうひいろ》のスコアは、0のまま微動だにしなかった。どういう意味かわかる、コレ？」

「……俺が男だから」

「そう、その通り、そしてこの問題は今まで表面化していなかった。なぜなら、この世界が経てきた長い時の中で、スコア0から脱却する程の功績を収めた男性は、この世界に存在していなかったから。色々と調べてみたら笑っちゃった。この世界の男性は、まるで世界に押さえつけられるみたいに無能かろくでなしばかり……でも、この世界の歴史上で、初めて、貴方《あなた》という有能な男性が現れた。

まるで、世界の理《ことわり》から外れるみたいに、ね」

水槽《プール》を通して屈折した陽光が、水面《みなも》の揺れ動きを形影として投じ、粉々に砕け散った人形が波模様の陰翳《いんえい》に溺れる。

両肘を机の上に置いて、彼女は愉《たの》しそうに問いかけを口にする。

「貴方、何者、三条燈色？」

「視《み》ればわかるでしょ」

俺は、笑って、両手を広げる。

「この世界に存在してはいけない異物ですよ」

「やだやだ、わかりやすく煙《けむ》に巻いちゃって。ねぇ、ヒーくん、わかってるでしょ」

氷塵《ひょうじん》と化した人形を包んだ彼女は、握って開いて、放射相称花冠の氷華へと生まれ変わらせる。

「きっと、貴方、なにをしてもスコア０から上がらないわよ？　三条家のしがらみは関係ないって、薄々、勘付いてるんじゃないの？」

「どこぞの功績押し付け魔女のお陰で、本日、確信をもてたところですよ」

「なら、蒼の寮《カエルレウム》に入りなさい」

ふーっと、艶《なま》めかしい吐息が吹き付けられる。

彼女の息吹に抱かれた氷華は溶け落ち、きらきらと瞬きながら消えていった。

「フリギエンス家の庇護《ひご》下に置いてあげる。この目が届くところにいて。男だろうと女だろうと優秀な人間は好きだし、ラッピー推しだから、貴方のことは特別に匿《かくま》ってあげる」

「おやまぁ、随分と慈悲深いこって。お得意の占いで、なにか視えちゃいました？」

押し黙ったフーリィは、冷めきった紅茶を口に運ぶ。

「そのカワイイお目々で、なにが視えたかは知りませんがね。俺は、俺がどうなろうと知ったこっちゃない。護《まも》りたいものは別にある。それが俺の意志だ。誰にも曲げられない。この意志を貫くために、俺は俺として、あの子たちの傍《そば》に居続ける。それこそ、俺という人間が選んだ正道だ」

ティーカップを上げたフーリィは、言い切った俺の前でぼそりとつぶやく。

「……まぁ、ラッピーが惚《ほ》れるのもわかるわ」

「惚《ほ》れてねぇわ、訂正しろクソがッ！　その綺麗《きれい》な顔面、フリーズドライして保管すんぞ！」

「いや、そこは聞こえないフリしなさいよ」

彼女は、冷めた紅茶を机に零《こぼ》し——瞬時に凝固し、呑《の》み口から机上へと氷柱《つらら》が立った。

「なら、貴方《あなた》の正道は尊重してあげる。でも、三寮戦の王道はどこから通じてるかはわかるでしょ？　ヒーくん♡　蒼の寮《カエルレウム》で一緒にがんばろ♡」

「恐縮ですがね、その『一緒にがんばろ♡』は俺にとっての邪道ですよ」

苦笑して、フーリィは爪で氷柱を弾《はじ》く。

「あらら、フラレちゃった。三条燈色《さんじようひいろ》くんの意志は鋼よりも硬く、その強靭《きようじん》さで我が道を往《ゆ》くということかしら」

「愚問ですね。人間としての分厚さを持つ俺の意志の硬さは、モース硬度十のダイヤモンド、一山幾らの『♡』如《ごと》きで曲がるわけがない。曲げられるもんなら、曲げてみてくださいよ」

「私、実は、マリーナ先生のことが好きなの。身近に、その恋を見守ってくれる側近が欲しかったんだけどね」

「寮長、これから、よろしくお願いしますね。微力ながら、その恋の手助けをさせて頂く三条燈色と申します。蒼の寮、フーリィ・フロマ・フリギエンスの側近として、なんでもやる所存なので何時《いつ》でもお声がけください」

「はぁい、よろしくね、チョロ男《お》くん」

「こらぁ、まてぇえっ！」

寮長室の大扉が蹴破られ、見知った人物が飛び込んでくる。

大股で歩いてきた寮長《ミュール》は、唇をわななかせながらフーリィを指差した。

「黙って盗み聞きに精を出してれば、おまえーっ！　ヒイロは、黄の寮《フラーウム》の寮生なんだから
なぁ！　契約書で往復ビンタして、法廷で握手してやろうかーっ！　ヒイロは、わたしの
だ、わたしのーっ！　おまえなんかに、ぜーったい、やるもんかぁーっ！」

「ミューミュー、はろ～」

ひらひらと手を振るフーリィの前で、ミュールは地団駄を踏む。

「『はろ～』じゃなぁい！　小賢《こざか》しい英語が腹立つ～っ！　いっつもいつも、おまえはぁ！

わたしのものを、ぜーんぶ、横入りしてきてかすめとるんだ！　このどろぼうおっぱい！

ちょっと背が高くて美人で、胸が大きいからってぇ！　うらやましいなぁ！」

「なぁに？　盗聴なんて趣味悪いわねぇ、子ねずみちゃん」

「この時期に蒼の寮の寮長に呼び出されたと聞いたら、なにかあると思って後をつけるの
は当然だろーっ！　ばーか！　ばーか、ばーか、ばーか！　おまえなんて、ばーか！」

「でも、ヒーくんは、私を選んだんだもん」

可憐《かれん》な笑みを浮かべて、フーリィは、俺の腕を柔らかい身体《からだ》へと抱き込む。

「だから、ヒーくんは私のだもん」

「かわいこぶるなぁ！　おまえ、美人でかわいこぶるのは国際法で禁じられてるだろ、卑《ひ》怯者《きようもの》ぉ！　ヒイロは、わたしのだーっ！　デコに、私の名前書いてあるだろうがぁーっ！」

「最近、俺の額が寄せ書きみたいになってる元凶はあんたですか」

「誰がなんと言おうと、わたしのだったらわたしのだーっ！」

俺の腰に抱きつき泣きわめくミュール、不敵に笑んで俺の腕を抱えるフーリィ。双方からの欲望を受け流し、一筋に合流させ、百合《ゆり》に発展させられないかと画策する三条燈色《さんじようひいろ》。

三者三様の思惑が火花を散らし、窓外の水槽《プール》に人影が差した。

目を凝らしたその瞬間——鼓膜に突き刺さる破砕音、砕け散った窓ガラスがきらめき、飛び込んできた月檻《つきおり》は長剣を突きつける。

「一線越えたね、蒼《あお》い人」

三日月形に細まった両眼《りようめ》が、剣先と共にフーリィを睨《ね》めつける。

「抜けば、魔導触媒器《マジックデバイス》？　その瞬間、脳天から叩《たた》き割るから。人のモノに手を出す女狐《めぎつね》の中身、どこがどうなってるのかじっくりと観察してあげる」

「よっしゃぁッ！　良《い》いぞ、月檻桜《さくら》ぁ！　やったれやったれぇ！　ぶっ殺——もがぁ」

「こら寮長、今日一の笑顔で殺意を肯定したらめーでしょうが。冗談、受け付けるような眼ぇしてないでしょあの子。月檻桜に告ぐぅ～！　お前は、未来のお嫁さん候補に包囲されているぅ～！　大人しく、好きな女の子のタイプを教えなさぃい～！」

「やだ」

「やだ、じゃないの！　めっ！　やめなさい！　刃物まで持ち出して、なんなのあーた！」

不満気な月檻は、投降を呼びかける俺のことを見つめ――全身がブレる。

流星、否《いな》、流矢。

蒼光を纏《まと》った一矢が、急激に身を捩《よじ》った月檻の脇下を掠《かす》める。

間髪を容《い》れず滑り込んでくる痩身、速射に応じた屈曲型短弓、引き手側に番《つが》えられた矢。その長い指で三矢を掴《つか》んでいるラピスは、敷かれた絨毯《じゅうたん》でカバーした膝で滑り、小首を傾《かし》げて視界を確保した射形で連射する。

壁を反射した矢は、月檻の死角を的確に突いた。その場で側宙した月檻は三矢を弾《はじ》き飛ばし、ラピスが操作《クラフト》する魔弦《マジックアロー》の矢を割断する。

瞬時に次矢を生成したラピスは、指先で矢を操作《コントロール》しながら距離を取り、月檻が蹴飛ばしてきた花瓶を白雪姫弓《エーレンベルク》で叩き割る。

ふたりの視線が交錯し――轟音《ごうおん》が飛来して、両者の狭間《はざま》に赤槍《せきそう》が刺さった。

ガラス片が残る窓枠から入ってきたレイは、亀裂が入った床から槍《やり》を抜き取り、ひゅんひゅんと回転させて投げ上げる。背面で掴み取ってから背の後ろで回し、銀色の線と化した穂先から蒼白《そうはく》の燐光《りんこう》を撒《ま》き散《ち》らした。

赤熱し辰砂《しんしゃ》に染まった槍《やり》が脇下から脇上へ、風切音と円運動が彼女の殺意を鳴らした。

「お兄様は、朱の寮《ルーフス》に入ります」

「蒼の寮《カエルレウム》に入る」

「最初から、黄の寮《フラーウム》」

互いの形相を凝視し、三人は声もなく笑い合った。

間《ま》――相剋《そうこく》が沈黙を生んでいる。

肌がひりつくような緊張感、その狭間《はざま》を切り破くようにして足音が響いてきた。張り詰めた空気が霧散し、見覚えしかない金髪縦ロールが視界に飛び込んでくる。

汗だくのオフィーリアは、ぜいぜい言いながら、震える手の甲を口元に運んだ。

「お、オーホッホッ、ゲホッ！　ゲホぉッ！　う、噂《うわさ》をすれば、はぁ、影が差す！　お、オフィーリア・フォン・マージライン……はぁはぁ……蒼の寮の危機に華麗に参上いたしましたわぁ！　月檻桜《つきおりさくら》ぁ！　ココで会っても会わなくても百年目ぇッ！　蒼の寮のエース、真打ち、秘密兵器！　全わたくしが誇って、全みなさまが泣いた！　このオフィーリア・フォン・マージラインが、成敗して差し上げま――」

「あ～ッ！　お嬢、ダメダメッ！　入って来ないで！　今、床にガラス飛び散ってて危ないから！　あっちで遊んでなさい！」

自慢の縦ロールを掻《か》き上げて、颯爽《さっそう》と一歩踏み出したお嬢に俺はストップをかける。

彼女は、はたと空中で足を止めて、そろそろと足先を戻した。

「あ、あら、ガラス片があるの……それは、危ないですわね……」

「ごめんなお嬢、危険だし、今日のところはコレくらいで勘弁してもらってもいい？」

「ふんっ、一から百まで下民の願いを聞き届けてあげる程、マージライン家の名は安くありませんことよ！　でも、ガラスの破片は危ないから……踏んじゃったら大変ですし……お片付けが終わるまで、今日のところはコレくらいで勘弁してさしあげますわぁ～！」

バッと、扇を広げたお嬢は、高笑いしながら廊下の奥へ消えてゆく。

堂々たる後ろ姿を見送ったミュールは、くいくいっと俺の袖を引っ張った。

「なぁ、ヒイロ……あの子は、なにしに来たんだ……？」

「己の役目を果たしに来たんですよ。お嬢天下第一。モナリザの横に泣き顔展示したい」

全員の視線を掻っ攫《さら》ったサブヒロインは、彼女にしか見えていない噛《か》み付き跡を虚空に残し、新たなる噛ませ伝説を残し去っていった。

「殿方を巡って淑女同士で角突き合わせるなんて、鳳嬢生《ほうじょう》としてはしたないわね」

お嬢の独壇場で白けきったヒロインズの前で、フーリィは嘆息した。

「お優しい王子様はお姫様を選べないでしょうし……ねぇ、こうしましょうよ」

両手を広げたフーリィは、通る声で場を支配し大っぴらに宣言する。

「三寮戦の前哨戦《ぜんしょうせん》、銘打つならば、三条燈色《さんじょうひいろ》争奪戦。その争いで勝利した寮が、三条燈色を手の内に収める。どう、やる？」

「いや、俺は俺のものだろ」

月檻《つきおり》、ラピス、レイ、ミュール……彼女らの目線がかち合う。

「「「「やる」」」」

「俺のものだろ」

ヒロインたちは寮長室から退出していき、ひとり取り残された俺はささやく。

「俺のものだよね……？」

「ヒーくん、もう帰って良《い》いわよ」

＊

異界、神聖百合《ゆり》帝国、拠点《ホーム》。

青い水面の中心で浮かぶ木製屋敷、その屋根の上で俺は腕立て伏せを繰り返す。

「で。あんた、どうすんの？」

屋根の端に腰掛けている緋墨《ひずみ》は、首を後ろに倒してこちらを見つめる。

業務は終わっているにもかかわらず、生真面目な彼女らしく、赤色の眷属《けんぞく》衣装に身を包んでいた。出掛ける予定もないのに、制汗剤まで付けているようだった。

「どうすんのって……ふっ、ふっ、ふっ……なにが……？」

「屋根の上で腕立て伏せ《プッシュアップ》してる場合なの、って意味。あんた、ちゃんと脳みそ使ってるんでしょうね？　三条燈色《さんじようひいろ》争奪戦なんてやらせたら、ますます、追い詰められるんじゃないの？」

一通りの筋トレをこなした俺は、汗で濡《ぬ》れたシャツを脱ぎ捨てる。目を逸《そ》らした緋墨《ひずみ》は頬《ほお》を染め、じーっと右上を見つめながら咳払《せきばら》いする。

「あ、あんた、神聖百合《ゆり》帝国の目的は『百合を護《まも》ること』って言ってたでしょ？　だったら、三条燈色争奪戦なんて止めるべきじゃないの？」

「そーね」

刃引きされた模擬刀で正眼の構えを取る。

刃筋を正すための素振りを始め、深層筋へと魔力線を通し――違和感を覚える。

魔力線の構築速度と精度が向上している。手本とした『誰か』に合わせるかのように、幅や太さや輪郭が基準化されて統一されている。その魔力線は、馴染《なじ》みやすく安心感を覚えるものだった。

自然と口元が緩んで、力まず剣先を振り下ろした。

ひゅっ！　剣筋が空を裂き、緋墨は目を見張る。

「あんた……また、強くなってない……？」

「ただ、寝てただけの筈《はず》なんだが。一年分の百〇姫を枕の下に敷いて完成させた、高層百合枕の効果がムチウチ以外でも表れたか」

「それに、前よりも逞《たくま》しくなっ――じゃない！　あんたの半裸素振り音頭なんて見てない！　たまに、盆踊りみたいなテンポ感になってうっさいのよ！」

「仕方ねぇだろ！　うちの一刀流ゴリラが、素振り中に横で花笠音頭《はながさ》踊ってんだから！　暇を持て余すとダンサブルなんだよ、うちのカワイイ四百二十歳はよぉッ！」

「な、なによ惚気《のろけ》？　いいから、あたしの質問に答えなさいよ」

　どこをどう解釈すれば惚気になるのか、唇を尖《とが》らせている緋墨に俺は答える。

「フーリィの策にハマってやるのも良《い》いかと思ってな」

「なにそれ、どういう意味？」

「蒼の寮《カエルレウム》に俺を呼んだのは、フーリィの仕掛けのひとつってこと。真正面から勧誘したところで、天邪鬼《あまのじゃく》な俺はノッてこないって理解してたんだろ。だから、抜け道のない陥穽《かんせい》にまで獲物を追い詰めることにした」

「三条燈色争奪戦の開催までが、フーリィさんの仕掛けた一手だったってこと？」

「当然。そうじゃなかったら、わざわざ月檻《つきおり》やレイに情報を流したり、部屋の外でラピスを待たせたりはしない。うちの寮長《ミュール》だって、良いように使われてただけで、飛び込んでくるタイミングまで計算されてたと思うぞ」

「いや、でも、あんた百合《ゆり》に釣られて転寮しかけたんでしょ？」

汗を散らした俺は、爽やかに笑った。

「俺は常に、計算外の男だからな」

「残念ながら、その爽やかさにあんたのバカさ加減を変える力は備わってないわよ。ていうか、ちょっと待ってよ」

高所に突風が吹いて、スカートを押さえた緋墨《ひずみ》はささやく。

「三条燈色《さんじょうひいろ》争奪戦までが手の内なら、フーリィさんには勝算があるってことよね？」

「そりゃそうだろ、アイツが主催なんだから。勝負内容も勝利条件も勝敗予想も、昼休憩を挟むのかだってアイツ次第だ。どうやったって、蒼の寮《カエルレウム》には幸運の女神がついて回るさ」

「さ、さすが、絶零《ぜつれい》、えげつなぁ。界隈《かいわい》に噂《うわさ》は飛び交ってるけど、その頭の巡り方は学生レベルじゃないでしょ。神殿光都《アルフヘイム》と繋《つな》がりがあるって話も、あながち嘘《うそ》じゃないかも」

『いや、お前も大概だよ』とは思ったものの口には出さず、俺は、師匠《アステミル》に教え込まれた型を緩慢な動きで繰り返す。

「たぶん、フーリィは、その未来《さき》……三寮戦まで絵図を描いてるだろうな。あのレベルにまでなると、目的と手段を混同したりはしない。フーリィよりも早く俺の確保に動いたフレアも、同じ視座で大局を捉えていると言って良《い》い」

「あんたのところの大将は？」

「カワイイ」

「………………」

「冗談だよ。まぁ、今回の話は、ミュールや月檻《つきおり》にとっても良い刺激になる。フーリィもフレアも、俺の『男』っていう特異性を三寮戦の切り札にするつもりらしいが、黄の寮《フラーウム》をあまりにも舐《な》め過ぎだ」

「いや、あんたこそ、どこまで視《み》えてんのよ。裏でどこまで考えてんの？」

「俺は、チート持ちだから例外。幾ら後手に回ったところで、予測の範囲内に持っていくことくらいは出来る」

とはいえ、俺の原作知識《チート》もどこまで通用するか。アルスハリヤの件といいフェアレディの件といい、本来のシナリオから大幅に逸《そ》れる可能性は十二分にある。

鍛錬を続けていると、緋墨はため息を吐《つ》く。

「あんた、時々、こわいくらいに頭が切れるから。でも、時折、こわいくらいに間抜けだし。上手《うま》いことやるのはわかってるけど、無茶《むちゃ》と無謀の違いは理解してるんでしょうね」

「緋墨、水。喉渇いた」

「人の話聞け。急に甘えんな。ほら」

ミネラルウォーターを投げ渡され、受け取った俺はゆっくりと飲み干していく。その間、後ろに回ってきていた緋墨《ひずみ》は、タオルでゴシゴシと頭を拭いてくる。

「急に甘やかすな。自分でやるって。俺の素敵なヘアアレンジが崩れるだろ」

「いーから、じっとしてなさいって！　寝癖まみれが生意気言うな！　こんな汗かいて、目に入ったりしたら危ないでしょ！　あ、ちゃんと、終わったらシャワー浴びなさいよ？　シャワー終わったら、頭乾かしてあげるから、あたしのところに来てよね？」

「わーった、わーったって！」

「はいはい、暴れない暴れない、皇帝陛下ばんざーいばんざーい」

笑いながら俺の頭を拭いていた緋墨は、ふと、手を止める。

「……偽恋人作戦とか、どう？」

「はぁ？」

思わず振り向くと、顔にタオルを押し当てられる。視界が真っ白に染まって、柔軟剤の香りが広がった。

「いや、だから……三条《さんじよう》燈色《ひいろ》争奪戦とか、そういうのの抑止になるんじゃないの……偽の恋人とかいたら……」

「はぁ？　で、その素晴らしいご提案の生贄《いけにえ》は誰になんの？」

「りっちゃんは、そういうの慣れてないからダメだし……ルーちゃんにやらせるわけにもいかないし……あ、あたししか、いないいんじゃないの……？」

はらりと、タオルがずれ落ちる。

顔を真っ赤にした緋墨が、もじもじしながら、明後日《あさって》の方向を向いてしゃべっていた。

「あたし、病院にいる間に、まぁ、普通の女の子同士のヤツだけど……そういう恋愛漫画、読んでたし……別に、まぁ、あんたはアレだし……命とか救ってもらった恩があるし……あたしとあんたって、間違えても、そういう雰囲気にならないっていうか……上手《うま》いことやってるじゃない……だから、まぁ、そういうのも良《い》いんじゃないの……手とか繋《つな》ぐくらいなら、あたし、全然イケると思うし……あ、でも、緊張で汗かくかもだから……恥ずかしいし、手を繋ぐのはNGかな……腕組むとかは、やり過ぎだと思うし……まぁ、あの、最初は一緒にデートとか……あ、アレだからね！　で、デートって言っても、もちろん、それはフリで――」

「お前、俺のこと好きなの？」

「はぁ⁉」

叫んだ緋墨は、自分の手の甲をつねりながら下唇を噛《か》む。

「あ、あんた、自意識過剰じゃないの……好き……じゃないし……た、たすけてもらったから……それだけ……ば、ばかじゃないの……」

「だろうね、そんなわかりやすくアピってくる人いないもんね。急に量産型テンプレ・ツンデレみたいなこと言い出すから、クソ出来の悪い告白かと思っ――いだいッ！　タオルで視覚を奪っての殴打！　殺しにきてる殺しにきてる！　的確に急所に叩《たた》き込んでくる！」

「当たり前でしょ！　ざけんな、自意識過剰のクソヤロー！　自分で拭け！　二度と汗かくな！　熱帯びたまま死ね！」

強烈な打撃で追い詰められた俺は、許しを乞いながら両手を上げる。

「いや、このまま死んだら冷たくなります。でもさ、緋墨《ひずみ》、本当に間に合ってんのよ。その手のは。俺の豊かなる精神を蝕《むしば》み、心の余裕を跡形もなく消し去っちゃってんの」

「はぁ？　なにそれ、命乞いのつもり？　どういう意味？」

小首を傾《かし》げる緋墨に断りを入れて、シャワーを浴び終えた俺は件《くだん》の人物を連れてくる。

神聖百合《ゆり》帝国の主要メンバー六人の前で、俺はスノウと腕を組んで並び立った。

「こういう意味」

「こんにちは、三条燈色《さんじょうひいろ》の婚約者のスノウです。趣味は、人の男に手を出した女の靴に画鋲《がびょう》を仕込むこと。特技は、人の男に手を出した女の勤務先へのトラック特攻。休日は、人の男に手を出した女にイタ電を繰り返してます。どうぞ、よしなに」

唖然《あぜん》としている緋墨の両脇から、興味津々のリイナとルビィが身を乗り出す。

「教主様、すごい……婚約者がいるなんて、戦場《FPS》だったら死んでる……！」

「きょーちゃん、婚約者がいるならいるって教えてくれりゃあ良《い》いのに。この女性《ひと》、将来的にオレたちの皇后《クイーン》になるってことだろ？」

「皇后……むふっ、良い響きですね」

スノウは、むふむふと満足そうに笑う。ちらりと緋墨を瞥見《べっけん》してから、さらに強く俺の腕を抱き込む。

「ダーリン、ココに並ぶ下々の者にこの皇后を紹介してください。おっと、なにを間抜け面でスタンドしてるんですか。膝でおすわり。跪《ひざまず》いて靴底を舐《な》めながら『僕は、道端に落ちてるチューインガムですぅ〜！』と己を卑下して皇后を立てなさい」

「ははは、相変わらず、チューインガムみたいに粘っこいお口だなぁ〜？　『腹、膨れりゃあ良いんですよ』が標語《モットー》の庶民が調子にノルなよ、皇后。親しき仲にも礼儀ありを顔面に叩《たた》き込んでやろうか」

「いやん、こわい。ダーリンったら、道端のガムに嫉妬して対抗意識燃やしてる」

無表情のスノウの顔を掴《つか》み、俺は、ぐいぐいと外側へと押し出す。

頬《ほお》を引っ張り合う俺たちの前で、恭順に膝を突いたシルフィエルは頭《こうべ》を垂れた。

「お目にかかり幸甚の極み、我が皇后。シルフィエル・ディアブロート、深淵の悪魔《グレーターデーモン》、貴女《あなた》様の下僕《しもべ》が一柱はココに」

「わーは、わーだよ。ワラキア・ツェペシュ、幽寂の宵姫《ヴァンパイアロード》、名誉ジロリアン。よろしくね、きょー様の奥さん」

「ハイネ・スカルフェイス、死せる闇の王《リッチキング》、好きな冷食はチャーハン。よろ」

「ふむふむ、敵味方識別メイドアイによれば、貴女《あなた》たちの危険性《リスク》は『低』と出ました。よろしくしてやりましょう。焼きそばパン、三秒フラットで買ってこいよ」

「承知しました」

「「承知しないで」」

猛烈な勢いで踏み込んだシルフィエルを、俺とスノウはふたりがかりで必死に止めた。

さっきから妙に緋墨《ひずみ》を意識しているスノウは、ぴったりと俺に全身を密着させたまま彼女のことを見つめる。

「それで、ダーリン、そこの可愛《かわい》らしい女性《にょしょう》は？」

「ひ、緋墨瑠璃《るり》……です」

俺の代わりに答えた緋墨の全身を舐《な》め回すように見つめ、つま先立ちしたスノウは、両手をメガホンの形にして耳に当ててくる。

内緒話でもしたいのだろうかと思い、俺は耳を澄ませて――

「ふーっ」

「ひゃぁん！　って、オラァ！」

生温かい息を吹きかけられ、俺は、スノウの頭を引《ひ》っ叩《ぱた》く。

「ふざけんな、喉から清楚《せいそ》系ヒロインが飛び出ちまったじゃねぇか。皇帝陛下が家臣の前でメスの一面見せちゃったよ。女子会のお誘いで、通知鳴《な》り止《や》まなくなるだろうが」

「でも、感じてたんだろ？」

「テメェは！　レディースコミックに出てくる！　性格の悪い！　ドSイケメンかァ！」

「アイユ！　好通《ハオトン》！　アウチ！　シャイセ！」

国際色豊かに痛がるスノウに、しこたま折檻《せっかん》する。

甘んじて罰を受けていたスノウは、ちらちらと緋墨を観察し、俺の腕を引っ張って奥の暗がりへと連れ込む。

「3OUT」

仁王立ちした審判員《スノウ》は、右拳を振り上げてから腰を捻《ひね》り横に繰り出す。

「緋墨瑠璃、3OUT。彼女に、私が偽の婚約者だってバラしてはいませんよね？」

「えっ、うん」

「この週末、ココに滞在するとホザいてましたよね？　マンモーニなご主人様の指チュパホームシックを防ぐため、母性剥《む》き出《だ》しの私も一緒にお泊り保育してあげます」

「ダメだよマンマ、三寮戦に向けての準備も兼ねてんだから。駄々《だだ》こねるから連れてきてやったけど、一応はココも異界で危険だから、ひとり虚《むな》しく母性持て余してろや」

「皇后《クイーン》の警護には、あのニンニク臭そうなのがいれば十分でしょう？　私のぬくもりなしでは寝られないような、いやらしい身体《からだ》しといてなにをホザくか。スノウちゃん印の快眠サポートがないと寝付けない癖に」

「黙れ、他人様《ひと》の許諾なく、俺の寝床に忍び込んでくるぬくもり中毒者が。自分から猫みたいなことしておいて、いやらしい言い回しでレロレロと侮辱してくるなよ」

「にゃん、にゃあん」

ぴょこんと片足を上げたメイドは、両手を猫の手にしてポーズをとる。

「…………」

「お、ぐらついた。ちょっろ。コイツの心の地盤、ゆるゆるやんけ」

「ぐ、ぐらついとらんわ。俺の素敵な心は盤石だわ、バッチリ耐震工事済みだわ、もし仮にぐらついてたとしても震度一レベルだわ。ともかく、お前の滞在は許可せんわ」

「知らんわ。滞在するわ。求む、婚約指わ。あんまり駄々《だだ》こねるようなら、あの連中の前でクイーン式べろちゅーかましますよ」

「なんだよ、クイーン式べろちゅーって。口内炎が薔薇《ばら》の形にでもなってんのか。高貴成分のお陰でオーラルケア要らずか。舌先が王冠かぶってて、口の中でタン冠式でも行われんのか。って、長いんだよ！　お前の存在が、俺の舌を過重労働させるわ！　帰れ！」

跪《ひざまず》いたスノウは、ぎゅっと、俺の腰に抱きついてくる。

「コレは、ヒイロ様のためにやってるんですよ」

「はいはい、パワハラパワハラ。美談みたいに語られる『お前のためにやった』ね」

「この土日で、ズバッとお見通してやりますよ！」

両手を回してしがみつき、俺の腰に顔面を押し付けたスノウは思い切り叫ぶ。

「あのどろぼう猫のいやらしさをッ！」

「もしかして、俺の腰のことスピーカーユニットだと思ってる？」

数十分後、ようやくスノウを引《ひ》き剥《は》がすことに成功する。

『喉が渇いた』とかホザいて消えたメイドから離れ、俺は、三寮戦に向けての相談をするため一室を訪ねる。

「うぅん……」

神聖百合《ゆり》帝国が誇る国営補佐『椎名莉衣菜《しいなりいな》』こと、りっちゃんは、お気に入りの猫耳付き毛布をかぶった状態で唸《うな》る。

「教主様……その三寮戦っていう競技、あんまりココの国家運営とは結びついてないかも……ココの国家運営は、言うなればターン制ストラテジーだけど……三寮戦はMOBAとRTSかなって……参考にならないかも……ごめんね……」

笑って、俺は、りっちゃんの頭をぽんぽんと叩《たた》く。

「ヘイヘイ、謝罪は受取拒否よ、勝手に俺が期待してたんだから。俺とりっちゃんの仲じゃん。国営補佐の手練手管には、いつもお世話になっちゃってるんだから」

「えへっ……教主様、はじめて『りっちゃん』って呼んでくれた……」

「え、そうだっけ？　俺とりっちゃんの友情は、常温保存でも永遠不変として有名でしよ？　つーか、お近づきの印に恋バナとかしない？　好きな女の子とかいるの？　緋墨《ひずみ》とかルーちゃんとかさぁ、なんか、あんじゃないのぉ？　えぇ？」

常に飢餓状態にある俺は、百合《ゆり》成分を体内に取り込もうと食指を伸ばす。頬《ほお》を染めたりっちゃんは、俯《うつむ》きながら指と指を突き合わせる。

「え、えへ……そういうの、よくわかんない……ルリちゃんとルーちゃんは、入院してた時からのお友達だから……で、でも、ルリちゃん、そういう恋愛の漫画好きだから……憧れた時はある……かも……えへ……」

「ふへっ（堪《こら》えきれなかったキモオタ）、じゃ、じゃあ、いずれは女の子とお付き合いとかしたいって思ってるの？　良いじゃん、ふへへっ、さ、最高じゃん」

「り、リイナは……リイナの好きな人とお付き合いしたい……一緒にゲームとかしたい……でも、リイナ……」

丸窓から射《さ》し込む日の光を見つめ、眩《まぶ》しそうに彼女は目を細める。

「あのまま、病気で死ぬと思ってたから……この延長線をどう辿《たど》れば良《い》いかわかんない……たぶん、ルリちゃんもルーちゃんも同じで……消灯時間、三人しかいない部屋で、布団をかぶってしゃべったあの夢が……どこにデートに行きたいとか……映画の感想を言い合いたいとか……トリプルデートなんてしてみたいねとか……叶《かな》わないってわかってた夢物語が、今、実現するかもしれないって言われても……わかんない……えへへ……」

眼《め》の前の小さな女の子は、今、そこにある現実を確かめるように俺の小指を握った。

「リイナ、教主様のこと大好き」

天真爛漫《てんしんらんまん》に、彼女は笑った。

「きっとね、リイナもルリちゃんもルーちゃんも……あのまま、船に乗ってたら死んでたから……もう、会えなかったから……時々ね、リイナたち、パジャマパーティーしてるの……前みたいに三人で布団かぶって……たまに、シルフィエル様たちも交ざってくれて……病院のベッドの中は真っ暗で、ぽっかり穴が空いてて、こわくてこわくて眠れなかったけどね……今は、もう、全然こわくないの……目を閉じるとね……アティ先生の……教主様の……たくさんの人たちの足音が聴こえるんだよ……だから……だからね……」

椎名莉衣菜《しいなりいな》、ルビィ・オリエット、そして緋墨瑠璃《るり》。

原作通りの展開を迎えれば、死の運命を免れなかった彼女たちは生を繋《つな》いでいる。

俺の前で、リイナは満面の笑みを浮かべた。

「ありがとう」

彼女の背後の壁には、たくさんの画用紙が貼り付けてあった。

下手くそで、取り留めもなくて、統一感もないクレヨンの線……『ルリ』、『リイナ』、『ルビィ』と名前が描かれた笑顔の絵に囲まれて、くしゃくしゃで真っ黒な焦げ痕が残り、幾度も修復を施された一枚の似顔絵があった。

俺は、ボロボロになった黄金マスクの横に並べられたその笑顔を見つめる。

『アティ』と銘打たれたその絵は、取り去った仮面の隣で、たくさんの笑顔に囲まれて幸せそうに笑っていた。

「ずっと」

俺は、彼女たちが描いた幸福を——笑顔を——その延長線へと繋《つな》げられたのだろうか。

「ずっと、あの絵みたいに。そこで、笑っていてくれ」

だとすれば、俺は、この世界に来られて良かった。

「うん……」

涙を誤魔化《ごまか》すために、りっちゃんは俺に抱きついてきて——視線——壁に半身を隠したスノウが、じーっとこちらを睨《にら》みつけていた。

「……また、女を落としている」

「OMG。神よ、こうして、世に冤罪《えんざい》が生み出されるのですか」

「あっ、皇后《クイーン》……！」

きらきらと目を輝かせたりっちゃんは、ぴょんっと椅子の上から飛び出し、裸足《はだし》でぺたぺたとスノウに近寄る。

「きょ、教主様に何時《いつ》もお世話になってます……えへへ……椎名莉衣菜《しいなりいな》、です……国営補佐、です……教主様と皇后のために、がんばって、良《い》い国を作りたい、です……！」

「ぐぎゃぁああ！」

「りっちゃん、勘弁してやってくれ。そこで藻掻《もが》いているメイドは、幼少の頃から培った生粋の闇属性だから、陽の気に当てられると自壊してしまうんだ。ほら、見てご覧。邪推した罪悪感によって滅んでいくよ。汚いね」

のたうち回っていたスノウは、迫真の演技をやめて、綺麗《きれい》な姿勢で深々と頭を下げる。

「スノウと申します。うちの主人が、何時も、お世話を重ねがけしていてすみません。見ての通り、デバフまみれのあんちくしょうなんです。ヒイロ様の口座の詳細と暗証番号を知りたくなったら、チャットで送るので何時でも連絡ください」

「遊びの約束するみたいな気軽さで、初対面の相手に俺の全財産を明け渡そうとするな」

タイプはまるで異なるが、意外にも馬は合うようだ。

りっちゃんとスノウは、俺の賞賛と悪口を言い募って意気投合する。様子を見に来たルーちゃんも参戦し、姦《かしま》しさに輪をかけていった。

「ええ、ヒイロ様は、寝ぼけると抱きついてきますよ。私の滲《にじ》み出る母性が胎外教育をもたらしたせいか、あのマヌケ面もシャープな知的フォルムを象《かたど》ってきた気がしますね。『目を開けて』と懇願しているのに、毎晩毎晩、ケダモノのように睡眠を貪っていますよ」

「毎晩毎晩、半分意識のない俺の瞼《まぶた》をこじ開けて『大将、まだやってるかい！』とか、謎のラーメン屋さんごっこをするのはやめろ。寝ている人の瞼を暖簾《のれん》代わりにして遊ぶな」

「まず、きょーちゃんは、メイドと同衾《どうきん》してることを弁明した方が良《い》いと思うけどね。よく、こんな美人と同じ布団で寝て間違い起こさねーな。てかさ、きょーちゃん」

俺とスノウは互いの頬《ほお》を引っ張り合って交戦し、りっちゃんの頭に顎を載せたルーちゃんは、かぶっている野球帽のツバの角度を調整する。

「りっちゃんはMOBAもRTSもイケるし、応用すれば三寮戦にもある程度活《い》かせると思うぜ？　三寮戦のルールを聞く限り、戦術観点ではりっちゃん向きの種目だよ。まぁ、りっちゃんは人見知りだから、直接、指示出したりは難しいだろうけど」

「え、ホント？　いや、もちろん、三寮戦に参加してくれとは言わないけど……是非、その妙技を俺に叩《たた》き込んで欲しい。りっちゃん、お願いしても良い？」

「う、うん、もちろん！」

「それと、ルーちゃん、りっちゃんのことを後ろから抱き締めてもらって良い？」

「あぁ、もちろ――」

「さり気なく、己の欲望を混ぜ込むな。私にレフ板持たせて、ポーズ指定まで始めるな」

レフ板でスノウに殴られた俺は、美しい友情を私物化しようとした己の邪欲に猛省する。

地に額をつけて謝罪していると、ひょっこりと眷属《けんぞく》衣装の緋墨《ひずみ》が顔を出した。

「ごめん、三条《さんじよう》燈色《ひいろ》。皇帝案件。シルフィエル様たちだと対応に不備が生じそうだから、ちょっと面貸してもらっても良い？」

緋墨は、ちらりとスノウを確認し、珍しくそわつきながら俺を待つ。

「りっちゃん様、ルーちゃん様、失礼いたします。近いうちに、主人の金で豪遊しましょう」

別れを告げたスノウは、我が物顔で付いてくる。

手際よく複数の画面《ウインドウ》を呼び出し、迷いなくフリックした緋墨は、その中のひとつを俺に飛ばしてくる。

画面の情報を確認しながら、俺は、先導している緋墨を追いかける。優秀な秘書官が次々と飛ばしてくるのは、人物情報《パーソナルデータ》で、的確に必要な情報《データ》だけがまとめられていた。

「で、なによコレ？　美少女ばっかりで、俺にお見合いしろとでも？」

「ばか、あんた、婚約者いるでしょ」

間髪を容《い》れず、スノウに腰の辺りを殴られる。

うかつなジョークを口にした俺は、口パクでナイスフォローなメイドに謝罪する。

「解散させられたフェアレディ派の残党たちよ。大半はライゼリュート派に吸収されたけど、一部の人員がこっちにも回ってきてんの。誰彼構わず受け入れるわけにもいかないから、あんたに面接してもらおうと思って」

「あー、そーゆー……復活した直後に、あの魔人、倒されちまったからな。魔神教から抜けきれなかった人員が再就職先を求めてるってことね。役人に目をつけられるのはマズいが、かといって他に回されるのも困るし、こっちである程度引き取った方が良《い》いか」

「何割ですか？」

横からスノウが口を挟んで、緋墨《ひずみ》は視線をそちらに向ける。

「大体、全体の一割ですね。六割強がライゼリュート派に移行、二割がその他の魔人の下へ散り散り、一割が烙印《らくいん》を外すか行方不明。残り物は、新進気鋭の皇帝様へとお近づき」

「あーあー、ちょっとちょっと、緋墨くん。うおっほん、こっちに来てもらえるかね」

露骨な咳払《せきばら》いで場を濁した俺は、秘書官の肩を掴《つか》んで奥へ連れて行く。

「事前に言っておかなくて悪いが、スノウには込み入った話はしないでくれ。以前から勘ぐられてたから、下手なマネされるよりかはと思って連れてきたけど、なるべくココでの活動に関わらせたくない。神聖百合《ゆり》帝国の成り立ちについてはぼかしつつ説明したが、アイツのことは巻き込みたくないんだ。ただの一般人として、危険な目に遭わせたくない」

「はぁ、そうですか。随分と、婚約者様と仲がよろしいようで」

「はい？　なに、その含意たっぷりなイントネーション」

顔を赤くした緋墨は、真正面から俺を睨《にら》みつけ、肩に置いた俺の手を払いのける。

「あたしだって、あんたと仲いいでしょ！　いっつも、こっちでシャワー浴びると髪濡《ぬ》れたままにしてる癖に！　あっ、あっちでは、婚約者様と一緒にお風呂入って、な、なんか、いやらしい感じで髪乾かしてるんでしょ！」

「抱きついてくるメイドの顔面をドライヤーで焼き払う感じで乾かしてはいるね」

「うーあーもー！　そうやって、煙《けむ》に巻いてくる感じも腹立つ！」

緋墨は両手で顔を覆って唸《うな》り、ダンダンッと床を踏みつける。リズミカルな苛立《いらだ》ちを見学していると、彼女は何事もなかったかのように無表情になった。

「行くわよ、待たせてるんだから。愛するお姫様を塔の頂上に押し込めて、大切に愛《め》でたいなら好きにすれば良いんじゃないの。あたしの業務には、一切、関係のないことなのでお姫様なり婚約者なりご愛人なり勝手にどうぞ」

「いや、あの、ひ、緋墨さん……？」

うさぎのスタンピングみたいな感情表現をした緋墨は、呼びかけを無視して面接会場へと入っていく。そこに、丼を持ったワラキアが通りかかった。

「こらー。もー、だめでしょお、きょーさまぁ？　うちのルリちゃん敵に回したらぁ、それ即《すなわ》ち、わーと二郎系列店すべてを敵に回すことになりますからねぇ？」

「なんで、お前は二郎系列に肩並べてんだよ。去れ、この妖怪全マシ女めが」

ゴシックロリィタ姿のワラキアは、ずるずると麺を啜《すす》ってスノウに笑いかける。

「あ、きょー様の奥さんだ〜。みっけみっけ〜。お近づきの印に、ジローー食べるぅ？」

「すみません、つわりが酷《ひど》いので……」

「喉に罵倒が詰まってるだけだろ」

その後、行われた面接の最中、緋墨《ひずみ》と俺の目が合うことは一度もなかった。気まずさが満ちる空間の中で、神聖百合《ゆり》帝国はフェアレディ派の人員を受け入れることになった。

「賢い御方《おかた》ですね、緋墨さんは」

面接中、外に追い出されていたスノウは、暇を持て余している間、シルフィエルとハイネを相手にトランプを楽しんでいたらしい。賭けポーカーで大金を奪い取り、深淵の悪魔《グレーターデーモン》と死せる闇の王《リッチキング》を素寒貧にしていた(ハイネはFXで有り金全部溶かした人の顔になっていたが、シルフィエルの方は接待だろう)。

「敢《あ》えて、受け入れる人員を一割に抑えている。思考停止した凡夫であれば、組織強化と人員強化をイコールで考えてしまう。私もメイド長時代に、人員を増やしすぎて大変な目に遭いました。組織に属していた人員と組織に入ってくる人員とを紛糾なく混じ合わせることは難しいですから。でも、彼女は、ヒイロ様のためにやり遂げるでしょうね」

「所謂《いわゆる》、御恩と奉公か。あの子を恩義で縛り付けたくはなかったんだけどな」

「あの子を救ったんでしょう?　貴方《あなた》が貴方でいるために」

俺は肯定も否定もせず、目を細めたスノウは眩《まぶ》しそうにこちらを見上げる。

「貴方は……やっぱり、昔のままでいてくれたんですね」

「いや、俺は――」

やんわりと、唇に指を当てられ遮られる。白髪の美少女《メイド》は、優しく微笑《ほほえ》む。

「私は、貴方に救われた緋墨さんに興味があります。なので――」

その日の夜、俺はスノウに呼び出される。ベッドが並べられた寝室に全メンバーが集合し、パジャマ姿の彼女らは一斉に俺を見つめる。

「パジャマパーティーしつつ、三寮戦の対策会議をしましょう！」

「いや、意味がわからんが」

ベッドの上で女の子座りした緋墨は、自分の手の甲をつねりながら、ちらりと俺を見つめ――逸《そ》らした。

全員が全員、既に入浴を済ませているせいか、シャンプーの香りが充満している。

七人の女子と七つのベッドが同心円状に並び、中央に座するひとりの男子は十四の瞳に磔《はりつけ》にされ、『ここが我らのゴルゴダの丘』と言わんばかりの冤罪《えんざい》の偶像《イコン》と化していた。

風呂上がりの彼女らは、髪を下ろすか軽くまとめており、火照《ほて》った肌がほんのりと色づいていた。肩と肩をくっつけて、無防備なパジャマ姿でリラックスした表情を見せている。

クリスマスケーキでいうところのセンター・サンタ・ポジションにいる俺は、誰かが身じろぎする度に腕か足が触れ合う距離感にいた。

七人に囲まれた俺は、腕を組んだまま目を閉じる。

「なに、この感じ。なんで、俺が中央なの。御神体的な立ち位置で、かしこみ申されても困るんだよね。もっと、こう、キャッキャキャウフフの美少女オンリー枕投げ大会的なアクテイビティを期待してるんだけれども。俺を生贄《いけにえ》にして、今夜のつまみでも召喚するつもりなの」

「てか、きょーちゃん、私服はクソダサいのにパジャマはカッケーじゃん。クイーン・ウォッチで頭ごと爆散したせいで、センス壊滅的になっちゃったのかと思ってたのに」

マグカップを持ったルーちゃんは、片足立ちの体勢でからかってくる。黒のルームウェア・パジャマを着ており、白色光の下で輝く健康的な太ももを晒《さら》していた。

「私服もパジャマも、歴史にその悪名を残すクソダサコーディネーター、スノウ＝サン・ナンセンスによるオールシーズン滑稽コーデだよ。確かにパジャマについては、たくあんTシャツのような躍動するキッチュなグロさが感じられないな」

俺は、サテン生地のナイトウェアを摘《つま》んでみせる。

ルーちゃんが、綺麗《きれい》に口笛を吹いた。抱き締めている枕に顔の下半分を埋めている緋墨《ひずみ》は、ちらちらとこちらに視線を送ってくる。

「自宅では、妙な虫が付くこともないので。しまりましたね。こういう時のために、二足歩行の鹿がラグビーをしている柄のクソダサパジャマを買っておくべきでした」

「なにその地獄絵図みたいな柄。奈良《なら》公園で開催されたブラックマーケットで買ってきたの？」

「ふん……婚約者《ママ》に服まで買ってもらってるとか……プライドとかないの……まぁ……良《い》

いんじゃないの……ふん……」

モゴモゴつぶやいている緋墨の格好は、ポンチョコート風の灰色もこもこパジャマに、しましまのもこもこ靴下を合わせたものだった。不満そうな彼女は唇を尖《とが》らせていて、抱き抱えている枕を下顎で押し込んだり、押し込まなかったりを繰り返している。

「パジャマパーティーとは、諸説紛々ありましたが……パジャマウェアで我が教主を囲み、ホットミルクで暖を取りながら礼賛する儀式なのでしょうか？」

どことなく、学園の制服に似ているパジャマを着たシルフィエルは、マグロくんからマグカップを受け取る。

「ホットミルクで物足りないなら、マグロの刺し身でもつまむ～？」

お姫様みたいなひらひらパジャマを着ているワラキアが笑い、猛烈に震え始めたマグロくんは抜身の包丁を己の腹に当てた。

俺が必死でマグロくんを逃していると、だるんだるんのナイトキャップに袖余りしているパジャマ姿のハイネが手を挙げる。

「ホームドラマで見た。パジャマパーティーとは枕投げ。他人の顔面を破壊する行事」

「えへへ……病院で出来なかったヤツ……楽しそう……」

「あはァ！　とっても良いねェ！　枕投げ、やろうよやろうよォ！　女の子同士で枕を投げ合う姿は実に美しいからねェ！」

ハイテンションになった俺へと、スノウは「きもっ」と誹謗《ひぼう》中傷を送ってくる。

全員、マグカップをサイドテーブルに置いて、おっきな枕を持ち上げた。室内に設置した定点観測カメラを起動した俺は、スッとオペラグラスを取り出し目に当てる。

「せーのっ！」

一斉に、掛け声が上がり——俺の顔面へと枕が叩《たた》きつけられる。

ボコボコと枕でタコ殴りにされている俺は、オペラグラスを外し両手で『T』を作った。

「運営上の不手際が御座いましたので、ご来場のお客様はその場でお待ちください」

俺は、トドメとばかりにぶん投げられた枕を顔から剥《は》がす。

「アレだわ、位置が良くないわ。一回、アレだわ。場所を交換する必要があるわ。真ん中にいれば、そりゃあそうなるわ。はい、交代交代。キビキビ動いて動いて」

シルフィエルと場所を交換した俺は、ニチャァと笑みを浮かべて掛け声をかける。

「せ——」

俺の顔面に、枕がブチ込まれる。

思わず、顔を押さえて蹲《うずくま》った俺の頭と背中に、トップスピードにのった枕が叩きつけられていく。

数分後、ようやく一方的な暴行が終わり、期待を凌辱《りょうじょく》された俺は顔を上げる。

「残念ながら、このパジャマパーティーでいじめがありました。教主、悲しい。せっかくの催し物なのに、どうして、人間の醜さをコレでもかと発揮するんだ。皆、仲良し神聖百合《ゆり》帝国じゃないのか。俺は、ただ、キャッキャウフフしてるパジャマパーティーを静かに見守りたかっただけなのに。全員、目を閉じなさい。教主様の顔面に、枕をブチ込んだ人は手を挙げて。一斉に目を開いて、黒幕を明らかにしましょう。じゃあ、いくよ。はい、目を閉じ——そんなこったろうと思ったよ（七つの枕が直撃する音）」

たったひとり、目を閉じた俺は暴虐に呑《の》まれる。明らかに私怨が入っている緋墨《ひずみ》は、ハァハァ言いながら楽しそうに枕を投げていた。

「で。そろそろ、本日の本題、三寮戦について話したいんだけど」

再度、中央に戻された俺は、猫耳フード付きのパジャマを着たりっちゃんに、優しく枕で叩かれながら口を開いた。

「そもそものそも、三寮戦とは？　かむひあ、説明」

ワラキアの頭をぺしぺし叩きながら、ハイネは問うてくる。

「鳳嬢《ほうじょう》魔法学園で、六月に行われる学校行事だよ。他校でいうところの体育祭。っても、他所《よそ》では考えられないくらい大規模で、マスコミやら政界の要人やら魔法結社のスカウトやらが大勢押し寄せる。三寮戦の模様はテレビ、ネット中継される。優勝した寮には学園長からご褒美があるし、就職やら進学は有利になる上、活躍すればスコアが跳ね上がる。

優勝寮の寮長には、鳳嬢《ほうじょう》魔法学園の歴史にその名が刻まれるっていう最上級の栄誉が与えられるから、基本的に各寮の寮長は必死になるし、寮生たちも少しでも活躍してスコアを上げようと張り切る」

「人間は、妙なことにばかり精を出しますね。悪魔には理解し難い。体育祭ということは複数競技が設けられ、各競技に参加する生徒を選出して競うという形式ですか？」

「いや、三寮戦の種目はたったのひとつ」

シルフィエルへと、俺は笑いかける。

「大規模駒戯戦《グウィズブィル》だよ。法則《ルール》は簡単――駒が王を取れば良《い》い」

「寮生が寮長の首を取る？　原始的な戦略ゲームですか」

「まぁ、そう簡単な話じゃありませんけどね。鳳嬢は魔法学園ですから、当然、魔法の知識と実力を競い合うものになる」

スノウの疑問に答えた緋墨《ひずみ》は苦笑し、俺は彼女の応答に説明を重ねる。

「言うなれば、規定された戦場《フィールド》で行われる集団魔法戦かな。つっても、寮生ひとりひとりに割り振られる役割……駒によって異なる規定と性質があるから、三寮戦前に行われる役割の割り振りから寮長の実力が問われる」

「で、その駒の取り合いに、我らが御主人様はもう巻き込まれてるわけですか」

「わぁ、人気者……教主様、すごい……！　半額シール貼ってありそう……！」

「半額でも要らねぇ」

「ハハハ、誰だ今、小声で半額でも要らねぇとか言ったヤツ。そこのメイドが仰《おっしゃ》る通り、今、まさに三条燈色《さんじょうひいろ》争奪戦が巻き起こってるんだよ。いやぁ、モテる男は辛《つら》いねぇ」

「「「「「……………」」」」」

「み、皆、なんで笑ってくれねぇんだよ……た、ただのジョークだろ……？　お、俺、モテてねぇよな……なっ……？」

首筋にデコピンされる。振り向くと、素知らぬ顔で、緋墨が爪を弄《いじ》っていた。

「で、この時期は、各寮間で引き抜きとかある感じ？　情報工作とかえぐそうで、おもしろそー、オレも参加してー！」

わくわくと、腰を浮かせたルーちゃんは抱き枕を抱き潰す。

「教主。教主は、景品の癖に、三条燈色争奪戦に参加しないの？」

「我が親愛なる配下、ハイネくん。なに、『景品の癖に』って。どういう意味。いやらしい目で、人のことトロフィーとして見ないでくれる？」

「ヒイロ様は、参加しますよ。どの寮で参戦するかは既に決まっていて、その寮を優勝させるために驀進《ばくしん》するおつもりでしょうしね」

すまし顔で正座しているスノウは、横目で俺を捉えて微笑する。

さすがは、俺の専属メイドというべきか。一蓮托生《いちれんたくしょう》で糊口《ここう》をしのぎ、二人三脚で足を引っ張り合い、四苦八苦しながら共にやってきた俺の思惑は筒抜けらしい。

「あー、なるへそのなるなる～？　だから、きょー様ったら、三寮戦三寮戦って未来《さき》のことばっか言ってたんだぁ。きょー様争奪戦の方は、あんまし、きょーみない感じぃ？」

「ない感じ～。省エネ男の俺は、前哨戦如《ぜんしょうせんごと》きに重きは置かねーので」

ワラキアの確認に答えると、座り姿勢が美しいシルフィエルもまた問いかけてくる。

「では、教主様は、景品として己の争奪戦に参戦なさるということですね」

「一言一句違《たが》えてないのに、煽《あお》られてるように思うのは俺の心が卑しいからですかね、ハイネ先生」

「あたぼうよ、たりめぇよ、てやんでぇ！　すっこんでろぃ、このすっとこトロフィー！」

「この江戸っ子、べらぼうに縊《くび》り殺してぇ～！」

ホットミルクを飲みながら、とりとめのない会話を交わしていく。

気がつけば夜の帳《とばり》は下りて、りっちゃんがうとうとし始める。彼女に肩を貸していたルーちゃんも目を閉じ、ふたりの身体《からだ》が折り重なって寝息の合唱が聞こえてくる。

「…………（激写）」

「…………（激写する主人激写）」

スノウから、ニチャァ笑いを浮かべているキモオタの写真が大量に送られてくる。爆笑した俺は早速師匠に転送し、師弟で『三三七拍子のリズムで増殖するコラ動画』を作って盛り上がったところで、それが自分の笑顔だと気づいて真顔になった。師匠はブロックした。

「夜の帳も下りて、草木も眠る頃合い。消灯とするのがよろしいかと」

シルフィエル、スノウ、緋墨《ひずみ》は、手慣れた動きでりっちゃんたちに布団をかける。その布団を剥《は》がし取った俺、ハイネ、ワラキアは頭を殴られる。

「ハイネとワラキアのせいで、俺までぬくもり強奪団の一員みたいになったじゃん。世話焼きスリーマンセルが、ひとり一枚ずつで三枚もかけたから、俺の優しい心が寝汗防止措置に走っただけだというのに」

「今更、なに言ってんすか、リーダー。『温かい布団の中で、凍える女子供を見ながら食うアイスが一番ウメェんだよな』って熱く語ってたじゃないすか」

「そうですよぉ。『ご趣味は？』って聞かれた時に『罪なき女子供からの布団引《ひ》っ剥《ぺ》がしとお琴を少々』って言ってたじゃないですかぁ、リ〜ダ〜」

「罪擦《なす》り付け検定一級の証書授与式を始めた俺を無視して、並べ人非人《にんぴにん》ども」

証書授与式を始めた俺を無視して、リーダー呼ばわりしてきたハイネたちはあくびする。

「電気消すよー」

付き合ってられないと言わんばかりに、緋墨が灯《あか》りを落とす。

穏やかな闇が満ちて、しんとした静寂に包まれる。

全員が寝静まったタイミングで退散するつもりだった俺は、部屋の隅で透明化し、少女たちの百合《ゆり》寝を見学しようと思い立つ。

が、ぱっと明るい光が放たれ、布団の中で懐中電灯を灯《とも》したハイネが笑う。

その手には、強烈な白光を受けて輝くデッキがあった。

その不敵な笑みを見て、俺は直感する。

コイツ、只者《ただもの》じゃない……命懸けの勝負を潜《くぐ》り抜けてきた猛者《もさ》の匂い……強いな……。

決闘者《デュエリスト》としての確固たる実力が、獲物を狙う猛禽類《もうきんるい》のように鋭い眼差《まなざ》しから感じ取られる。

震える手を押さえつけた俺は、決意と共に顔を上げ、懐のデッキを取り出し——叫んだ。

「決闘《デュエル》開始の宣言をしろォ！　ワラキァア！」

「決闘《デュエル》開始ィイイイイイイイイイイイイイイイイイイイイイ！」

「寝ろ、クソガキどもォオオオ！」

しこたま、緋墨《ひずみ》に怒られた（結果論）。

布団を全没収された俺たちは、不貞腐《ふてくさ》れてぶつくさ文句を言いながら、指一本から始めて指五本になったら敗《ま》けるヤツで遊んでいたが……ワラキアが寝落ちして、むくりと起き上がったシルフィエルが彼女に布団をかける。

俺とハイネは、寒空で凍える子犬の真似《まね》をしたが、ついに救いは訪れなかった。

半眼《はんめ》になっていた真正面のハイネの方からも、すぅすぅと安らかな寝息が聞こえてくる。

脱出の機会を得た俺は、人を抱き枕代わりにしているワラキアを引き剥《ひは》がす。

そっと、寝床を出ようとして――引っ張られる。

不意をつかれて後ろに倒れた俺は、そのまま布団の中へと引きずり込まれる。あたたかな掛け布団と敷布団の間にはふたつの目、布団地獄と化した緋墨がこちらを見つめていた。

熱い吐息を直に感じる。

穏やかに起伏する胸が視界に入って、同じシャンプーの香りが鼻孔に入り込む。頬《ほお》を上気させた彼女は、所在なさげに俺の腕を掴《つか》んだままささやく。

「ね……ちょっと、話しても良《い》い……？」

「構いませんよ」

俺を後ろから抱き締め、微笑《ほほえ》んだスノウは、俺の肩の上から顔を出す。

「丁度、私も話をしたかったところですから」

緋墨とスノウは、俺を挟んで、静かに見つめ合う。

「じゃあ、俺は、ここらへんで失礼しま――」

「「お前はココにいろ」」

「あ、はい……」

震えながら、俺は、両手を祈りの形で組んだ。

寝息が聞こえる。

二重三重と、折り重なって眠る少女たち。謎の巨大ベッドに女の子たちが寝転がるタイプのアニメEDを見た時、俺の脳はアドレナリンやアセチルユリンといった脳内物質を垂れ流し集中力や判断力を高め百合《ゆり》観戦状態へと身体《からだ》を移行させていた。

あの時に感じた高揚が、眼前に広がる現実の光景と共に蘇《よみがえ》ったのには涙が出そうになる。

俺を挟んで、よく知るふたりが見つめ合っていなければ。

緋墨《ひずみ》は、俺の腕を掴《つか》んだまま放さない。スノウも、俺から離れようとはしなかった。

百合ゲー世界で、女の子同士が見つめ合っているというのに……なぜ、俺という薄汚い男を間に挟んで、具だけ腐っているサンドウィッチを作ろうとするのだろうか？

俺が知っているエスコであれば、運命という名の必然性で女の子は女の子と仲良くなり、間に挟まる三条燈色《さんじょうひいろ》は無人権ゴミとして廃棄される筈《はず》だ。俺という異分子がヒイロの中に入ったことで、この世界に重大なエラーが発生してしまったのだろうか。

「……おふたりは、何時《いつ》、出会ったんですか」

「幼い頃に」

緋墨の問いかけに、スノウはぽつりと答える。

予想外のタイミングで、スノウの口からヒイロとの出会いが語られようとしていた。

「御主人様は……ヒイロくんは、その頃から、とても優しかった。私に『優しい』も『嬉《うれ》しい』も『楽しい』も教えてくれた唯一の人でした。そんな彼と約束を交わしたから。彼があの頃のままでいてくれるなら、私は、彼と彼の妹の傍《そば》で約束を守り続けます」

過去のヒイロの記憶なんてものは、俺の頭の中には存在しておらず、三条家の手で捻《ね》じ曲げられる前のヒイロのことなんて俺は知らない。

もちろん、スノウと交わした約束なんてものを知るわけもない。

「この人は変わりました」

縋《すが》るようにして俺の背に触れ、スノウはささやいた。

「また、あの頃の彼に戻ってくれた。だから、私は、彼のためになることをします。今度は、私がヒイロくんにすべてをあげる番だから」

スノウは、女性を好きになったことがないと言っていた。

もし、それが、過去にお優しいヒイロと出会ったことに起因するのであれば……アイツは、幼い頃から、百合を破壊し続けてきた第一級ゴミクソということになる。

天性の破壊神、おぞましい邪魔者、合言葉は『死ねヒイロ』。

「わ、私はっ！」

真っ赤な顔で、緋墨はささやく。

「か、彼に命を救われました。恩があります。コイツの心臓には、ブラウンさんとアティ先生が繋《つな》いだ『英雄』が巡っているんです。だから、彼のために生きようと思ってます。

しょ、正直に言います……わ、私、彼のことを格好良《かっこい》いと思ったことがあります……っ！」

「ハハハ。スノウさん、この喧《やかま》しいツンデレ、とんだデレ言《ごと》を抜かしますぞ。ハハハ。コレはなかなか愉快愉快、パジャマパーティーに相応《ふさわ》しい演目ですなぁ」

「私は、毎日、格好良いと思ってますが」

真顔でスノウは答えて、汗だくの俺は掠《かす》れ声を上げる。

「は、ハハハ、も、盛り上がってきたじゃん。思わず、口からプチョヘンザが飛び出ちまいそうだぜ。な、なぁ、緋墨《ひずみ》ぃ……？　あ、あの、なんで笑わないの……へへ……ねぇ……？」

「こ、コイツ、ばかだから」

俺の胸元を掴《つか》んだ緋墨は、赤い顔でぐいぐい引っ張ってくる。

「わ、私みたいなのが必要なんです、ぜったいに。シャワーの後に、頭拭かないで歩き回ってるし！　放《ほ》っといたら、ずーっと、休憩しないで刀振ってるし！　ニヤニヤしながら恋愛漫画読んでるのはキモいし、デリカシーないし、たまにムカつくことも言ってくるし、頭に来ることもいっぱいあるけど！」

間に挟まっている俺を透かし、彼女は潤んだ瞳でスノウを見つめる。

「でも、コイツは……私を助けてくれたんです……ただ、私が『泣いてるから』っていう理由で……ブラウンさんが願った『英雄』を繋《つな》いでくれた……本当は……本当は私が走らないといけなかったのに……コイツは……コイツは、私の代わりに左腕を吹き飛ばして血まみれになって死ぬような思いして……先生が……生きた理由を……笑顔を……全部……素敵な『おしまい』にまで運んでくれたんです……」

ぐいぐいと、俺の胸元を引っ張りながら緋墨は顔を伏せる。

「私、バカだった時、人生を本にたとえた時があったんです……人間《ひと》のページ数は決まってるって……私たちみたいな短命は、直《す》ぐにページ数が切れて『おしまい』になるって……でも、そうじゃない……そうじゃなかった……そこで『おしまい』じゃない……その続きがある……人間《ひと》が懸命に紡いだ『おしまい』は、どこかの誰かの物語へと繋がっている……ブラウンさんも……アティ先生も……私とコイツの中で息づいている……」

スノウは緋墨を見つめ、ふたりの間で俺は沈黙を守る。

「コイツのこと、格好良いって思ったことがあります……男の人のこと、そういう目で見たことはなかったけど……時々、目で追うこともあります……一緒にいると楽しいし、もっと一緒にいたいって思います……でも、私……」

泣きながら、緋墨は微笑《ほほえ》む。

「コイツのこと、絶対に好きにはなりません……だから……だから、コイツと一緒にいさせてください……おねがいします……」

俺は、嗚咽《おえつ》を漏らした緋墨の肩に両手を置く。

「緋墨《ひずみ》。号泣してるところ申し訳ないが、俺とスノウが婚約者っていうのは嘘《うそ》だぞ」

緋墨の涙が止まり、彼女は満面の笑みを浮かべる。

「…………………………は？」

「嘘だぞ」

「はい、嘘ですね」

「………」

笑っている緋墨の顔が、どんどん赤く染まっていった。首筋が真っ赤になって、耳の先まで桜色に色づいていく。

俺は、真顔で、彼女にささやきかける。

「緋墨、俺のこと絶対に好きになるなよ。その約束、違《たが》えることは決して許さ――」

顔面に緋墨の足裏がめり込み、照れ隠しの乱打が降ってくる。

「忘れろぉおおおおおおおおお！　ぁああああああああああああ！　忘れろ忘れろ忘れろぉおおおおおおおおお！　ぁあああああああああああああ！」

「も～、うるさいよ～？　なんなの～、発情した掃除機みたいな音だして～？」

その場にいた全員が目を覚まし、ワラキアがあくびをしながら電気を点《つ》ける。パッと光が闇を照らし、俺の上に跨《また》がっている緋墨の姿が衆目に晒《さら》される。

ぴたりと動きを止めた緋墨が振り返り、五人分の視線が彼女に突き刺さる。

ルーちゃんが電灯ヒモを掴《つか》み、カチャッと音を立てて電気を消した。

「違う違う違うから！　なにもないなにもないなにもない！　ねぇ!?　寝たフリしないでよ!?　ちょっと!?　ほら！　私たち、健全だから！　ちょっと！　おいっ！」

「う、うぅ……カスレアの主人を寝取られたぁ……」

「スノウ！　俺を寝取った緋墨を俺から寝取れ！　お前には果たすべき大義がある！　来い！　そういう百合《ゆり》もあるっていうところ見せてやる！」

「うわぁあ！　私を信じてくれないこんな世界なんてぇッ！　消えちゃぇぇッ！」

悪の首魁《しゅかい》みたいなセリフを吐いた緋墨が、世界よ終われと俺たちに枕を投げてくる。叩《たた》き起こされた被害者たちは、世界防衛軍の一員として枕カタストロフィに参加した。

わーわー、ぎゃーぎゃー。

騒いでいるうちに意識が薄れ、いつの間にやら朝になっていた。

誰よりも早く起床した俺は、足やら胸やら尻やらを押しのける。人を抱き枕にしている少女らを解《ほど》き、重なっている彼女たちの撮影を滞りなく終える。

早朝四時。朝靄《あさもや》の中で日課の鍛錬をこなしていると、誰かが屋根に上ってくる気配を感じて振り返り――呑《の》まれた。

ショートのデニムパンツに、灰色のスウェット。

袖あまりのアウターを着たスノウは、少しヒールの高いブーツを履き、普通の女の子みたいな格好でこちらを見つめていた。

普段のメイド服からかけ離れた衣装。外出中でもメイドの正装を崩そうとしなかった彼女の『私服』にはどことなく違和感があった。その違和感を覆すくらいにそのコーデは似合っていて、恥ずかしそうに顔を伏せている姿は可愛《かわい》らしかった。

後ろ手を組んだスノウは、足で屋根を掻《か》きながらささやく。

「……感想」

「え、は？」

「かんそー」

デニムパンツの裾丈を伸ばそうと、何度か引っ張り、スノウは髪を掻き上げる。赤くなった耳が、ちらっと見えて、彼女はじっと俺を見る。

「かんそー……カワイイ以外は……殴る……ります……」

「え、あ、まぁ、良《い》いんじゃない……すか……？」

「カワイイ」

頰《ほお》を染めて、スノウは、じとっと俺を見上げる。

「カワイイ」

「か、カワイイ……っすね……」

「……おせーよ、ばか」

しきりに髪を掻《か》き上げて、スノウはちらりと俺を捉える。

「……うるおったか」

「は？」

腕を押さえつけて、彼女は、右斜め下を見つめて顔を赤くする。

「目、うるおったか」

そこで、ようやく気づく。

――たまには主人の目が潤うようなカワイイ私服姿でも見せてくれよコイツ、俺の軽口を受けて、わざわざ服買いに行ったのか？

百合《ゆり》姉妹見学会の前に交わした、なんてことのない軽口のひとつ。冗談でしかなかったお願い事のひとつを、今の今まで憶《おぼ》えていて有言実行した。わざわざ、俺とふたりきりになれるタイミングに。他人《ひと》に見られたら恥ずかしいような着慣れない私服姿で。

らしくもない空気感に、俺は、右斜め上を見ながら「あー……」とかうめき声を発する。

「い、良《い》いんじゃないっすか」

「……そっすか」

「………」

「…………」

いやいやいや！　なんで、俺まで緊張してんだ⁉　俺とコイツは、そういうのじゃないだろ⁉　グーとグーで殴り合う漫才コンビでしょ⁉　妙な雰囲気になるんじゃねぇよ！

あーとかうーとか、うめいていると、スノウはふっと相好《そうごう》を崩した。

「昨日、なんで、バラしちゃったんですか？」

「え……ん……なにが……？」

屋根の端に腰かけて、風に吹かれたスノウは髪を押さえる。

「緋墨《ひずみ》様に。私との婚約関係は嘘《うそ》だって、自分からバラしたでしょ。貴方《あなた》の望む方向性とは反対方向なのに、どうして、自分が損するようなことするのかなと思いまして」

「いや、まぁ、別に」

「別にってことはないでしょう？　なんですか、その歯間にトラウマ挟まってそうな歯切れの悪さ。超絶ベリキュートで、カワイイ私に見惚《みと》れてるんですか？」

「いや、まぁ、うん」

スノウは、バッとこちらに振り返り、赤い顔で歯噛《はが》みしたまま唸《うな》って……そっぽを向いた。

縦納刀で刀を納めた俺は、スノウの横に腰を下ろす。

「まぁ、アレだよ。アイツ、泣いてただろ。百合を護《まも》る者としては失格かもしれないけどな。あのまま続けてたら、アイツ、ずっと辛《つら》い思いするだろうし。誰かの犠牲を吸って咲く百合《ゆり》なんて、きっと綺麗《きれい》だとは思えない。アイツを泣かすくらいなら俺が泣くよ」

頬《ほお》に触れる――その冷たい感触は、直《す》ぐに温かさに変わる。

俺の右頬に指先で触れたスノウは、優しく微笑《ほほえ》んで、ふたつの瞳に俺だけを映した。

「バカですね……」

彼女は、そっと、ささやく。

「バカですね……ずっと……貴方《あなた》は……」

ゆっくりと、指先が離れて、微笑を浮かべたままスノウはつぶやく。

「貴方のためなんですからね、ぜんぶ」

「今日のカワイイ私服姿も?」

意表を突かれたのか、スノウは目を丸くし、ワンテンポ遅れて――彼女は笑った。

「ばーか」

りっちゃんを講師に迎えた神聖百合帝国強化合宿は終わり、俺とスノウはふたりで帰宅の途に就いた。


週明けの月曜日。

学徒たる俺が外に出た途端、黄の寮《フラーウム》の前に見慣れない異物を見つける。黒地に金線が入ったカラーリング、車幅と車高が一般道を走っている路線バスよりも一回り大きく、札束で外観を整えているのが丸わかりのバスが駐《と》まっていた。

登校する生徒たちは、物珍しそうに様子を窺《うかが》っている。はたらく車への興味を持っていない俺は、あくびしながら横を通り抜けようとし――扉が開く。

三人の少女が、ゆっくりと、バスから下りてくる。

「最近の景品は、二足歩行で歩き回るから困ったものねぇ」

「ひゃっはっは、良《い》いねぇ、三条燈色《さんじようひいろ》。この吾《おれ》に行方を掴《つか》ませないとは、一足先にあの世でも散歩してたのか？」

「こらぁ！　そこの胸デカ女に角デカ女、尻軽ナンパ罪で無期懲役だ死ねーっ！　気安く、うちのヒイロに近づくなーっ！　人の寮の前で二酸化炭素を吐き散らすなーっ！　この成金ガイドバス、駐車違反切符でデコられたくなかったらとっととどけろーっ！」

朱《あか》、蒼《あお》、黄――フレア、フーリィ、ミュール――三寮長が肩を並べる。

三人三色に取り囲まれた俺は、嫌な予感を覚えつつバスを見上げた。

窓から身を乗り出したラピスが手を振っていて、バスの中には見覚えしかないメンバーたちが満載されていた。

意図がわかった俺は、予感の的中に喜ぶことなく苦笑する。

「さぁ、乗れよ、玉《ぎよく》。財宝《おまえ》の奪い合いだ……参加するだろう？」

「朝っぱらから、ＶＩＰ待遇の脅迫なんて涙が出ますね」

鋭い牙を見せたフレアに、笑みを返した俺はバスに乗り込み――扉が閉まった。

巨大な外観に反して、低反発クッション付きの座席《シート》がたったの十席。

モニターとリクライニング、足置きまで備えたソファーみたいな座席《シート》には、九人の生徒たちが座っていた。

月檻桜《つきおりさくら》、ラピス・クルエ・ラ・ルーメット、三条黎《さんじようれい》、オフィーリア・フォン・マージライン、フレア・ビィ・ルルフレイム、フーリィ・フロマ・フリギエンス、ミュール・エッセ・アイズベルト、そして三条燈色《ひいろ》。

馴染《なじ》みのメンバーが八人。プラス、朱《ルーフス》を示す赤色の獅子《しし》を象《かたど》った所属章《バッジ》を着けた少女がひとり。

「…………」

鳳嬢《ほうじよう》魔法学園の大圖書館《アーカイブ》に潜むサブヒロイン、ファンからは『ツンとデレの幅が、絶対零度と絶対熱くらいある』と謳《うた》われる彼女はそこに座っていた。

真っ黒なワンピースに身を包む彼女は、初雪明けの早朝のような静けさを保ち続けている。寝癖のあるふわふわの黒髪を重力に任せ、雄弁に色を語る真っ赤な瞳を片方だけ覗《のぞ》かせていた。

上から下まで真っ黒。

全身を覆っている黒色の隙間から覗《のぞ》いている、純黒の首輪を着けた首筋と豊満な胸元だけが白い。黒と白、その二色から外れているのは赤い瞳と所属章《バッジ》だけだった。

黒タイツで両足を包んでいる彼女は、綺麗《きれい》な所作で足先を揃《そろ》え、床の一点を見つめたまま微動だにしない。

原作ゲーム内で最上位の攻略難易度を誇った『黒砂哀《こくさあい》』は、誰とも相容《あいい》れるつもりはないらしく、棚の奥でホコリをかぶった人形のようにじっとしていた。

バスに乗り込んだ俺は、改めて全体を眺める。

このバスに乗っているのは、全員が全員、鳳嬢《ほうじよう》生でトータル九人……黄の寮《フラーウム》が三人（月檻《つきおり》、ヒイロ、ミュール）、朱の寮《ルーフス》も三人（フレア、レイ、黒砂）、蒼の寮《カエルレウム》も三人（フーリィ、ラピス、お嬢）。

十人乗りのバスに九人、ひとり分の席が余っている。

引率の先生でも付いてくるのかと思ったが、フーリィは座るように顎で俺に指示を出し、腰を下ろした瞬間にバスが発進する。

座席は、寮ごとにまとめられていた。俺の隣にはぼんやりと外を眺める月檻が座っていて、前の座席を反転させたミュールが正面に腰を下ろしている。

「おっす」

月檻に声をかけると、彼女は優しく微笑《ほほえ》む。

「おっす」

つい先程まで、つまらなそうにしていた月檻は、窓外の景色から俺へと視線を移す。目元がイタズラっぽく笑んで、小首を傾《かし》げた彼女は仮想のマイクを突き出してくる。

「ヒーローインタビュー。八人もの女の子に奪い合われるお気持ちは？」

「いずれ、お前にもわかる。この倍以上にしてやるから楽しみにしておけや」

「それはそれは、結構な皮算用で」

窓枠に肘をついた月檻は、挑戦を受け入れる王者の貫禄《かんろく》で微笑した。

「ヒイロ、月檻、すんごーい寮長であるわたしの威光に謙遜することはないぞ。今日のヒイロ争奪戦は、三人一組の対抗戦だからな。ふふん、不安で不安でたまらないだろうが、我が黄の寮が敗《ま》ける筈《はず》もない！　このわたしに黙って付いてこい！」

リリィさんに持たせてもらったのか、ちっこいリュックを膝に抱えている寮長《ミュール》は、編み込んでいる白金《プラチナ》の髪を揺らしながら胸を張る。

「「…………」」

「撫《な》でるな！　可愛《かわい》がるな！　菓子を差し出すな！　人のリュックの中身点検して、ゲーム機没収するなーっ！」

怒られた俺と月檻は、蓋を開けようとしていた弁当箱をリュックごと返却する。

「つーか、寮長、三条《さんじよう》燈色《ひいろ》争奪戦なのに俺を戦力に数えちゃって良《い》いの？」

「ふふーん、ぬかりはないぞ！　フーリィが良《い》いって言ってたからな！　ヒイロはどうせヒイロだから、禁止したとしても搦手《からめて》で参戦してくるからって！」

そっと、俺は、頭を横に倒し前の席を窺《うかが》う。

見計らったかのように、笑顔になったフーリィは、ひらひらとこちらに手を振っていた。

「……アイツと正面からやり合いたくねぇ」

「まぁ、腐っても寮長だし。正面に座ってるそこのミニサイズも、同じ括《くく》りだと良いけど……ただ、腐ってるだけだったら困る」

「ん？　月檻桜《つきおりさくら》、料理の話でもしてるのか？　ヒイロ、どういう意味？　褒め言葉？」

「寮長、『くさる』とは大阪弁で『何の利益も生まない状態のこと』を指します。つまり、大阪弁プレイヤーの月檻は『なにくさっとんねん。はよ、あんたの真価をみせてみろや。そしたら、うちがキスしたるさかい……ほな、目ぇ、閉じぃ……』と言いたいわけですよ」

「月檻桜、お前、すこぶるキモいなぁ！」

フォローするつもりが、途中から『#創作百合《ゆり》』を始めてしまった俺は頭を下げる。

「冗談です、ごめんなさい。実のところ、ただの罵倒でした。すんません、うちの月檻、ツンのツンなんで。ツンツンと来てツンッてなるわさび系女子なんで。今度、俺がデレの真髄を叩《たた》き込んでおくので勘弁してやってください」

「ヒイロくんならともかく、この子にデレる日は二度と来ないと思うけど」

あいも変わらず、ＣＯＯＬな月檻の毒舌が効いていないのか、そもそも聞いていないのか、寮長はごそごそとリュックの中を弄《いじ》る。

ニヤけながら、彼女は『作戦ノート』と書かれたノートを取り出す。

「昨日、おふとんに入る前に、完璧な作戦を考えてきてやった！　聞きたいか？　ん？」

「別に、聞きたくな――」

俺は月檻の口を押さえつけ、不満気な彼女に人差し指をかじられる。

「さすが、寮長、是非ともお聞かせ願いたい」

思う存分、俺の人差し指をかじった月檻は、そっと身を寄せてきて耳打ちしてくる。

「……敵陣の真《ま》っ只中《ただなか》で、作戦話すとかバカ？」

「……まぁまぁ、ココは良きに計らわせてよ。まずは、何事も始めることからでしょ」

「……活動的なバカより恐ろしいものはないって言うけどね」

月檻は、長い足を組んで、俺の手の甲にデコピンを連打する。

俺たちの会話が終わったのを見計らって、自信満々の寮長《ミュール》は、授業参観で作文を読み上げる小学生のようにノートを構えて口を開く。

「まず、フーリィをぶち殺す！」

「ＷＡＯ！　初手、私怨とか、さすが俺たちの寮長だぜ！」

「次に、フレアをぶち殺す！」

「私怨の連鎖が止まんないんだけど」

「なんやかんやあって、全員死ぬ！」

「オイオイオイ」

「死んだわ俺ら」

発表を終えたミュールは、顔を輝かせて、俺たちを見つめる。

「どうだ⁉　たまげて、宇宙の彼方《かなた》にまで精神がぶっ飛んだか⁉」

「ゴミ」

「さすが寮長！　ブラボー&トラッシュ、トレビアン&ガーベージッ！　陰湿な中学生がノートの隅に書きそうな内容を堂々と読み上げる胆力の強さ！　戦法も戦術もへったくれもない、バラクラヴァの戦いも真っ青な突撃願望を作戦と言い張る度胸！　『作戦ノート』の『作』の横線が一本多いところまで含めてPERFECT！」

ひと晩熟成させた殺意の集大成を『ゴミ』呼ばわりされ、涙目になったミュールは月檻《つきおり》を指差した。

「お、お前ら！　そこまで言うんなら、さぞや素晴らしい作戦があるんだろうな！　このわたしの精神を『宇宙の彼方へ、さぁいくぞ！』させられるような作戦が！」

「勝負内容もわからないのに、作戦を立てようがないでしょ」

「やめろ、月檻、時に正論は一方的なハメ技と成り得る。寮長、今回の主催は、フーリィですよね？　どっかしらのルートで、事前に情報を掴《つか》んでたりしません？　濃厚なウザみ成分を持つ銀髪エルフが関わってるとか。ラピス経由で、ドヤりに命懸けてるアから始まってルで終わる新種のエルフゴリラまで参戦してきたらすげぇ困るんですけど」

ドンッ、と、バスの天井から大きな物音が聞こえてくる。

「あれ？　今、なんか、ぶつかりました？」

「鳥かなにかじゃないか？　まぁ、ともかく、わたしはフーリィからなにも聞いてないぞ」

俺たちは、揃《そろ》って、前の席を窺《うかが》う。

見計らったように、フーリィが顔を出して、ひらひらとこちらに手を振った。

「とりあえず、不意打ちで、あの蒼《あお》いの殺《や》っちゃわない？」

「寮長の殺意に染まるのはやめろ。まぁ、さすがにフレアがイチャモンつけるだろうし、情報の開示が直前になっても問題にならないような勝負内容になってるとは思うが」

ゆっくりと、バスが止まった。どうやら、目的地に着いたらしい。

主催を務める蒼の寮《カエルレウム》の寮長様は、全員に向かって下車の指示を出した。粛々と下知に従った俺たちは、遠足よろしく一列になってバスを下りる。

扉の先には、砂地の広場があった。

トタン板で作られた屋根なしの建造物、重ねられたタイヤの遮蔽物、敷設型魔導触媒器《コンストラクタ・マジックデバイス》であろう黒い円柱がまばらに立っている。

広場《フィールド》の中央には、人間の等身くらいの高さをもつ小さな塔《オブジェクト》があり、その頂点には翡翠《ひすい》色の宝玉が付いている。

勢揃《せいぞろ》いした九人は、自然と寮ごとに分かれて固まり、主催者《フーリィ》に視線を注ぐ。

捻《ね》じくれた角を撫《な》でたフレアは、肩を竦《すく》める。

「で？　こんな辺鄙《へんぴ》なところで、なにするつもりだ、フーリィ・フロマ・フリギエンス？まさか、九人で砂の山でも作ってトンネルを開通させましょうなんて言い出さないよなぁ？」

「さぁね、知らないわよ。私がルールを決めたら公平性がなくなっちゃうでしょ？　だから、平等を司《つかさど》る審判者《ジャッジ》を別で用意したのよ。そろそろ、来るんじゃない？」

その言葉を待ち望んでいたかのように、公明正大の天秤《てんびん》を持つ審判者は──空の上から降ってくる。

ダンッ！　と、快音を響かせ、砂埃《すなぼこり》が舞い上がる。

バスの上から跳躍し、眼前に着地した彼女は、銀色の長髪をなびかせながら微笑《ほほえ》んだ。

見覚えしかないエルフは、ドヤ顔で髪を掻《か》き上げる。

「紹介要らずの超有名人！　公明正大！　現世最強！　世界一位！　アステミル・クルエ・ラ・キルリシアです！　本日は、スッキリとした快晴ですねぇ！　この私の心のように！」

ドヤァと笑みを浮かべて、師匠《アステミル》は、俺とラピスの方をちらちらと窺《うかが》う。

「「……………」」

師の痴態を目の当たりにした俺たちは、そっぽを向いて他人のフリをした。

「では、早速ですが、チーム分けをしましょうか！」

めげない師匠は、ハキハキと宣言する。

「いや、待て待て。落っこちてきた不純物が、早速、円滑な進行に支障をきたすな」

師匠の『チーム分け』宣言に対して、俺はツッコミを入れる。

「我が師よ、前提条件から整えていく時間を頂きたい」

「はぁ、まぁ、良《い》いですけど。ヒイロ、タイム・イズ・マジックですよぉ？　急いでぇ？」

「タイム・イズ・マネーだよ。急に、ディ◯ニーみたいなこと言い始めるな」

こほんと咳払《せきばら》いをしてから、俺は、相変わらず顔だけは良すぎる師に語りかけた。

「コレは『三条燈色《さんじょうひいろ》がどの寮に入るか』を決める戦いで、景品として参加している俺個人も了承済み。その勝負方法と審判方法は公平を期すため、どの寮にも属していない第三者の師匠に委ねられた。ココまでは、合ってるよね？」

くじ箱を混ぜながら、師匠は素直に頷《うなず》く。

「だとしたら、この三条燈色争奪戦は、各寮間での争いとなる。フーリィから呼び出されたのは各寮三人ずつで、人数的にも三対三対三で綺麗《きれい》に分けられる。にもかかわらず、ココからチーム分けを行う意味はなに？」

「だって、普通にやっても、面白くないじゃないですか。なので、各寮から一名ずつ集めたチームで戦ってもらいます。それに最近、私、一番〇じにハマってるので」

「いや、ちょっと待て。その一番〇じ、誰にそそのかされた？」

師匠は、静かに、俺から目を背ける。

「おいコラ、目が泳ぎすぎて、自由形でワールドレコード叩《たた》き出しそうじゃねぇか。嘘偽《うそ》りなく、息継ぎついでに吐露しちゃいなさい。蒼《あお》いのか？　うん？　それとも、朱《あか》いのか？」

泳ぎ回っている師匠の視線を辿《たど》ると、顔を背けているラピスが目に飛び込む。

「おいおい、姉弟子さんよぉ、水臭いことしてくれちゃってんじゃねぇの？　弟弟子の俺に何の相談もなく、額の上までくじ沼に浸《つ》けた師匠を持参するなんてよぉ？　ねぇねぇ～？　それが、誇り高い蒼の寮《カエルレウム》さんのやり方ですかぁ～？」

肩に手をかけて顔を覗《のぞ》き込むと、企てがバレたラピスは羞恥でカァーっと赤くなる。

ぐりんと、頭を曲げて。俺は、微笑《ほほえ》んでいるフーリィに標的を定める。

「いやぁ、さすがは、鳳嬢《ほうじょう》が誇るエリート揃《ぞろ》いの蒼の寮さんだ。やり口が大胆かつ不敵、なおかつ、お卑怯《ひきょう》千万ですねぇ。うちの騙《だま》されやすい姉弟子になに吹き込んだか知りませんが、あのくじ箱、なんか仕込んだりしちゃってんじゃないですかぁ？」

「うふふ、しらなぁい」

　俺は、右拳を左の手のひらに当て、背筋を伸ばした状態でお辞儀する。

「我が師よ。失礼ながら、そのくじ箱、薄汚い不正の臭いがします。確認させて頂いてもよろし――」

　師匠の手から、くじ箱が吹き飛ぶ。

　振り向くと、真顔のレイが手のひらを構えていた。その手のひらからは、魔力の残滓《ざんし》が立ち上り、吹き飛ばされたくじ箱は地面の上で燃え尽きていく。

「申し訳ありません、手が滑りました」

「中止だ中止ィイ！　ふざけんじゃねぇ！　証拠隠滅罪、動かぬ証拠をこの目で見たり！見ましたか、皆さん、コレが蒼の寮と朱の寮《ルーフス》のやり口ですよ！　うちの純粋無垢《むく》な師匠をだまくらかして、神聖な勝負を汚そうとしてやがりまぁす！」

「おいおい、三条燈色《さんじょうひいろ》。きみ、黄の寮《フラーウム》は潔白で悪巧みひとつしてませんとでも言うつもりかァ？　そこにいるピクニック気分の人幼も、裏ではなにを考えているかわからんし、どんなえげつない手を繰り出してくるかも不明だろうが」

「では、黄の寮の寮長に意気込みを聞いてみましょう。この三条燈色争奪戦のために、貴女《あなた》はなにをしてきましたか？」

　リュックの紐《ひも》を両手で握って、ぼけっとしていたミュールは勢いよく顔を上げる。

「お、おまえ、バカにしてるのか！　わたしは、黄の寮《フラーウム》の寮長で、アイズベルト家の人間だぞっ！　な、なかなかいないスペシャライズド・スペシャリストなんだからな！　あ、あれなんだからな！　すんごいんだからな！　だ、だから、アレだ、アレとかしたわっ！」

偉そうに腕を組み、ミュールは自信満々で言い放つ。

「昨日、早く寝た」

感動で――俺は、涙を流す。

思わず嗚咽《おえつ》が漏れた口を押さえて、俺は唖然《あぜん》と佇《たたず》む彼女らに問いかける。

「あなた方は、斯様《かよう》に純乎《じゅんこ》たる存在に悪逆無道が為《な》せるとお思いか？　昨日、早く寝た。あなた方の中で、それだけのことを得意満面で言い切れる者がいるのか。日が出れば田畑を耕し、日が暮れれば床に入るという人間本来の無雑さ。二度と、我が寮を疑うような真似《まね》はやめて頂きたい。我が黄の寮に不正はない。ただ、早く寝る。夏休み中の中学生に出来ないことが、我が寮長であればいとも簡単に実現可能であるとその記憶に刻んで頂きたい」

泣きながら、俺は、師匠の肩に両手を置く。

「師匠、俺、ゆるせねぇよ。師匠が審判者《ジャッジ》を務めるこの真剣勝負を、卑劣な手段で汚した蒼《あお》いのと朱《あか》いのが。だから、俺、絶対に勝つよ。師匠がどんな勝負方法を選んだとしても、絶対に黄の寮が勝利を掴《つか》んでみせる。たとえ、師匠が、黄の寮にとって不利な勝負方法を選んだとしても、師匠が教えてくれた正義の志で勝ってみせるから！」

　俺は、師匠には見えない角度で笑みを作り、フーリィとフレアに向かって舌を出す。

　最初から、俺は黄の寮で三寮戦に挑むつもりなんでねぇ。マイナスの代表格たるお嬢がいる時点で怪しいとは思ってたよ。俺とお嬢にやる気のない黒砂《こくさ》を組ませて封殺しようって計画だろうが、お前らの企《たくら》みはミュールと月檻《つきおり》の経験値に変換させてもらうぜ。

「ヒイロ」

　師匠は優しい笑みを浮かべて、勝利を確信した俺も笑みを返す。

「師匠……！」

　綺麗《きれい》な笑顔で、師は言った。

「でも、バスの中で、私の悪口言いましたよね？」

「…………」

「でも、バスの中で、私の悪口言いましたよね？」

「…………」

「でも、バスの中で、私の悪口言いましたよね？」

　普通、三回も言う程、根に持ったりする？　出来ないやん、普通、そんなこと。

「残念ながら、ヒイロ、私はラピスと違ってチョロくないのでその手は通じません。師匠なので。最強なので。節制に重きを置くエルフなので」

「いや、一番○じにハマってたでしょ。節制の反対路線爆走中の欲深エルフがほざくな」

「なんで、身持ちの堅い私をチョロ呼ばわりして延焼させたの？　王家の力、見せつけるよ？」

非難轟々《ごうごう》の俺とラピスを跳《は》ね除《の》けるように、師匠は銀色の髪を掻《か》き上げる。

「ヒイロ、私を舐《な》めてますね？」

「はい、ベロンベロンです」

「この私が、悪意の臭いを見逃すとでも？　当然、このくじに仕込みがあることは知っていたし、その気になればくじ箱の破壊を阻止することも出来た。その上で、再度、宣言しましょう。これから、チーム分けを行います」

まぁ、さすがに、師匠もそれくらいは把握してるよな。疑いすぎか。

口を閉ざした俺に満足げな笑みを向け、師匠は燃えカスとなったくじ紙を突風で吹き上げた。風の通り道に導かれて、復元された紙片が俺たちの手元に落ちてくる。

紙面には、特徴的な記号が描かれている。どうやら、同じ記号を持つ者同士がチームメンバーとなるらしい。

俺たちは、同様の記号を持つ者同士で集って固まる。

「…………」

「異議有りぃ！　意義を申し立てますわ！　なぜ、男と組まなければいけないんですの!?」

俺は、左の黒砂《こくさ》と右のお嬢を見つめ、ニッコリと笑って——泣《な》き喚《わめ》きながら、紙片を地面に叩《たた》きつけた。

「結局、仕組まれてるじゃねぇか、カスがァ！」

Aチーム：フーリィ、レイ、月檻《つきおり》
Bチーム：フレア、ラピス、ミュール
Cチーム：ヒイロ、黒砂、お嬢
全チームの振り分けを確認し、ため息を吐《つ》いた俺は疑問を呈する。

「今更、異議申し立てたところで無意味だから話を進めるが、各寮のメンバーがバラけて、どうやって決着をつけるつもりだよ？　本日のお題目は、寮同士で行われる対抗戦の前座で、俺がどの寮に入るのかを決める戦いだぜ？」

「焦慮と浅慮は命取りですよ、ヒイロ。きちんと、これから説明します。コレは、古来、神代の時代に神殿光都《アルフヘイム》を治めていたエンシェント・エルフが暇つぶしで殺し合いをした時に用いた遊戯《ゲーム》でしてね。その名は——」

師匠は笑う。

「『囚獄疑心《ジレンマ》』」

学生同士で戯れるにはまるで適さない、おぞましい名前と由来を持つ遊戯では……？

俺たちの反応を見ながら、笑みを深くした師匠は説明を続ける。

「この遊戯《ゲーム》のルールは簡単。各チーム同士で殺し合い、最後に残ったチームの勝利。ただし、最後に残ったチームは一名でなければならない」

その一風変わったルールを聞いて、既に理解が及んでいるらしい月檻《つきおり》は微笑《ほほえ》む。

「へぇ、面白いね。つまり、味方同士で攻撃し合っても良《い》いんだ」

「合っていますよ、月檻桜《さくら》。その理解は正しい。エンシェント・エルフは、永劫《えいごう》の生を貪る生物……いや、アレを生物と呼んで良いかは疑問ですが。彼女らは、永遠に続く暇《いとま》を潰すために、刺激的な終焉《しゅうえん》を求めていたんでしょうね。最終的に、この囚獄疑心《ジレンマ》によって、エンシェント・エルフはたったのひとりだけ生き残った。無限を生きた彼女らにとって、種の保存とか繁栄とか未来とか、そういうものに価値はなかったのでしょう。だからこそ、そこに真価を見出《みいだ》した『異常』だけがハズレくじを引いて取り残された」

「エルフの成体、歴史的背景のご教授は望んでいない。人も龍《りゅう》も簡潔さを好む。とっとと、本題に入って頂きたい」

「では、簡潔に。本来、敵同士である他寮のメンバーと手を組んで戦ってもらいますが、何時《いつ》でも裏切って構わない。というか、裏切らない限り、勝利の杯は配られない。この『囚獄疑心』では、最後に残った一名が所属している寮が勝者の栄誉を得る」

俺たちは、無言で視線を交わした。

味方は敵で、敵は味方だ。

この遊戯の参加人数は、たったの九人。たったひとりの離脱でも、戦力差が大きく広がる。

裏切るか、味方を装うべきか。真の味方を助けるべきか、真の味方すらも裏切るべきか。背中を預けるべきか、背中を借りるべきか。この戦いの中で数的優位を取ったとしても、味方の中に敵が潜む以上、そう単純な足し引きに陥ることもないだろう。

だからこそ、常に頭を悩ませるしかない。

まさに、囚獄疑心……疑心の獄に囚《とら》われ続ける。

「とはいっても、実際に殺し合いをさせるわけにもいきませんので」

師匠は、トタン板に立てかけられている水鉄砲に目を向ける。

「得物は制限し、水鉄砲のみにします。でもコレは、普通の水鉄砲ではありません。擬似的な魔導触媒器《マジックデバイス》で、魔力の量を感知して水量や勢いを調節出来ますし、生成《クラフト》すれば水を補給可能です。HITか否かは、私が判定するのでご安心を」

「師匠、寮長は、生まれつきの魔力不全で──」

「はい、わかっていますよ。なので、彼女の銃の魔力は私が担当します」

優位に立ったと確信した俺は、思わずニヤリと笑みを浮かべる。ミュールと同じチームのラピスの顔色が変わり、フーリィが舌打ちする。

師匠の無尽蔵とも思える魔力量をよく知っているラピスは、反論を口にしようとしていたが……代案を思いつけず、ぱくぱくと口を開閉させていた。

「師匠、確認。水鉄砲の所持制限は？　何本でも持っていいの？」

「ええ、構いませんよ。持てる分だけ」

俺は、ニヤニヤと笑う。

「オッケー。で、この戦場《フィールド》に散らばってる黒い円柱は？　あと、中央にある小さな塔《オブジェクト》の意味」

「あの円柱は、遮蔽物の生成《クラフト》に用います。要所要所に設置されているアレらの遮蔽物には、種類と大きさの設定があり、あの円柱に魔力を流し込めば画面《ウインドウ》から選択して生成を行えます。中央の小さな塔《オブジェクト》は、戦場《フィールド》全体の操作です。鳳嬢《ほうじょう》の屋内訓練場《バトルフィールド》のように、地形自体を変更したり、遮蔽物に対魔障壁を付与することが可能です」

なるほど、本当に、三寮戦の前座みたいな感じだな……とはいっても、一部要素が似通ってるくらいのものだが。

「ふぅん、他に細かいルールはないのかしら？　水鉄砲を使って、相手にその中身をＨＩＴさせればなんでもあり？」

「ええ、その通――」

「その水鉄砲って言ってるのは、そこの壁に立てかけられたモノを指すんだよな？　例えば、魔導触媒器《マジックデバイス》で巨大な氷の水鉄砲を作って、真上から水を垂れ流し、自分以外は全員HITみたいな卑怯《ひきょう》臭い手は無しに決まってるよね？　それと、中身っていうのは安全性の観点から当然『常温の飲用水』のみでしょ？　バレないように過冷却水を籠《こ》めておくとか、極一部の得手が補助されるような手管はズル臭いもんね？」

「ええ、もちろん。魔導触媒器の使用は禁じませんが、その攻撃によるHITは判定しません。そこの水鉄砲のみを使って、常温水を籠めて戦ってください」

フーリィにニッコリと笑いかけられ、胸に手を当てた俺はお辞儀を返した。

「つまるところ、良識の範囲内で戦えということでしょう？　把握しました」

レイの了解を最後に質疑応答が終わり、俺たちは、各チームで散らばって身を潜める。

Cチーム開始地点は、薄暗い遮蔽物の中だった。

薄暗がりの中、拳銃型の水鉄砲を構えたお嬢は意気揚々と笑みを浮かべる。

「オーホッホッ！　わたくし、こんな庶民の玩具《おもちゃ》で遊んだことなんて一度もありませんが、ハァリウッドの銀幕デビュー間違いなしと謳《うた》われる美貌の持ち主！　庶民が銃でバンバン撃ち合う映画を鑑賞したこともありますし、とっても自信がありますわぁ！」

「よっ！　さすらいのご令嬢ガンマン！　荒野で迷ってる姿が目に浮かぶ！　酒場でミルクを頼んでも、バカにする人誰もいなそうランキング第一位！」

お嬢は、格好《かっこ》良く銃を構えて頷《うなず》く。

「わたくしの背中に付いてきなさい。ココから先は――戦場ですわよ」

「かっけぇぇぇぇぇぇぇぇぇぇぇぇぇぇ！　お嬢、やべぇぇぇぇぇぇぇぇぇぇぇぇぇぇぇ！」

黙りこくっている黒砂《こくさ》は、ライフル型の水鉄砲を抱えたまま微動だにしない。

水鉄砲をくるくると回して、華麗に握りしめた俺は相棒に笑いかける。

「お嬢、俺の背中は任せたぜ？」

お嬢は、フッと笑う。

「精々、足を引っ張らないことですわね」

開始の合図、甲高い笛の音が戦場《フィールド》に響き渡り――

「さぁ！　行きま――」

お嬢が、びしょ濡《ぬ》れになった。

ゆっくりと、お嬢は振り返る。背後から、彼女を撃った俺はニチャァと笑った。

「おじょぉ……俺はあんたに背中を預けたが、あんたの背中を預かったつもりはないぜ？」

目を見開いたお嬢は、自分のお腹《なか》に両手を当てて、よろめきながら壁に背をつき――ずるずると、その場に崩れ落ちる。

「どうやら、ココまで……のようですわね……」

お嬢は、震える手で、首飾りを握ってソレを見つめる。

「ごめんなさい……わたくし、帰れそうにありませんわ……せめて、さいごに……あなたに……あい……たかっ……た……」

ガクリとお嬢は力尽き、俺は、完璧なその演技を見届ける。

「…………」

銃をバンバン撃ち合う映画で学んだのが、ヤラレ役の演技とは思いもしなかったよ。お嬢、あんた、どんどん遠くなるよ。俺ひとり残して、どこまで行っちまうんだよ？

オフィーリア・フォン・マージライン――享年、開始二秒。

俺は、彼女の素晴らしい噛《か》ませに驚嘆し、その場で手を合わせて冥福を祈った。

予想通り、お嬢を裏切っても、黒砂は攻撃してこなかった。

ただ、じっと、こちらの出方を見守っている。

思考を整える時間を得た俺は、黒砂の前で無防備に全身を晒《さら》して、わざと隙を作りながら考える。

さて、この囚獄疑心《ジレンマ》、大半のプレイヤーはまずこう考えるだろう――チーム分けの意味はあるのか？

元々、コレは、エンシェント・エルフの終わりを銘打つために作られた遊戯《ゲーム》だ。エルフは、別々の森に棲《す》んでいた血縁集団同士が外交を通して合流を繰り返したのが成り立ちで、エンシェント・エルフが生きていた時代は複数の氏族が集まった集団だった筈《はず》。そうであれば、この遊戯は氏族という固まりの単位で分けられて行われたに違いない。

今まで、永い時を共に過ごしてきた同族とチームを組み、交遊もあったであろう他氏族と骨肉の争いを繰り広げる。だが、最後にはひとりにならなければならない。常に疑心暗鬼に囚《とら》われることになるだろう。

恋人、盟友、家族……各氏族間で、多種多様な関係が結ばれている。誰が誰を信じて、誰が誰を裏切るのかなんてわかるわけもない。

師匠は、コレをそのまま各寮間の争いに当て嵌《は》めた。

当然、齟齬《そご》が発生する。

まず、命が懸かっていない。だから、各プレイヤーにかかる心理的負担が軽い。

次に、各プレイヤーの勝利条件は『個人が勝つ』ではなく『自寮のメンバーが勝つ』と設定されており、寮対寮の構図は崩れておらず、他寮に属しているチームメンバーと協力するメリットが薄いように思える。

最後に、この遊戯《ゲーム》には、師匠という絶対的な審判者《ジャッジ》が存在している。

三つの相違点から、三つの行動指針が頭に浮かび、Q&A形式で自問自答が行われる。

Q1：敵なんだし、初期地点に存在する他寮のチームメンバーふたりを撃てば？

A1：却下。撃とうとした瞬間、他のふたりに蜂の巣にされる。俺は、原作知識で黒砂《こくさ》のことを知っており、彼女の性格から俺がお嬢を裏切っても行動を起こさないと確信したから撃っただけ。あと、推し（お嬢）を初めに撃たないと罪悪感で撃てなくなるから。

Q2：他チームの同寮メンバーと合流すれば？

A2：却下。各チーム、合流されたらマズいので、合流を妨げるように動くのは必定。魔導触媒器《マジックデバイス》を使える以上、無理に合流しようとすれば、霧かなにかで個人を特定出来ないようにされて蜂の巣にされるだけ。

Q3：チームから離脱してひとりで動けば？

A3：却下。ただの良《い》い的。後ろからチームメンバーに撃たれ、前と横から別チームに撃たれる。重要視されるのは、初期地点のチームメンバーをどう利用するか。

俺は、嘆息して無為な思考をやめる。

結局のところ、行動に出ないということは行動に出られない理由がそこにあるのだ。

銃声は聞こえてこない。

今、別チームの彼女らはどういう会話をしてい──囚獄疑心《ジレンマ》──ようやく、俺は、一見意味のないチーム分けが為《な》された真意を知る。

そうか、やられた。危うく、引っかかるところだった。

囚獄疑心と書いてジレンマと読む。このネーミングからして、元ネタは『囚人のジレンマ』で、そこから導き出される答えはひとつしかない。

チーム分けをした意味は、各寮のメンバーを引き離して情報共有させないためだ。

コレは、チーム戦でもなければ各寮の対抗戦でもない。純粋な個人戦だ。

だから、勝利条件は『自寮のメンバーが勝つ』ではなく『個人が勝つ』であって、ジレンマは見事に成立している。

月檻《つきおり》は、黄の寮《フラーウム》に愛着を持ってはいない。黄の寮の特別指名者枠を使いたかっただけで、その特権で確保した俺と同じ場所に居着いているだけだ。

だとすれば。例えば、フーリィから『蒼の寮《カエルレウム》を勝たせてくれれば、後から貴女《あなた》を蒼の寮に転寮させてあげる』とでも言われれば、受け入れてしまう可能性があるのではないか？

だって、そうすれば、自分のチームに真の味方が増える。

月檻がフーリィの誘いにノッた瞬間、彼女の勝利条件は『自寮（蒼の寮）のメンバーが勝つ』に変わり、蒼の寮のメンバーは三人から四人に増える。

黄の寮に固執しておらず、ミュールを信頼していない月檻からすれば、勝率の高い蒼の寮に付く可能性は十分にある。

俺は、黄の寮を勝たせなければいけない。

もし、月檻が黄の寮を裏切っていれば……俺は、彼女を撃たなければならない。

月檻の実力を鑑みれば、判断を迷っている時間などない。彼女の姿を視認した瞬間に撃たなければ負ける。裏切ったかどうかを判別する余裕はない。

ミュールだって、俺が百合《ゆり》に釣られて裏切ると思い込むかもしれない。口の立つフレアに騙《だま》されて、疑心暗鬼の末に俺と月檻を攻撃してくるかも。莫大《ばくだい》な師匠の魔力を使い放題なんだし、最悪、排除しておいた方が良《い》――俺は、自分の口を押さえる。

えっ、待って、なにこの遊戯《ゲーム》こわいんだけど!?　ちょっと味方と離されただけで、もう誰も信用出来なくなってきてるんですけどぉ！

戦場《フィールド》の外側に立てられた監視塔の上で、ニヤニヤと笑っている師匠は、俺たちのことを観察していた。

普通、三寮戦の前に、こんなことやらせるか？　このクソゲーのせいで、月檻とミュールとの間に不和が発生したら、三寮戦に参加するどころじゃなくなるんですけど？

ハイリスクハイリターン。

この戦いを凌《しの》いで勝利を収めれば、俺たちの信頼関係は強固なものとなり、黄の寮の基盤は確固たるものとなるだろう。

だが、敗《ま》ければ……それも、月檻かミュールが裏切った上で敗ければ……黄の寮は、THE ENDの白文字と共に無惨なエンディングを迎えることとなる。

なにがなんでも敗けられない。三寮戦は、ミュールにとって大事なイベントになるし、月檻とミュールに橋を架けるためにも重要なものだ。

俺は、ちらりと、黒砂《こくさ》を見つめる。

彼女は、ぼーっと宙空を眺めている。やる気は感じられない。やはり、ただ寮長《フレア》の命令で呼び出されただけで、三条燈色《さんじょうひいろ》争奪戦には積極的に加わるつもりはないらしい。

黄の寮《フラーウム》に寝返るように、説得するのは無理だろうな。

下手を打つと大変なことになるので、出来れば、この子とは関わりたくなかったんだが

……仕方なく、俺は、彼女に向かって笑顔を向ける。

「こんにちは。俺、三条燈色《さんじようひいろ》。黒砂《こくさ》さんだよね。ごめんね、急にオフィーリアさんのことを撃ったりして。でも、あの子、こういう遊戯《ゲーム》には向いてないし、情が湧いてきて撃てなくなりそうだったからさ」

「…………」

「俺たち、一旦、協力関係を築かない？　他のチームも同じように考えてる筈《はず》なんだけど、仮初だとしても、同じチームメンバーとは協力した方が得だと思うんだよね。単純に戦力が二倍になるし、まずは、蒼の寮《カエルレウム》を倒すとかどうかな？」

「…………ぃ」

「え？」

俺が、顔を近づけると、嫌悪の表情で彼女は顔面を歪《ゆが》める。

「うるさぃ……きしょくわるぃ……ちかづくな……」

俺は、突き抜けるような蒼穹《そうきゆう》、その青空へと響き渡るような拍手《かしわで》を打った。

素晴らしぃ。シンプルな敵意と殺意、その渾然《こんぜん》たるコラボレーション。うるさぃ、きしょくわるぃ、だまれ、死ね。そう、そういうことでしょ。ヒイロに送るべき言葉は決まっ

てる。久しく忘れていたよ、この清々《すがすが》しい気持ちを。ヒイロ、俺からも言葉を送るよ……死ね。

「すいませんでした、もう、二度と近づきま――」

殺気。咄嗟《とっさ》に黒砂を抱き抱えた俺は、その場で転がり――ドッ――猛烈な勢いで叩《たた》きつけられた鉄砲水の奔流が、トタン板に空けられた窓穴から噴き出す。

辛うじて直撃を避けると、窓穴の外から高笑いが響き渡ってくる。

「ぶわーはっはっは！　そうか、コレが力か！　この抜群の威力！　暴力！　人間の意志を踏みにじるパワー！　ヒイロ、月檻《つきおり》、どこだーっ！　お前たちが裏切ったか、裏切ってないかなんて、もうどうでも良《い》いっ！　この圧倒的な力で、全員を屠《ほふ》れば良いだけだーっ！」

巨大な水鉄砲を両脇に抱えた寮長《ミュール》は、背部に師匠を搭載し（電車ごっこスタイル）、彼女から供給される魔力を全方位にぶっ放す。

――なんやかんやあって、全員死ぬ！

「寮長、あんた、自分の作戦に従って死ぬつもりか!?」

黒砂を庇《かば》ったまま頭を低くしていると、思い切り彼女に突き飛ばされる。すってんころりと尻もちをつくと、侮蔑の表情までプレゼントされる。

「さわらないで」

「大変申し訳ございません。しかしながら、非接触で相手を助けるという行為は、ちょっとこう、大変に難しいところがありまして。ご期待に添えず申し訳ありません、はい」

高出力の水圧を受けて、トタン板が軋《きし》み始める。俺は黒砂《こくさ》の腰に手を回し——引き金《トリガー》——トタン板が倒れて崩壊し、水流が背を掠《かす》め、外へと飛び出す。

黒砂を小脇に抱えたまま、黒円柱《ブラックピラー》に触れて、すぐさま遮蔽物を作り出す。瞬間、水の柱がぶつかってきて、複数枚重ねたトタン板が物凄《ものすご》い勢いで歪《ゆが》む。

「ヒイロ、おまえ、やはり裏切ったなーっ！　わたしよりも、その胸の大きい女を選ぶんだなーっ！　フレアの言った通りだ！　おまえ、巨乳好きなんだってなー！　胸の大きさで自分の寮を選ぶのか、このドスケベ野郎がぁーっ！」

「りゅ、龍《りゅう》の癖に、なんて下世話な策を弄しやがる！　うちの寮長特有の真っ平らな心を盛り上がりの激しい乳で穢《けが》しやがって！」

遮蔽物が徐々に歪んでいき、俺の表情もまた歪む。

水しぶきがかかる度、黒砂は嫌がるように顔をしかめていた。

「マズいな……黒砂さん、遮蔽物の生成《クラフト》を頼んでも良《い》い？　俺が応射するから」

「…………じゃま」

突き飛ばされて、よろけた俺と位置交換し、彼女は黒円柱に触れる。ただ水で濡《ぬ》れたくなかっただけだろうが、俺の意図通りの遮蔽物が生成される。

俺は、顔を出そうとして――水の弾丸が頬《ほお》を掠める。

「この裏切り者ぉおおおおおおおおおおおおおおおおお！」

泣きながら、銃を構えたラピスが連射する。

「胸の大きさで、女の子を選ぶなんてさいてぇさいてぇえええええええええ！　うわぁああああああああああああああああああああああ！」

「コレ、もう、ただの個人的な私怨バトルロワイヤルだろ!?　フレアになに吹き込まれたか知らねーけど、そんな簡単に信じるほど俺の出っ張り好物は自然なことなの!?」

必死に応射する俺は、どうにか、黒砂のフォローのお陰で命を拾っていた。彼女の気が変わって遮蔽物の生成が解かれれば即死だ。

暴れ回っている寮長は後回しにして、まずは、ラピスを狙おうとし――彼女《ラピス》は、頭を撃ち抜かれて倒れ――驚愕《きょうがく》しながら射線を辿《たど》り、上方の狙撃位置を見上げる。

遮蔽物を積み上げた塔の上。

ライフル型の水鉄砲を構えていたフーリィが、声を張り上げてこちらに手を振る。

「ヒーくん、安心してー！　月檻《つきおり》ちゃんと話し合って、一時的に手を組むことにしたのーっ！　暴走したラッピーは、こっちで処理したからー！　まずは、力を合わせて、朱の寮《ルーフス》を倒しましょー！」

え、待って……コレ、月檻、裏切ってね……？

「おい、くだらん言説に惑わされるなよ。我が未来の財、親愛なる三条燈色《さんじょうひいろ》」

後方。トタン板で出来た建造物の中から、のんびりとしたフレアの声が聞こえてくる。

「ひゃっはっは、愚かしい下策だなぁ。本気で手を組むつもりなら、水の勢いを殺せる上方の安全地帯から『安心してー』なんて呼びかけるわけがない。小賢《こざか》しい精霊種特有の嘘《うそ》偽りだ。同寮のメンバーを撃ったのも、きみを信用させるための罠《わな》に違いない。三条燈色、我々と手を組もう。黒砂《こくさ》には貸しがあるから、吾《おれ》の命令であれば聞く。手を組めば、あの蒼《あお》いのと対等に戦えるぞ」

どうしよう。誰も信用出来ないから、全員、ぶっ殺してぇ。寮長の作戦がベストだろコレ。今、俺が一番信頼してるのは、間近で俺のことを護《まも》ってくれている黒砂じゃないか？自分に最も近い場所で、共に戦ってくれているせいか。仮初の味方である筈《はず》のチームメンバーが、真の味方のように思えてくる。

足音がして振り向くと、笑いながら、両手を広げたレイが近寄ってくる。

「お兄様。蒼の寮《カエルレウム》の虚偽に耳を貸さないでください。私、桜《さくら》さんと話して、黄の寮《フラーウム》に入ることにしました。私だけは、お兄様の味方ですから。だって、私たち、兄妹《きょうだい》ですよね。私のクレカでご飯食べましたよね。信頼、してくれますよね」

妹に銃口を向けた俺は、引き金《トリガー》に指をかけて——引いた。

刹那、身を翻したレイは、背の後ろに隠していた水鉄砲を引き抜く。横に走りながらの連射は、黒砂が作り出した遮蔽物に弾《はじ》かれ、歯噛《はが》みした彼女は建造物へと転がり込む。

「お兄様、どうして、信じてくれないんですか？　私のクレカでご飯食べたのに」

「裏切った後に、そんなこと言える子を妹に持った覚えはありません！　お前のクレカで食った飯は美味《うま》かった！　御礼に、お兄ちゃんの手で終わらせてあげるから！」

宙に浮き上がった大量の水鉄砲。建造物の屋根に上ったフレアは、宙空へ次々と水鉄砲を投げ上げ、くるくると回ったその銃口から一面に水弾が吐き出される。

無感動の黒砂は、それらすべてを正確に生成《クラフト》した遮蔽物で弾く。その生成と生成の合間を縫うようにして、火炎を身に纏《まと》ったフレア本体が特攻し――叫んだ。

「黒砂、今だ、やれェ！」

黒砂の眼光が俺を射る。黒円柱《ブラックピラー》から彼女の手が離れ、腰の銃へと五指が伸び――その手を押さえつけた俺は、くるりと後ろに回り側頭部へ銃口を突きつけた。

「全員、動くんじゃねぇッ！　コイツの頭、ふっ飛ばすぞぉッ！」

「龍《りゅう》は己のみを信じる（構わず連射）」

「三条家の人間は、躊躇《ちゅうちょ》しません（構わず連射）」

「この鬼畜どもがァ！」

応射で水弾を潰した俺は、藻掻《もが》いている黒砂を抱えたまま座り込む。黒円柱の後ろに隠れ、濡《ぬ》れた地面を凍らせて時間を稼ぎ、画面《ウインドウ》を呼び出す。

タイヤというタイヤを選んで、魔力量を考慮せず大量に生成《クラフト》。突っ込んで来たフレアたちは、足元へ出現したタイヤに弾《はじ》かれ、ふわりと宙空に浮き上がる。

「今だ、寮長、殺《や》れぇぇぇぇぇぇぇぇぇぇぇぇぇぇぇぇぇぇぇッ！」

「くたばれぇぇぇぇぇぇぇぇぇぇぇぇぇぇぇぇぇぇぇぇぇぇぇぇッ！」

ドボォッ！　鼓膜が破れんばかりの放射音と共に、寮長が抱える巨大水鉄砲から水柱が噴き出してレイに直撃する。

舌打ちをしたフレアは、陽炎《かげろう》のカーテンを生み出して強引に射線を切る。間隙を縫って足元のタイヤを爆破させ、その勢いを利用して跳躍し建造物へと飛び込んだ。

だばーっと。水流に乗って流れてきたレイは、正座の姿勢を崩さないまま瞑目《めいもく》した。

「……私のクレカでご飯食べた癖に」

「脅迫の手札、クレカしかないのカワイイでちゅね～。今度、いっちょに、離乳食でも食べにいきまちょうか～？　もちろん、レイちゃんのクレカで支払いでちゅよ～？」

黒砂《こくさ》へと丁重に謝罪したレイは、俺を追いかけ回し、ぽかぽか殴ってから退場した。

交錯の後、膠着《こうちゃく》状態に陥る。

中央の小さな塔《オブジェクト》は、戦場《フィールド》の地形すらも変えられる。遮蔽物や建造物を度外視した使い方をすれば一発逆転も有り得る。

所謂《いわゆる》、切り札。誰もが狙うのは当然のことだったが、座しているのは戦場《フィールド》の中央で遮蔽物はひとつもない。集中砲火を受けるのは免れないため動けない。

でも、機会があるとすれば今だ。行くか、小さな塔？

寮長《ミュール》の後ろから監視塔へと転瞬した師匠《アステミル》は、愉《たの》しそうに推移を見守っている。

「黒砂さん、あそこまで走れる？」

嫌悪の表情を浮かべ、問われた彼女は俺から距離を取る。

「……………ちかづかないで」

「あ、はい、すいません。でも、さっきので、あの自称ドラゴンの醜い本心が丸出しになったよね。酷《ひど》いヤツだよ。好き勝手、黒砂さんのことを利用して、使い捨ての駒にするなんて」

「……………」

「巻き込んで申し訳ないんだけど、俺はあの朱《あか》いのにも蒼《あお》いのにも敗《ま》けるわけにはいかないんだ。出来れば、助けてもらえないかな。黒砂さんの今後のことを考えれば、フレアの言うことは聞いておくべきだと思うから、『三条燈色《さんじょうひいろ》を撃て』とかの命令にも従ってもらって構わない。ただ、その瞬間までは、俺の味方で居て欲しいんだ」

「……………もっと離れて」

微笑《ほほえ》んで、俺は、黒砂から距離を取る。

彼女は、ゆっくりと水鉄砲を抜いて、感情が宿っていない瞳と共に俺に突きつけた。笑ったまま、俺は両手を上げ急所を晒《さら》す。

たっぷり十秒。銃口と見つめ合って、彼女は銃を下ろした。

「……………走るの」

「そうだね、それしかないと思う。身体強化系統の魔法で、ダーッと行こう。黒砂《こくさ》さんは、かけっことか得意？　本が好きだし、あんまり、得意じゃないのかな？」

「……………きしょくわるい」

自分を抱き締めた黒砂は、今にも吐きそうな顔で吐き捨てる。

「あ、はい、すいません。余計な世間話で耳汚ししました。じゃあ、合図するから一緒に行こうか。俺に背中を見せたくないだろうし、先に俺が行くからそれに続いて」

なんの反応もないが、たぶん、了承してくれたんだろう。

俺は、引き金《トリガー》を引いて強化投影《テネブラエ》を発動し、足を慣らしてから振り返る。

黒砂に頷《うなず》きかけて——走——同時に、建造物から人影が飛び出した。

「なっ!?」

栗色《くりいろ》の髪の毛を靡《なび》かせ、土礫《つちつぶて》を散らしながら月檻《つきおり》は疾走する。蒼白《そうはく》の閃光《せんこう》が空気を切り裂き、その痩身で疾風を奏で、一直線に小さな塔《オブジェクト》へとひた走る。

微笑《ほほえ》み。月檻桜《さくら》は、悠然と駆けて——思い切り、俺は踏み込んで、彼女を追いかける。

背後からの発砲、水弾が脇下を掠《かす》める。

縦置きされたタイヤに片手を置いて、跳躍、トタン板で出来た建造物の間をくぐり抜けた。吹っ飛んで搔《か》き消える視界、頭蓋に叩《たた》き込まれる脈拍、トップスピードに乗った全身が突風で軋《きし》む。それでも月檻桜には追いつけず、ぐんぐんと彼女は小さな塔へと迫る。

「うらぁっ！　させるかあっ！」

寮長《ミュール》が反応し、転瞬した師匠が彼女の背後に回る。

ドッ！　短時間の魔力装填《そうてん》、短く鳴った発砲音、放たれた水の柱が空中を貫く。

二対の水柱は陽光を受けて煌《きら》めき、メビウスの帯を描いて合流する。その追跡を紙一重で避け、あたかも踊るように障害物を潜《くぐ》り、神速を保った彼女は数多《あまた》の弾丸を躱《かわ》し切る。

「ちくしょう！　月檻ぃい！」

俺は、叫び、彼女は微笑で迎える。

胸に溜《た》めた空気を吐きながら、俺は黒円柱《ブラックピラー》に触れ、間髪を容《い》れずに生成《クラフト》――自分の足元からせり出したタイヤ、走行ルートとかち合わせて足裏にぶち込む。その反動を利用して速度をかさ増し、両足の裏から効率度外視の魔力を噴き出す。

走る、避ける、走る、避ける！

神速の担い手はふたり、その目指す先はひとつ――小さな塔ッ！

俺と月檻は、小さな塔の下へと到達し――同時に――互いへと銃口を突き付け合った。

「よう、主人公、ご機嫌いかが？」

「どこかの誰かさんに、必死で追いかけてもらってご機嫌かな」

見つめ合った俺と月檻《つきおり》は、引き金《トリガー》を引き絞り――ぴちょんと、銃口から水が滴り落ちて――撃った。

俺の弾は月檻の左胸に着弾し、月檻の弾丸は俺の右胸に当たった。

ふたりで、同時に倒れる。追いかけてきたフーリィが、こちらを覗《のぞ》き込んで苦笑する。

「あらあら、仲良く、お互いを裏切っておしまいか。残念。なにかしてくれるかなって、期待に胸を膨らませ過ぎちゃったかしら。これ以上、プロポーションが良くなったら困るのに」

小さな塔《オブジェクト》に駆けつけてきた寮長《ミュール》は、油断なくフーリィに銃口を向けながら、倒れている俺たちを見下ろす。

「月檻、ヒイロ……大丈夫だ、安心しろ！　あの世で、全員と再会させてやる！」

「結局、寮長同士の戦いね。つまんなーい。あんまり、面白くもないような幕切――」

俺と月檻は同時に身を起こし、交叉《こうさ》する銃口、フーリィとミュールに銃弾が着弾する。

ピーッ！　笛の音が鳴って、ＨＩＴの確認が取られる。

フーリィの顔がコレでもかと歪《ゆが》んで、呆気《あっけ》にとられたミュールは立ち尽くす。

「おやおやぁ？　あんまり、面白くもない幕切れですねぇ、蒼の寮長さん？」

びしょ濡《ぬ》れの俺は、ニヤニヤと笑いながら立ち上がり、両手をこちらへ伸ばす月檻を立

ち上がらせる。服の端を絞った俺と月檻《つきおり》は、身体《からだ》の下に隠していた氷の水鉄砲を踏み潰す。

呆《ほう》けているミュールの隣で、フーリィはどことなく嬉《うれ》しそうに嘆息する。

「魔導触媒器《マジックデバイス》の使用は禁じられていないが、その攻撃によるHITは判定しない。生成《クラフト》した氷の水鉄砲で、互いを撃ってノーカンにしたのね。やられたわ。とはいえ、真に称賛すべきは――」

フーリィは、苦笑する。

「こんな疑心暗鬼の渦の中で、互いを信じて、同じ手を考えついたことか」

「月檻」

「ヒイロくん」

俺と月檻は笑みを浮かべて、ハイタッチを交わし――

「まぁ、でも」

フーリィは、笑った。

「私も、それくらい考えついたけどね」

フーリィが言うと同時に飛び込んできたラピスが、銃を乱射し、俺を庇《かば》った月檻にHITする。が、同時に撃ち返して、ラピスもHIT判定を受ける。

「あ~、ラッピー、おっし~!　意中の相手に恋の水飛沫《みずしぶき》は届かずね」

「うぅ……もうちょっとで、勝ちだったのにぃ……！」

「ラピスへの狙撃、氷の水鉄砲で撃ってたのかよ。道理で、簡単に味方の数を減らしたと思ったわ。あの段階から仕込んでたとか、綺麗《きれい》な顔してエグいんだよ」

悔しさで地団駄を踏んでいたラピスは、その勢いのままズカズカと俺に近寄ってくる。

月檻とハイタッチを交わした右手に、ぽんぽんと自分の右手を押し付けてくる。

「え、な、なに？　俺の右手、スタンプコーナー？」

「別に。桜《さくら》、行こ。着替えなきゃ」

「お、おい！　この水鉄砲、撃たれた衝撃で壊れて水が出っぱなしになったぞ！　じゅ、銃口が暴れて、力の制御が出来……がぼぼぼぼぼぼぼっ！」

「すごい……この子、力に溺れてる……」

ＨＩＴ判定を受けた四人は、姦《かしま》しく退場していった。取り残された俺は、朱の寮《ルーフス》という名の洞穴に潜む龍《りゅう》と対面する。

腰に水鉄砲を下げて、ポケットに手を突っ込んだ俺は笑みを浮かべる。

「まさか、生徒会長と一緒に居残りとはね。いつの間にやら、あんたも劣等生の仲間入りだ」

「おうおう、我が財が光り輝いている。二対一という状況を理解出来ずに、意気揚々と光を振りまいて、その愚かさで目が潰れてしまいそうだ。眩《くら》むなぁ、三条《さんじょう》燈色《ひいろ》ぉ……吾《おれ》の欲は満たされれば満たされる程に干上がる……渇くねぇ……」

フレアの後ろで、控えている黒砂《こくさ》は押し黙っている。

俺は、小さな塔《オブジェクト》の頂点に付いている宝玉を撫《な》でて——黒砂の四方を土壁で囲み、無力化、無防備な姿を龍《りゅう》の前に晒《さら》した。

「一対一《タイマン》だ。燃えるだろ？」

「ほぉう、玉《ぎょく》よ、黒砂を庇《かば》ったのか。あの子の心が心配か。たかだか、この程度のお遊戯で、黒砂哀《あい》の心が軋《きし》むとは思わんし、ヤツはお前を裏切ることになんの感情も覚えることはないが」

「格好《かっこ》つけたいお年頃なんだよ。ヒイロくんの少年心は、水鉄砲を持たされた時から膨らみ始めて今にも弾《はじ》けちまいそーなんだよ。洒落《しやれ》た言い回しをすれば、俺は、あの子の騎士で」

笑いながら、俺は、朱色《あか》の龍を見つめる。

「龍と騎士は、姫を境に立てて戦う運命にある。そうだろ、フレア・ビィ・ルルフレイム？」

口角を上げた彼女は、燃えるような赤髪を逆立たせる。

「ひゃっはっは、眩《くら》むねぇ、嫉《そね》むねぇ、唆《そそ》るねぇ！　良《い》いぞぉ、三条燈色《さんじようひいろ》！　玉よ玉よ玉よ！　その意気や良し！　傲岸不遜な人間を這《は》いつくばらせるのは、何時《いつ》の時代も最高のご褒美《財宝》だ！　きみが烏有《うゆう》に帰す姿は、さぞやこの欲を満たすだろうなぁ！」

「良いね。そのまま、楽しく燃え尽きてくれよ」

「龍の前で火について語るなよ、人間が」

騎士を模して、龍を模して。

玩具《おもちゃ》を担いだ俺たちは、良く出来た舞台上で睨《にら》み合う。

「行くぜ、消火してやる」

「来い、燃やし尽くしてやる」

騎士と龍は、互いに剣と牙を剥《む》き出《だ》して――始まった。

龍が――飛ぶ。

当然の如《ごと》く、彼女は空の支配者と化した。

己の背に飛膜を張った翼を生成《クラフト》した龍人《ドラゴニュート》は、大空へと羽ばたいていき――その真後ろの空間が、切り裂かれて、真っ赤な大口を開く。

牙を剥き出した龍の口腔《こうこう》のように、切り開かれた空間から炎が迸《ほとばし》る。咄嗟《とっさ》の判断で、俺は小さな塔を使い土壁を生成して防ぐ。

「いや、おい、ちょっと審判《ジャッジ》!?　視力検査してから来いよ！　水鉄砲、水鉄砲！　冗談で言ってるかと思ったら、アイツ、ホントに人のこと焼き殺そうとしてんぞ!?」

「うわ～、あぶないですねぇ」

「いや、お前の感想は良いから止めろや！　愛弟子《まなでし》がこんがり焼けて、魅惑の黒焦げボディに様変わりしちゃうよ!?　良いの!?　食欲唆っちゃうよ！　って、うおっ！　あちぃ！」

制服の上着に火が移る。慌てて上を脱いだ俺は、地面に叩《たた》きつけて鎮火する。

「ひゃっはっは！　赤と橙！　朱色《あか》の景色！　そうだ、コレこそが、我が本懐よ！　燃えろ燃えろ、地の果てまで！　逃げ惑え、人間！　灰燼《かいじん》に帰した大地を見せてやる！」

「この火炎愛好者《ピロフィリア》が、放火後トークで盛り上がってんじゃねぇよ……！」

龍《りゅう》の尾が、とぐろを巻くように。

小さな塔と騎士もどき《オブジェクト》は、炎輪に囲まれ、熱で汗だくになった俺は第二ボタンまで外す。

「この遊戯《ゲーム》、考えてみれば実に簡単な話だ」

黒砂《こくさ》を閉じ込めている土壁の一片に片足をかけて、両角を火色に染め上げた龍は、恍惚《こうこつ》とした笑みを浮かべる。

「きみが失神した後で、気つけに水をかけてやれば良《い》い」

低空を滑空したフレアは、次々と黒円柱《ブラックピラー》に触れては障害物を生成《クラフト》し、瞬く間にそれらに火を点《つ》ける。

風の流れが——変わる。

勢いよく上がった白煙、それは徐々に有毒ガスを含んだ黒煙へと変わり、俺の口元へと運ばれてくる。

「げほっ、がはっ、ごほっ！」

思わず、後ろに下がる。

空中を支配するフレアは、笑声の数だけ羽ばたく。その翼の動きに応じて、風の通り道が変わり、後退する俺へと追いすがってくる。

「良い手を考える。さすが、鳳嬢《ほうじょう》の寮長兼生徒会長、魔法士としての才能もありますね」

止める気はないらしい師匠は、監視塔の上からしたり顔で頷《うなず》いている。

袖で口を覆った俺は、咽《む》せながら跳ね跳んで、煙を追い払おうとし――

「まぁ、でも、うちの愛弟子《まなでし》の才覚《センス》は他の追随を許しませんからね」

九鬼正宗《くきまさむね》の引き金《トリガー》を絞る。

『変化：矢』、『操作：射出《セット》』――黒煙をまとめて矢の形状に変えた俺は、人差し指と中指の間にその巨矢を装填し――フレアの笑みが固まった。

「全部、まとめて――返してやるよ」

俺は、叫ぶ。

「受け取れッ！」

ドッ！　反動で右腕が跳ね上がり、魔力を混ぜ込んだ黒矢は上空の龍へと弾《はじ》け飛ぶ。

「ぐおっ!?」

想像の埒外《らちがい》にあった反撃、思わずフレアは回避行動を取る。

さすがは、寮長と言うべきか。予想外の一撃を見事に避《よ》けてみせた彼女は、ニヤリと笑い――飛んできた水弾を見て笑みを消した。

「ちっ、くそっ！　二の矢三の矢と抜かりのないっ！」

身を翻したフレアは、翼を折り畳んで真下に急降下し、そのすべてを避《よ》けきった。

再度、天を目指そうとした彼女は、眼前に迫る坂を前に目を見開いた。

「いらっしゃ～い」

小さな塔《オブジェクト》に触れた俺は、飛行するフレアの経路《ルート》を誘導するため、地形変化で坂と壁と輪を用意し、ジェットコースターみたいなコースを作り上げる。

「え～、本日は、ユリトピアワールドにご来場頂きまして、誠にありがとうございますぅ。日頃のご愛顧に感謝の念を籠《こ》めまして、人を焼き殺そうとした薄汚ねぇトカゲ型飛行ユニット専用の飛行コースをご用意いたしました。墜落した瞬間に水をぶっかけて、二度と火炎と暴言を吐けないような身体《からだ》にしてやる所存でございますのでぇ。えぇ～、どうか、最期まで楽しんでいってくださぁい」

瞬時に急襲してきたフレアの眼前に、土壁が生み出され迂回《うかい》を余儀なくされる。

襲いかかる土の波を避けながら、フレアは翼を羽ばたかせ、突如として現れた女の子同士がキスをしている土像を見て愕然《がくぜん》とする。

「なんだ、この詳細感《ディティール》!?」

「ありがとうございます、細部にまでこだわりました。お気に入りのポイントは、お互いに気恥ずかしさがあり、唇以外には触れないように気をつけているところですね。キスという一歩踏み込んだ接触の中で、それ以外の場所には触れようとしないピュア感って良いですよね。あと、このカップル、身長差があるので右側の子がつま先立ちしてます」

「このスコア詐欺者がッ！」

百合《ゆり》像に火炎を吹き付けて破壊したフレアは、泣《な》き喚《わめ》いて地面を殴りつけた俺を眺めて嘲笑し、黒砂《こくさ》を閉じ込めていた土壁へと降下する。

「なっ……ま、まさか……！」

俺は、期待を籠めて、〇・三秒フラットで土壁を消し去る。

無表情の黒砂を背後から抱き締め、勝利を確信したフレアは俺に向かってささやいた。

「どうだぁ、三条燈色《さんじようひいろ》ぉ……コレで、きみは撃てんだろうなぁ……？」

ちくしょう、なんて汚い手を！　その手を放せ、卑怯者《ひきようもの》がッ！

「ありがとうございます！」

「ありがとうございます！」

俺は、泣きながら膝をついて、天に向かって合わせた手を擦《こす》り合わせる。

「ありがとうございますぅ……！」

「……………きもちわるぃ」

人質から気味悪がられている俺は、回転投法で水鉄砲を空の彼方《かなた》にぶん投げ、懐からクラッカーを取り出してパァンと音高く鳴らした。

「ありがとうございますぅ！」

「よし、まずは、武器を捨て――マジか、この男……」

「おふたりの挙式の準備から、ウェディングケーキの用意まで！　この三条燈色《さんじょうひいろ》にお任せください！　もちろん、祝い金だけ払ってカメラマンに徹します！」

「こ、こんな簡単な話だったのか……吾《おれ》は、一体、今までなにを……三条燈色が置いていった膨大な量の恋愛本を読んでおくべきだったか……」

黒砂《こくさ》と手を繋《つな》いだフレアは、銃口をこちらに向けたまま、ゆっくりと近づいてくる。

角度を変えて見分し、俺が他の水鉄砲を持っていないことを確信して笑った。

フレアは、加減なしに黒砂を引き寄せる。

痛みで顔をしかめた彼女には一瞥《いちべつ》もくれず、眼《め》の前の財宝に目を眩《くら》ませた龍《りゅう》は引き金《トリガー》に指をかけた。

「勇ましい騎士よ、最期になにか言葉は？」

「そうねぇ……強いて言うなら」

俺は、笑った。

「姫の前で、龍に敗《ま》けた騎士はいない」

俺は、懐から、そこに入る筈《はず》もないサイズの水鉄砲を引き抜き――驚愕《きょうがく》で銃身がブれ、フレアの撃った弾丸は頬《ほお》を掠《かす》め――俺は、撃った。

「お前の敗因は、たったひとつだ」

左胸、その心臓に弾を受けた龍は、後方へと倒れていった。

「百合《ゆり》を……そして、マリ○てを軽視した」

天を仰いだフレアは、驚倒したまま両眼《りょうめ》を見開いている。ポケットに両手を突っ込んだ俺は、両足で彼女の上半身を跨《また》いで見下ろす。

笑いながら、俺は、懐から『マリア様が○てる』を取り出した。

「布教空間《パーソナルスペース》……俺が開発した魔法のひとつで、光学迷彩《ディストーション・フィールド》と並ぶ百合の守護者専用魔法だ。全三十七巻の『マリア様が○てる』を布教するためだけに、俺はこの魔法を開発し、懐にはソレ専用の空間が空いている。初対面で勧めてやったあの時、どこからあの量の本を出したとは思わなかったか。事前に見せてやったのに引っかかるってのは三流の証《あかし》だぜ、寮長さん。それとなぁ」

俺は、真顔で、フレアに顔面を近づける。

「女の子の手は、もっと優しく握れや、このにわかが」

彼女の瞳に映った青い空へと、俺は独り言じみたつぶやきを投じる。

「幾らコレクションを増やしても、愛《め》でてやらなきゃ意味ないだろ。あの子は、お前の道具じゃないし、俺は洞穴の隅に転がってる財宝のひとつにはならない。眺めたり磨いたり布教したり、愛をふんだんにかけてやって、ようやくそれは特別な宝物になるんじゃねーの」

目を背けた彼女に、俺は微笑《ほほえ》みかける。

「洞穴に潜む龍《りゅう》の王様へ、お節介な騎士からのアドバイスだ。そろそろ、穴から出てきて、世界を見ないとな。そうしないと、あんた、三寮戦で敗《ま》けるぜ」

「くくっ……だから、ルール説明の時に、水鉄砲の所持制限を確認したのか……最初から、このつもりで……男に……いや、人間にしておくのはもったいないな、スコア0……」

「お褒めに与《あずか》り光栄で」

俺は、愉《たの》しそうに笑うフレアを立たせ、黒砂《こくさ》から距離を取ったところで手を振る。

「黒砂さん、ごめん！　ちょっと、手ぇ、出して！」

彼女は、素直に両手を差し出す。

そこ目掛けて、俺は水鉄砲を撃って、少量の水は見事に彼女の両手に収まった。

俺は、師匠に向かって振り向いて、微笑を浮かべた彼女は笛を鳴らした。

その瞬間、黄の寮《フラーウム》の勝利が確定し、寄ってきた月檻《つきおり》が「おつかれ」と声をかけてくる。

「余裕だね、寮長まで倒しちゃって」

「いや、小さな塔《オブジェクト》をフル活用して、隠し玉の不意打ちでどうにか一撃与えただけだから。たぶん、真正面からまともに魔法で戦ったら、十回やって一回勝てるかどうかくらいに実力差あるんじゃない？」

転瞬してきた師匠は、満面の笑みで俺の頭をぐりぐり撫《な》でる。

「さすがですね、ヒイロ。やはり、その戦闘センスは素晴らしい。もっともっと、伸びる余地がある。素晴らしい下地ですね。ぐにょーんって、限界まで伸ばしちゃいたい」

「まぁ、師匠の弟子ですからね。今後とも、死なない程度に頼みますよ」

パァッと顔を輝かせた師匠は、俺の頭を自分の胸元に抱き込む。

「よーしよしよし！　ういやつういやつ！　良《い》い子ですねぇ！　今度、死ぬ寸前まで追い込んであげますからねぇ！」

「死なない程度つってんだろ、可愛《かわい》がり過ぎてペット殺すタイプのナチュラルキラーじゃん。つーか、師匠、なんでこんなえげつないゲーム、わざわざ三寮戦の前にやらせたの？」

俺を窒息させようと目論《もくろ》む師匠は、ぴたりと動きを止めて微笑んだ。

「ヒイロ、貴方《あなた》は、月檻桜《さくら》を信じましたよね？」

「え？　あ、あぁ、まぁ」

「そういうことですよ。絶対的に信頼出来る味方の存在は、三寮戦で必ず大きな武器となる。ココにいる全員は、そのことを自覚出来た筈《はず》です」

「……なんか、綺麗事《きれいごと》でお茶濁してない？」

「おっと！　最強の私は、とても忙しいので、次の任務に向かわなければ！　これからも、自主鍛錬は怠らないように！　とうっ！」

弟子への愛は満遍なく注ぐタイプの師匠は、俺と同じくらいラピスにちょっかいをかけてから、つむじ風のようにサッと消えていった。

今回のことで蟠《わだかま》りが出来ないよう、俺たちは師匠の悪口を言い合いながら、バスの中へと乗り込んでいく。

先頭の俺は、疲労で首を回しながらバスに乗って——即座に扉を閉じる。

「え、ヒイロ？　どうした？　そんなデカいバス独占しても意味ないだろ、アホか？」

俺の後ろにいたミュールが、コンコンとノックをする。

一瞬で膨大な量の汗を掻《か》いた俺は、バス奥の暗がりを凝視する。

最奥に蹲《うずくま》る長身が、空いていた十番目の席を埋めていた。両足を開いて膝の上に肘を置き、両手を組んでいる彼女は俯《うつむ》いている。

あたかも、それは、神に祈りと贄《にえ》を捧《ささ》げるようで。

「…………」

魔力を感じない。

否、彼女は、魔力を持っていない。

真っ黒なスーツを着た彼女は、スカーフを緩めて、ゆっくりと顔を上げる。

手負いの獣……淀《よど》んだ両の瞳が、絡み合った黒髪の奥から覗《のぞ》き、殺意と敵意で象《かたど》られた視線が俺を捉える。

「おい、ヒイロ？　なにしてる？　なんで、扉を閉めたんだ？」

「……月檻《つきおり》」

掠《かす》れた声で、俺は、ささやいた。

「ミュールを連れて……逃げろ……早く……」

「ヒイロくん？」

「行けッ！　早くッ！」

扉の外で困惑している月檻へと叫ぶ。

画面《ウインドウ》を開いて連絡を入れた俺は、九鬼正宗《くきまさむね》を抜刀し、死亡フラグの塊を見つめる。

痩身長躯《ちょうく》の彼女は、緩慢にも思える動きで立ち上がり……ささやいた。

「……お嬢様に話がある」

ゆるやかに。風に流れる柳のように。腰を落とした彼女は拳を構えた。

「そこを退《ど》きなさい」

「……嫌だと言ったら？」

魔力を持っていないにもかかわらず、かつて、師匠《アステミル》と同等の『祖』にまで上り詰めた『似非《エセ》』の魔法士。

拳聖の二つ名を持ち、あらゆる魔法士を素手で殺してきた『法殺鬼』。

「殺す」

劉悠然《リウヨウラン》——アイズベルト家が誇る最強の魔法士殺し。

剣形を定めないまま半身になった俺は、なるべく不敵に見えるように刃先を隠した。

時間を稼——消える。

「……あ?」

俺の前から消えたその長身。

それが消えたのではなく、あまりにも速く身を屈《かが》め、同時に前に跳んだからだと気づいたのは——打たれた後のことだった。

衝——撃。

吸い込まれるようにして、水月へと深く入った掌底。後方に吹き飛んだ俺は、フロントガラスをぶち破って外に放り出される。

「が……ぁ……っ!?」

息が、吸えない。

強烈な熱と痛みが、胸の中で暴れ回る。

ガラス片にまみれた俺は、血反吐《ちへど》を吐きながら転げ回り、必死に立とうとするものの両手足が言《い》うことを聞かない。逆流する奔流が、目と鼻から噴き出し、あっという間に血の沼に浸かった俺は声を振り絞る。

「つきをり……た、たたかうな……にげろぉ……っ!」

ぷしゅっ、気の抜けた音がした。扉を開けた劉悠然は、黒色の手袋を嵌《は》め直し、ミュールを見つめる。

「お前、まさか……リウか……？」

「…………」

長躯《ちょうく》を持つ虎は、小躯の彼女へと手を伸ばし——その喉に、月檻《つきおり》は刃《やいば》を突き付けた。

「ラピス、レイ。ヒイロくんと寮長、ふたりとも連れて逃げて」

「で、でも、桜《さくら》……」

「早く行けッ！」

月檻の叫声を合図として、フレアは火炎を吹き付け、フーリィは氷塊を叩《たた》きつける。

劉の背面に叩きつけられた炎と氷——円《えん》——腕と手首で陰陽を描き、太極図の陣形に円《まる》められ、流された炎と氷はぶつかり合って消える。

「コレは」

フーリィは、冷や汗を流す。

「勝てないわね」

擲《ちゃく》。

蛇のようにしなった回し蹴りが、線となって景色に霞《かす》み空間を切り裂いた。直撃したフーリィを庇《かば》ったフレアは、吹き飛んできたその全身を受け止め地面を転がる。

相手の呼吸の狭間《はざま》、その間隙へと月檻《つきおり》は突っ込む。

一息の合間に、人体の急所を狙った数十の斬撃が刻まれる。そのすべてを掌《てのひら》で弾《はじ》いた劉《リウ》の反撃《カウンター》に合わせ彼女は更に踏み込む。

人間業とは思えない体捌《たいさば》き。完璧なタイミングで、劉の死角に右半身が飛び込む。

月檻の騎士の右奪手《ライト・ナイト・ハント》は、音もなく敵対者の首筋を狙い――二指――その薄い刃《やいば》を摘《つま》んだ劉は、驚愕《きょうがく》で目を見開いた月檻の額を突いた。

飛――ぶ。

咄嗟《とっさ》に後ろへ跳んでいた月檻の身体《からだ》が、砲弾のような勢いで吹き飛ぶ。空中で回転しながら剣で地面を掻《か》いて勢いを殺し、防御《ガード》してへし折れた自分の左腕を見つめる。

膝をついた彼女は、不敵な笑みを浮かべながら立とうとし――崩れ落ちる。

何度も立ち上がろうとする月檻を見下ろし、劉は手袋のシワを丁寧に直した。

「ヒイロ、だいじょう――な、なにコレ……魔力が……混じってる……？」

駆け寄ってきたラピスは俺の傷を確かめ、無言で寄り添った黒砂《こくさ》が俺の傷に布を当てる。

「……ミュールを頼む」

鼻口を覆っている血を拭った俺は、九鬼正宗《くきまさむね》を杖《つえ》にして立ち上がる。

「お兄様、無茶《むちゃ》です！　逃げましょう！　お兄様!?」

服を引っ張るレイを優しく引《ひ》き剥《は》がし、月檻が逃げる時間を稼ぐため足に力を入れる。

ふらつく俺の隣に、アルスハリヤが出現する。

「ヒーロくん、やめろ。アレは無理だ。逃げろ。なにも考えずに逃げろ。聞け。アレには勝てない。格がどうこうじゃない。存在と強度が異なる。アステミル・クルエ・ラ・キルリシアと同じだ。アレは」

昏《くら》い眼《め》で――劉は、俺を見つめる。

「創られた怪物だ」

俺は、その視線に笑いかける。

「良《い》いね、怪物退治か……英雄よろしく神話に名を刻もうぜ……」

「……………このバカが」

眼が、闢《ひら》く。

払暁叙事《ふつぎようじよじ》を闢いた俺は、真っ赤な視界の中で蠢《うごめ》く劉を捉え――勢いよく喀血《かつけつ》する。

月檻の下へと劉が歩み寄っていく姿が、ぼやけた視界に飛び込む。

「やっぱり、コレ、混じってるんだ……魔力が侵食されてる……！　ヒイロ、もう、魔力を流さないでッ！　コレ以上、魔法を使ったら死――」

俺は、駆けた。

蒼白《あおじろ》い魔力の閃光《せんこう》に、赤黒い血反吐《ちへど》がぶち撒《ま》けられる。一直線に駆け抜けた俺は、劉へと刀身を叩《たた》きつける。その剣閃は手甲で受けられ、弾けた紫電が四方に飛び散る。

空間が沸き立つ感覚、拳《けん》と剣《けん》、散った火花が熱を帯びた肌を焦がす。

緋《ひ》と黒の二色に明滅する瞳、その奥に潜む意志が眼前の敵を捉える。

「ソイツに……触れるんじゃねぇ……！」

視《み》え——顔面に、拳が叩《たた》き込まれる。

内奥でなにかが砕ける音が響いた。一瞬、意識が飛んで、黒く塗りつぶされた視界が色彩を取り戻した。強烈な拳撃を額で受けた俺は、後退を良しとせず前進を続ける。

ほんの少し、劉《リウ》は目を見開いた。

劉が月檻《つきおり》へと伸ばした、その細い手首を掴《つか》み——

「アルスハリヤァアアアアアアアアアアアアアアアアアアアアアアアアアアアア！」

降ってくる。

躰《たい》、拳《けん》、脚《きやく》、甲《こう》、肘《ちゆう》、膝《しつ》、指《し》、爪《そう》ッ！

その総《す》べて、悉《ことごと》く、雲霞《うんか》の如《ごと》き必殺。

血反吐《ちへど》を吐き散らしながら、その全てを払暁叙事《ふつぎようじよじ》で捉える。幾重にも重なった可能性、そのか細い『生』の一筋を掴み続ける。熱い血潮が口端から漏れ続けて、己を壊しながら刀を振るい続ける。

コンマ秒、隙が生じる。フーリィを抱えたフレアは、月檻を回収して遁走《とんそう》を開始する。

「…………」

ちらりと、劉は逃走者に一瞥《いちべつ》をくれて、視線を動かさないまま次の動きへと移行する。

トンッ、と。あたかも、後方から人の肩を叩くかのような自然さで。

へし折れた光刃を振っていた俺の胸郭に両手のひらを押し付けて――回した。

ぎゅるん。視界、廻転《かいてん》、高速で振動する。

一瞬、時が止まった。

「ヒーロ、受け身だッ！」

アルスハリヤの絶叫が耳朶《じだ》を叩き――錐揉《きりも》みしながら吹き飛んだ俺は、導体《コンソール》を付け替え――死物狂いで、地面に光玉《ライト》を連射する。

勢いを弱めながら、俺は、地面に全身を擦《こす》りつけて……ようやく、止まる。

劉は、ミュールを連れて、逃げ始めたラピスたちを視界に収める。その追跡に入ろうとした彼女は、一歩目を踏み出し――その肩を、俺は掴む。

「よぉ」

へらへらと笑いながら、俺は、削れて真っ赤になった右腕で彼女の肩を掴み直す。

「戦闘《デート》の最中に……お相手ほっぽりだして……どこ行――」

拳が俺の鳩尾《みぞおち》を突き上げて、声もなく腹を押さえた俺は蹲《うずくま》る。

劉は踏み出――その腕を、俺は掴んだ。

赤黒く染まった髪の隙間から、俺は、彼女を見つめる。

「……なぜ、立つ？」

問いかけに、俺は、笑って答える。

「まだ、立てるからだよ」

手刀が、俺の腹部を貫き、真っ赤に染まった右手が引き抜かれる。全身に力が入らなくなった俺は、ずるりと倒れ、彼女は肩で俺の身体《からだ》を受け止める。

「……不错《ブーツウォ》」

トドメを刺そうと、劉《リウ》は左拳を握り込み――止まった。

人の形をとった魔力の奔流。

断裂した空間から覗《のぞ》いている宝弓・緋天灼華《イリオヴアスイレマ》……銀色の長髪、蒼穹《そうきゅう》の魔眼、純白の意志、その全てを担ったアステミルは無銘墓碑を片手にささやく。

「劉悠然《ヨウラン》……墓場の上に戻ってきましたか」

「アステミル・クルエ・ラ・キルリシア」

俺からの救援連絡を受け取ったアステミルは、画面《ウインドウ》を閉じて、真っ蒼な魔眼で劉を捉える。

「その子は、私の弟子です。退《ど》け。聞こうが聞くまいが、相応の報いは墓の下まで持ち帰ってもらう」

「この子に興味はな――」

光。

瞬いた瞬間、防御動作を取った劉が、地面に線を残しながら圧《お》される。俺を片腕で受け止めたアステミルは、無表情で、下から魔法士殺しを睨《ね》めつける。

「退けと言った」

「………………」

両腕に真一文字の血線を刻んだ劉は、無表情で血を払う。

柔らかな視線。こちらを見下ろした師匠は、微笑《ほほえ》みながら俺の前髪を撫《な》で付ける。

「随分と無茶《むちゃ》しましたね……でも、生きるために戦ったので許しましょう……もし、私を呼んでいなかったら……赦《ゆる》さなかった……」

「……勝てないなら敗《ま》けない戦いをするだけだよ、俺は」

アステミルは笑って――表情を消した。

強者の眼下に置かれた劉は、スカーフを緩めながらささやく。

「わたしは、お嬢様と話をしに来ただけに過ぎない。邪魔を……しないで頂きたい」

師匠に見つめられ、俺は首を振る。

「お断りします。劉悠然、貴様の要求は、なにひとつとして呑《の》まない」

「………………」

瞬間――始まる。

俺の視界から消し飛んだアステミルは、全方位を埋め尽くす剣光を変幻自在に紡いだ。

猛烈な勢いで真横にスライドした劉《リウ》が、アステミルの剣圧で吹き飛んだのだと悟った瞬間には、最強を冠するエルフの姿は視界から消えている。

音がしない――否、音が追いついていない。

一瞬、遅れて、ぶわっと全身を煽《あお》った熱風が衝撃を伝えてくる。

音は消えて、姿は視《み》えず、世が揺らいでいる。

劉は、あたかも、透明人間と対峙《たいじ》しているようだった。ワンテンポ遅れる轟《とどろ》きと地面に走る刀痕、俺には視えないなにかを相手取る劉の動きだけが存在を知らせている。

アステミルが得意としているのは弓である。彼女は、まだ、宝弓すら使っていない。

魔導触媒器《マジックデバイス》ですらないただの刀で――怪物を防戦一方へと追いやっている。

だがしかし、そのアステミルを相手に余力を残している劉もまた異常だった。


「…………」


待っているのだ。アステミルの宝弓に、必殺の反撃《カウンター》を合わせるために。

光、風、血、交錯する透明と無音の殺意、夢幻に覆われている最強と怪物の死闘。眼前の白昼夢に呑《の》まれた俺は、茫然自失《ぼうぜんじしつ》とその戦闘を眺めて――着信音――ぴたりと、両者は動作を止めて剣と拳を収めた。

血を拭って姿勢を正した劉は、胸ポケットから旧式の携帯電話を手に取る。

二言三言、『はい』と『いいえ』のみを口にしてから、彼女は胸ポケットへと携帯電話を戻す。手袋を外して、丁重な手付きで折りたたみ、同じように胸元へと仕舞《しま》う。

「帰ります」

「そう言われて、素直に帰すとでも？」

眼光を飛ばした師匠に対して、劉《リウ》は無感動に応じる。

「殺したいなら殺せば良《い》い。わたしは、それを拒まない」

「師匠……良い……行かせてやってくれ……」

俺を見下ろし、逡巡《しゅんじゅん》していた師匠は、苦笑しながらも宝弓と長刀を収めてくれた。

敵意が収まったことを確認し、スカーフを締め直した劉は踵《きびす》を返した。

ふと、なにかを思い出したかのように、彼女はこちらを振り返る。

「その子の名は？」

「三条《さんじょう》燈色《ひいろ》」

息も絶え絶えに、俺は、劉に微笑《ほほえ》みかける。

「戦闘《デート》のお誘いなら大歓迎だ……何時《いつ》でも来いよ……」

「…………」

再度、振り返ることはなく、劉は遠景へと消えていった。

＊

劉悠然《ヨウラン》との死闘を経て、どうにか一命を取り留めた俺と月檻《つきおり》は、馴染《なじ》みの大学附属病院で傷の治療に専念することになった。

入院中、月檻は、ぼーっと窓外に視線を注いでいることが多かった。気丈な彼女にしては珍しい時間の空費は、初めて味わった『負けイベント』のショックの程度を窺《うかが》わせた。

退院後、俺と月檻は、揃《そろ》って寮長室に呼び出される。ミュール・エッセ・アイズベルトの従者……何時になく、真剣な顔をしたリリィ・クラシカルが俺たちを出迎えた。

「三条様、月檻様」

リリィさんは、深く、頭を下げる。

「ありがとう……ございました……本当に……今、劉さんとあの子が言葉を交わしたら……取り返しがつかないことになっていました……」

「別にどうでも良いけど」

月檻は、完治した左腕で髪を掻《か》き上げる。

「アレに借りを返したい。倍返しで、両腕をへし折る。どこに行けば戦《や》れる？」

おいおい、この戦闘狂《バトルマニア》。アレだけされて、まだ戦う気でいんのかよ。

俺は隣で笑みをひくつかせ、リリィさんは首を振って答える。

「今、劉《リウ》さんと連絡を取れるのは奥様だけです。アイズベルト家を去った後、消息を絶っていたので、私は生きていたことすらも知りませんでした」

「奥様……ってことは、ミュールのお母さんですよね？」

リリィさんは、こくりと頷《うなず》く。

「劉さんが尾を振るのは、今となっては奥様だけです」

「今となっては？」

月檻《つきおり》のツッコミに、リリィさんは顔を背ける。意図を汲《く》み取った彼女は、ため息を吐《つ》いて質問を変える。

「で、結局、あの化け物はなんなの？」

「奥様の子飼いの元・魔法士です。かつては、アイズベルト家専属の家庭教師をしておりました。『似非《エセ》』と呼ばれる前の彼女は、大変優秀な魔法士で、最高位の『祖』の位《くらい》にまで上り詰めていました」

「それって、過去の話ですよね？　今は？」

「趣味の悪いスーツ着た根暗拳法家」

月檻が茶化《ちゃか》して、俺は、ぺしりと彼女の頭を叩《たた》く。

「彼女の魔法士の資格は、ある出来事を切っ掛けに剥奪《はくだつ》されました。また、ある一件を契機に家庭教師としても。今となっては、彼女は、私と同じアイズベルト家に仕える従者です」

「アレが、メイド服着てお茶運んできたら腰抜かすわ」

俺が茶化して、月檻に、ぺしりと頭を叩かれる。

「なんで、魔法士の資格を剥奪されたの？　叙任の儀式が必要でもあるまいし、然《しか》るべき機関に紙ペラ一枚出せば、魔法士なんて誰でもなれるでしょ？　スコア０でもなければ」

からかってくる月檻の肩を殴ろうとすると、ひらりと身を躱《かわ》される。

じゃれるように目を細めた主人公様の頭を、ぽんぽんと軽く叩くと、ソレは避《よ》けられずに受け止められる。

「仰《おつしや》るとおり、魔法士になるのは至極簡単です。ですが、一度でも資格を得れば、その縛りは言外に強い。魔法士とは、連綿と受け継がれてきた『魔法』を次代に繋《つな》ぎ、正しい形で運用することを目的とする機関。魔法士は、魔法を用い得ない者をよしとはしない」

驚愕《きようがく》で、月檻は目を見開く。

「もしかして、アレで、魔法を使ってないって言うの？」

「確かに、魔力は感じなかったな」

原作知識で全てを知る俺は、不自然にならないように追従する。

「劉悠然《ヨウラン》は、ミュール・エッセ・アイズベルト……お嬢様と同じで、つまり」

「先天性の魔力不全……」

月檻《つきおり》のささやき声に、リリィさんは首を振る。

「いえ、彼女は後天性です。だから、元・魔法士として振る舞えた」

「なにそれ？　元・『祖』の魔法士で、後天的に魔力を失った後、素手であそこまで強くなったってこと？　アレで？　魔法士となんら変わらない働きが出来るんじゃない？」

「はい。そのため、魔法士としての実力を認められながらも、表舞台から追放された彼女はこう呼ばれた」

面を上げたリリィさんは、ゆっくりとささやく。

「似非《エセ》の魔法士」

寮長室が静まり返り、月檻の顔には直感的な気づきが閃《ひらめ》いていた。

似非——その二つ名を持つ者は、もうひとりいる。

月檻がその者の名を口にする前に、寮長室の奥の扉が開いて、白金髪《プラチナブロンド》を持つ張本人が姿を現した。

ボサボサの髪、目の下の隈《くま》、だらしなく寝間着を着崩したミュールは自嘲気に笑む。

「いや、劉《アレ》は、わたしとは違う……才能も実力もその体質も……なにもかも……だから、わたしは……お母様にも……お姉様にも……なににも応えられなかった……」

「ミュール、寝ていないと！」

リリィさんが駆け寄ると、彼女は片手を振る。

「ただの心的外傷《トラウマ》だ。別に寝ようが寝まいが治らない。それだったら、ヒイロと月檻の顔を眺めていた方がマシだ。リリィ、ふたりにお茶を淹《い》れてくれ」

疲れ切った顔で、大人ぶった小さな彼女は、執務机に座って両手を組んだ。

「劉《アレ》は、わたしの家庭教師だ。元、な」

両手の中に顔を隠したミュールは、肺の中に溜《た》めた過去を吐き出した。

「もう……会うことはないと思っていた……まさか、戻ってくるとは……シリアお姉様との約束を……いや、ケジメをつけに来たのか……いずれにせよ、わたしは、劉《アレ》と一緒に行くべきだった……」

「俺たちが、行かせると思うか？」

俺の問いかけに、寮長は苦笑で応える。

「無理なんだよ、ヒイロ。時間切れだ。劉悠然《リウヨウラン》が……死神《スウシエン》がやって来た。ミュール・エッセ・アイズベルトに与えられた余暇の終わりだ。どうやって、墓の下から伸ばされた手に抗《あらが》える」

「俺がいる」

ミュールは、ゆっくりと、目を見開く。

「月檻もいる。ラピスもレイも、その他大勢のヤツらも。この黄の寮《フラーウム》には……鳳嬢《ほうじょう》には、お前を護《まも》れるヤツがたくさんいる」

「……ヒイロ、お前は、本当にバカだな」

彼女は、俯《うつむ》いたままささやく。

「わたしは、お前じゃないんだよ。誰がわたしのような人間を護《まも》ってやろうと思う。頭にくるようなヤツがいれば、家財道具を寮の外に放り出すような寮長だぞ。大半の連中は、わたしを憎み、バカにして、利用しようとしている。残った良心的な連中は、全員、わたしに興味がないだけだ」

銀盆に載せたティーセットを持ったまま、リリィさんは入り口で止まり、耐えるように唇を引き結んでいる。

諦めきった顔で、ミュールは天井を仰いだ。

「わたしは、所詮、出来損ないだよ。似非《エセ》だ。ミュール・エッセ・アイズベルトは、アイズベルト家という家名以外に価値はない。だから、わたしは――」

「俺は、お前の輝きを知っている」

その言葉は月檻《つきおり》に言わせるべきだとわかっていても、それが、彼女にとって偽物に聞こえれば終わりだと思ったから。

俺は、自身の言葉で彼女を語る。

「夜の空が雲で翳《かげ》ったとしても、俺は、その空で星が輝いていることを知っている。誰もが見つけることを諦めたとしても、ずっと其処《そこ》にあった光を見出《みいだ》したヤツのことを知っている。その胸の裡《うち》で光る輝きを信じて、己の正義を託した女の子のことを知っている」

ミュールは顔を伏せて、俺は笑いかける。

「星を掴《つか》みに行こうぜ、ミュール・エッセ・アイズベルト。この世にあるのは、必ず叶《かな》う夢物語だけだ。俺たちと一緒に、もう少し、足掻《あが》いてみるのもいいんじゃない？」

永い沈思の後、ようやく、彼女の喉が動いた。

「…………寝る」

ふらふらと立ち上がった寮長は、洟《はな》をすすり、奥の私室へと引っ込む。

俺が廊下へ出ると、入れ代わりに、部屋に入ったリリィさんに声をかけられる。

「さ、三条様《さんじよう》……どちらへ……？」

片手をポケットに入れた俺は、踏み出そうとした足を空中で止める。

笑いながら、もう片方の手で廊下の奥を指した。

「ちょっと、殴り込み？」

唖然《あぜん》とするリリィさんを残して、俺は歩き出し、月檻は無言で隣に並んだ。

中天に陽《ひ》がかかり、俺たちは並んで電車に乗り込む。

隣り合わせで揺れる俺と月檻は、トーキョー、湾区《わんく》ミナトへと向かっていた。

「敵の本拠地《ベース》に乗り込んで……で、それからどうするの？」

目的地は、元麻布《もとあざぶ》に屋敷を構えるアイズベルト家。今後の計画を尋ねた月檻《つきおり》に対し、画面《ウィンドウ》を弄《いじ》っていた俺は苦笑する。

「お茶を出してもらって、茶菓子を食べながら朗らかに話をつける。俺は、根っからの平和主義者だからな」

「ヒイロくんの平和主義の概念が、私が知ってる意味と同じなら良《い》いけど」

暇なのか、目を細めた月檻は、俺の襟足を指先で弄ってくる。

その手を止めて、俺は、彼女を見つめる。

「月檻、大事な話がある」

「良いよ、結婚する？」

「しません。冗談でもそういうこと言うのやめてくんない？　真っ昼間から、心停止した俺を病院に担ぎ込みたくないでしょ？　今後の俺たちの関係についてだよ」

「つまんないの」とごちながら、俺の肩に頭を預けてくる月檻の額にデコピンすると、彼女はいやいやと頭を振って抵抗してくる。

「月檻、物は相談だが、俺がしたことをお前がしたことにして欲しい」

「やだ」

「まぁまぁ、待て待て。そんなひらがな二文字で結論を出せる程に、単純なディスカッションじゃないんだ。コレは、必要な区分けなんだよ。つまり簡単な話で、今回のアイズベルト家へのカチコミが上手《うま》くいった場合はお前の手柄、上手くいかなかった時には俺のせいにして欲しい。俺の手柄はお前のもの、お前の損失は俺のもの。俺とお前で一心同体、ハートでフルな互助精神、得と損とを分け合い寂光浄土！　ＹＯＹＯ、チェケラ！」

「前々から思ってたんだけどさ」

俺の膝上にぺたんと座った月檻は、首に両腕を回して、至近距離から見つめてくる。

「ヒイロくんって、女の子が嫌いなの？」

「ぁあ？　なにそれ、禅問答？」

「わたし、結構、顔は良いと思うし。ラピスもレイも、色んな女の子から声かけられてるけど、ヒイロくん、手、出さないよね？」

長いまつ毛、艶やかな肌、桜色に濡《ぬ》れた唇。

さすがは主人公というべきか、カワイイとしか形容出来ない彼女は小首を傾《かし》げる。

「なんで？」

俺は、お前とヒロインたちの百合《ゆり》を見たいからだよ！　どっかでもう無理じゃねぇかと思ってても、どうしても諦めきれねぇんだよ！　この覚めない夢がよォ！

とは言えないので、俺は、にこぉと笑う。

「と、トラウマがあって……あの、アレなの……昔、女の子とあれこれあって……お、女の子がこわいの……ふふっ……」

あまりにも、適当なその場しのぎを口にしてしまい、思わず俺は自分で笑ってしまった。

なにを思ったのか。月檻《つきおり》は、俺の頭を抱えて、自分の胸に押し付ける。

「えい」

「うわぁ、おわぁあっ!?」

柔らかな胸の中に収まった俺は、全力で月檻を引き剥《ひ》がす《は》。懐からファブリー○を取り出し、レバーをぶっ壊しながら彼女の胸元に何度も吹き付ける。

「うわぁあああああああああああああ、消えろぉおおおおおおおおお!」

「ロボットアニメで、死ぬ前に乱射するモブみたい」

ウエットティッシュを取り出し、俺は、月檻の胸元を丁寧に拭う。三条燈色《さんじようひいろ》の痕跡を完璧に消し去ってから、はぁはぁと息を荒らげ、血走った眼《め》で彼女を見上げた。

「月檻、二度とするなァ……幾らお前でも、やっていいことと悪いことがある……ッ!」

「眼、こわ」

月檻は、微笑《ほほえ》んで、俺の髪を掻《か》き上げる。

「耳、赤くなってる。良かった。女の子には興味あるんだ」

「オレ、オマエ、キライ」

「それは残念」

足を組んだ月檻は、雑音をシャットアウトするかのように目を閉じる。落ち着いた後、俺は、自分が持ちかけた相談事を有耶無耶《うやむや》にされていることに気がついた。

湾区《わんく》ミナトに着いた俺たちは、洒落《しゃれ》たカフェが並ぶ通りに出る。

待ち合わせのため、その中の一軒に入ると、当然のようにスコア0の俺が入店拒否される。結局、月檻が買ってきたコンビニコーヒーを片手に公園のベンチで待つことにした。

「はい、おごり」

「すいません、僕は、妹のクレカで夕食を貪る蛆虫《うじむし》です。ありがとうございます」

「よしよし、お礼が言えてえらいえらい。養ってあげる」

湾区ミナトは、富裕層（つまり、高スコア者）が集まる区画だ。軒を並べるカフェはもちろん、コンビニでさえも、低スコア者は入店を許されていなかった。

ケヤキの大木が作る影の下、ベンチに座った俺たちは、三条燈色《OBUTSU》の姿を見るなり公園から出ていく親子連れを眺める。

「ヒイロくん、わたしにファブリー○かけすぎたんじゃない？」

「いや、ファブリー○の匂いのせいで逃げてくんじゃねぇわ。ファブリー○舐《な》めんなよ、お前、驚きのＷ除菌だからな。俺が思うに、今、月檻の胸は翼の生えた無菌状態だからな」

「いや、絶対、そのＷは『Ｗｉｎｇ』のＷではないでしょ」

俺は、画面《ウィンドウ》を開いて時間を確認する。

「さて、ファブリー〇月檻《つきおり》、これからアイズベルト家カチコミ作戦を開始するわけだが」

「勝手に人にファブリー〇ふりかけて、スポンサードさせないでくれる？」

「まず、どうやって潜り込むか。他に良《い》い方法も思いつかなかったので、この場にスペシャルゲストをお呼びしたが、たぶん来ないし、来たとしても殺されるかもしれない」

「へぇ、知り合いの死神でも呼んだの？」

「確かに、俺専属の死神は数え切れないくらいいる。無料で即日、ワンコールで地獄行き」

画面《ウインドウ》に、『もうすぐ着く』と連絡が入る。緊張で力が入った俺は、委員長に習った通りに手入れした九鬼正宗《くきまさむね》を握った。

仕事の途中で抜け出してきたのか、走ってきた彼女は見慣れた戦闘装束を身につけていた。頰《ほお》を上気させたクリス・エッセ・アイズベルトは、ぱたぱたと自分の顔を扇《あお》いで髪を整え、おずおずと俺を瞥見《べっけん》する。

「ひ、ヒイロ……久しぶり、だな。そちらから、連絡してくれるとは思わなかった」

「あ、どうも。すいませんね、お呼び立てしまして」

未《いま》だに理由は不明ながら、百合《ゆり》姉妹見学会の時から、俺に好意的なクリスへと頭を下げる。そんな俺の様子を眺め、笑みを浮かべたクリスは頷《うなず》く。

「良い、ヒイロなら。呼んでくれるなら何時《いつ》でも来る」

「えっ、ブラック企業への適性高そう……あ、ありがとうございます……？」

しきりに、自分の髪を撫《な》で付けながら、クリスはちらちらと俺を窺《うかが》う。

「きゅ、急だったから、髪が……服も、あの、仕事着で可愛《かわい》くなくて……一度、着替えて来ても良いだろうか……今日、逢《あ》えるとは思わなかったから……油断してて……」

「え、いや、あの、大した話でもないんで」

袖を引かれる。

振り向いた先で、立ち尽くしていた月檻がクリスを凝視していた。

「…………誰？」

「いや、アレ、あの、クリス・エッセ・アイズベルトさん」

月檻は、ふるふると首を振る。

「違う」

「そう言われましてもお客様……姿かたちはお間違いようがなく……」

「だって、この間、殺し合ってたよね？」

「うん」

「う、うん」

「殺しかけてたよね？」

「いや、だって、アレは完全に――」

「おい」

会話に割って入ってきたクリスに、俺と月檻《つきおり》はびくりと反応する。

「私は業務を抜け出してきてるんだ、俗物。優先順位をその小さな脳みそで考えろ。誰の前で、誰に媚態《びたい》を示してる。下らん矜持《きょうじ》で私の妨げをするつもりなら、その頭を溶液に浸《つ》けてから二束三文で研究所に売り払うぞ」

「……クリス・エッセ・アイズベルトだ」

「だから、そう言ってるじゃん……『俗物』とか言いそうな形相してるでしょうが……！」

愛想笑いを浮かべて、俺は、ぺこぺことクリスに頭を下げる。

「へ、へへっ、すいませんねぇ、クリスさん。見ての通りの低能で、学もねぇもんですから」

「ち、違う！　ヒイロには言ってない！　勘違いするな……しないで……」

月檻が俺の袖を握っているのを一瞥《いちべつ》し、顔を伏せたクリスは反対側の俺の袖を握った。

「それで、ヒイロ、なんのようだ……？」

「なるべく、苦しめずに殺してくれます？」

「さ、殺害を前提で話を進めるわけないだろ。なんでも聞くから言ってみろ」

恐る恐る、俺は、笑っているクリスに伺いを立てる。

「ちょっと、アイズベルト家に挨拶したいなぁと思って……出来たりします……？」

さすがに、大それたお願いだったのか。ぽかんと、クリスは大口を開いた。

俺の前で、彼女の顔は、見る見る間に真っ赤になっていく。あわあわと口を動かし、俺の袖を両手で強く握り込む。

「あ、あい……あいさ……あいさつ……？」

「いやいやいや、冗談です冗談です！　お前、月檻、なにが挨拶だァ！　挨拶なんて、よくもまぁ、そんな大それたこと言えたもんだなァ！　すみませんねぇ、うちの月檻が強くて！　コイツが隣にいると、俺の気が大きくなっちゃうんですよ！　月檻、謝れ！　魔性の女でごめんなさいだろ！　うちの月檻が失礼しました、どうぞ、お仕事にお戻り頂いて大丈――」

「わ、わわわわ悪くない！　悪くない悪くない悪くない！　ほ、本当に⁉　本当にか⁉　わ、わわわ私と一緒に、アイズベルト家に挨拶したいのか⁉　えっ⁉　ど、どうしよう⁉　どうすれば良《い》いの⁉　え、えっ⁉　き、記憶が戻った⁉　ひ、ヒイロも私のことが⁉　えっ、えっ⁉」

大慌てで画面《ウィンドウ》を操作していたクリスは、ふと、手を止めてから俺の前に戻って来る。

深呼吸した彼女は、なにかを待つかのように目を閉じた。

「………………」

ゆっくりと、クリスは目を開けて、寂しそうに微笑を浮かべた。

「……まぁ、そう都合が良いわけもないか」

「ヒイロ、挨拶とは言っているが、本当は他の理由があるんだろう？　ミュールか？」

「え？　あの？」

さすがはお姉ちゃん、見抜かれてたか。

苦笑した俺は、正直に理由を打ち明けることにした。

「ミュールのことについて、あんたの母親と話し合いたい。別に危害を加えるつもりはないよ。洞穴の暗がりに潜んでる虎に食いつかれても困るからな」

「……劉《リウ》か」

俺は、彼女に頷《うなず》きを返す。

「わかった、手配しよう。だが、並大抵のことでは、お母様の顔を見ることすら難しい。相応の理由が要る。そうだな……ヒイロ、お前のことを私の婚約者としてお母様に紹介し、両者の婚約報告という形に仕立て上げる。それなら、お母様も釣れる筈《はず》だ。そこの俗物は、ヒイロのお付きの従者とでも説明すればそう怪しまれないだろう」

「協力してくれるのか？」

「当然だろ、ミュールは私の妹で……お前は……」

言葉を濁したクリスは、目を伏せて微笑《ほほえ》む。

言及しない方が良い気《い》がして、俺は追及せずに話の軸先を変える。

「良い手だと思うが、俺のことを婚約者として信じ込ませるのは難しいんじゃないか？

俺は男でスコア0だから、アイズベルト家の敷居を跨《また》ぐことすら出来ない」

「それなら、良い考えがあるけど」

自然な流れで、会話に入ってきた月檻《つきおり》は綺麗《きれい》に微笑む。

猛烈に、嫌な予感がして——月檻の話を聞いたクリスも、同じような笑みを浮かべた。


衣装室のカーテンを開く。

その途端、月檻はニヤニヤと笑い、クリスは感嘆の息を吐いた。

「……いや、意味がわからんが」

試しにお清楚《せいそ》な花柄ワンピースを着させられた俺は、金色のウィッグの角度を直し、ロングスカートの端を掴《つか》んで頬《ほお》を染める。

クリス御用達《ごようたし》のブティックに連れて行かれた俺は、月檻の『女装すれば良くない？』というバカげた提案に丸め込まれ、予定にはなかった女装男子デビューを果たしていた。

「あっはっはっはっ！　さ、さすが、ヒーロくんだ！　その格好で、百合《ゆり》を護《まも》ると言い張るのか！　その場でくるっと回れば、花びらが舞い上がりそうだな！　あっはっはっ！」

死ね（直球）。

腹を抱えて大笑いをするアルスハリヤはご満悦で、辱められた俺は、ひくひくと頬を歪《ゆが》ませる。

「だからさぁ、月檻《つきおり》さん？　下手すりゃテロ行為くらいの大惨事なんですよ、コレぇ？　なんで、男の俺が婚約者役で、わざわざ女装する必要があるんですかぁ？　俺の足りない頭で検索かけても、ひっとつも『理由』がヒットしないんすけどぉ？」

「パンツ、穿《は》き替えた？（スカートめくり）」

「やだ、ちょっとぉ！」

月檻にスカートを引っ張られ、俺は慌てて、スカートを押さえつける。

「……………」

「クリスさん、なんで、頬《ほお》染めてそっぽ向くの？　やめて？　俺のボクサーパンツのロゴを確認してる月檻の方がまだマシだよ」

「いや、でも、ココまで素材が良《い》いと似合うね」

月檻は、爽やかに微笑《ほほえ》む。

「うん、イケる」

「イケねぇよ。お前、俺から尊厳まで奪うつもりか。ミュールに『俺がいる』とか言っておきながら、女装して婚約報告しに行く俺の気持ちにもなってみろ。見た目はお清楚《せいそ》バレれば変態、守護《まも》りたいのは百合《ゆり》の花ってか。やかましいわ」

俺は、大きくため息を吐《つ》く。

「わざわざ、こんなアホみたいなリスク背負ってどうすんだ。運良く女装がバレなかったとしても、スコアをチェックされれば即バレするだろ」

「そこに関しては問題ない」

壁に背を預け、腕を組み、なぜか俺から顔を背けているクリスがささやく。

「少なくとも、私の個人的な付き合いのある相手に対して、邸宅内でスコアチェックをするような真似《まね》はしない。違和感がなければ、お母様も、額面通りに私の語る幻を信じ込むだろう。それに、偽の関係といっても、私にも矜持《プライド》というものがある」

クリスは、静かに目を閉じる。

「そこの俗物を婚約者として紹介するのははばかられる」

「いや、単に、ヒイロくんを婚約者として紹介したいだけでしょ」

「………………」

「見て、あの乙女、顔赤くして聞こえなかったフリしてる。カワイイね」

「や、やめろ、お前、無邪気な顔で死神を突《つつ》き回すな……！　さっきから、チラチラ、地獄がカットインしてるんだよ……！」

慌てて、俺は、月檻の口を塞ぐ。平身低頭でぺこぺこと謝罪を繰り返したが、クリスは決して俺と目を合わせようとしなかった。

クリスは『月檻を婚約者として紹介する』という案を頑として受け入れず、女装した俺がアイズベルト家の首魁《しゅかい》と対面することに決まる。

「なんで、スカート穿《は》いて命懸けの交渉に繰り出さないといけないんですか……？」

「パンツ、穿き替えた？（スカートめくり）」

「ラーメン屋の暖簾《のれん》みたいな感覚でめくるのやめてくんない!?」

どう考えても声でバレると必死で抵抗したところ、クリスは概念構造《クオリアハイツ》から導体《コンソール》を調達してきて、リアルタイム・ボイスチェンジャーを完成させる。

喉に咽喉マイクを取り付け、チョーカー型の魔導触媒器《マジックデバイス》で隠す。腰に着けたベルト型とチョーカー型を同期させ、導線と導体の組み合わせによって女声を実現させる。

サンプリングされた声優の音声《ボイス》を基に、ピッチ（声の高さ）とメルケプストラム（声道のパラメータ）を抽出し、クリスが持ってきた概念構造製の導体でパラメータ変換を加えることで……実現してしまった。

「よし、良《い》いぞ。ヒイロ、魔力を通してから、なにかしゃべってみろ」

月檻《つきおり》を婚約者に仕立て上げれば秒で済む事態を、ココまで複雑化させた張本人《クリス》は、やりきった顔で頷《うなず》く。

渋々ながら、魔力線をチョーカーに通した俺は口を開いた。

「あ～」

圧倒的な透明感。その場に美声が響き渡り、心に染み渡るような旋律が鳴った。その声音には、少女の面影を残した愛らしさもあり、見事なまでの萌《もえ》ボイスが俺の喉から出てくる。

「「………」」

「な、なにその反応、やめてよ。ちょっと」

無言で頷いた月檻とクリスは、近づいてきて顔面を鷲掴《わしづか》みにしてくる。

「え、ちょっと、な、なに……？」

「化粧だ」

「うん、そうだね。肌、綺麗《きれい》だし。イケるね」

「え、ちょっ、まっ！　もう、これ以上は必要な――」

有無を言わさず、両脇から抱えられた俺は化粧品コーナーに連れ込まれる。右から左からメイクを施され、お試しの花柄ワンピースから純白ワンピースに着替えさせられて、頭の先からつま先までお嬢様のような出《い》で立《た》ちに変えられる。

「わたしたちは、とんでもないものを生み出してしまったかもしれない」

「……よ、よもや、ココまでとは」

俺の改造を終えた後、月檻とクリスは、顔を赤らめてささやいた。

姿見に映った三条燈色《さんじようひいろ》は、元のムカつく面立ちを残していたが、絶世の美少女と言っても過言ではない姿に生まれ変わっていた。

あのアルスハリヤですら、笑うのをやめて真顔になっている。徹底的に全身をコーディネートされた俺は、最早《もはや》、別人レベルで変身してしまっていた。

「な、なんだよ」

縮こまった俺は、ぎゅっとスカートの端を握り締め、月檻《つきおり》とクリスにささやく。

「な、なんか言えよ……お前ら、なんか、こわいぞ……」

殺気を感じて振り返る。ブティック内を練り歩いていた女性たちが、いやらしい目でじっくりと俺の全身を見分していた。

恐怖を覚えた俺は、思わず月檻の後ろに隠れる。

「つ、月檻、なんだあの女性《ひと》たち。さっきから、ぐるぐる同じところ回ってるし、店員さんもずっと見てくるし。俺のスコア、見えてるんだよな、あの女性《ひと》たち……おい、月檻?」

月檻の袖を引くと、バッと、腕を払われる。赤面した彼女は「……あ」と短い声を発した。

「ご、ごめん、ヒイロくん。慣れるまで、気軽に触らないで」

「えっ」

俺は、クリスに視線を向ける。

その瞬間、彼女は、両腕をクロスさせて自分の顔を覆った。

「クリスさん……？　それは防御姿勢と呼ばれるものだよ？　脅威はどこにもないよ？」

「そ、その声で、話しかけるな。ヒイロの面影を残すな」

絶句していたアルスハリヤは、信じ難いバカを見る目で俺を眺める。

「ヒーロくん、君は、本当に百合《ゆり》を護《まも》る気があるのか……？」

「今回、なんか、俺が悪いところあった⁉　ありました⁉　ねぇ⁉」

数十分が経過する。ようやく、俺の女装姿に慣れてきた月檻とクリスは、妙にぎこちない足取りで歩き出し、なぜか隣に並ばないふたりに付いていく。

「「…………」」

「えっ、な、なんでしゃべんないの？　今のうちに、人物設定とか決めておこうよ」

振り向いた月檻は、真顔でつぶやく。

「ヒイロくん、しゃべんないでくれる？」

「尊厳凌辱《りょうじょく》、人権侵害、次はなにをして俺を苦しめてくれるんだ？」

制服からメイド服に着替えていた月檻は、それはそれは可愛《かわい》らしい装いだったが、俺の女装のインパクトに負けたのか誰もその出で立《た》ちに言及することはなかった。

「ヒイロ、とりあえず、喉のマイクを切れ。耳の毒だ」

「なんで、なんか、俺が悪いみたいな雰囲気出してんの」

「俺、じゃなくて、私ね」

「唐突に、話し言葉の監修を始めるな」

道中、真剣に話し合った結果、俺は『三条黎《さんじょうれい》』を名乗ることになり、月檻《つきおり》はその付添いの『スノウ』として振る舞うことになった。

本人たちに許可を取るため『これから、ミュールを護《まも》るために、アイズベルト家に女装して婚約報告に行く』と正直に報告したところ、妹からは『自分の尊厳は護らなくて良《い》いんですか』、メイドからは『トイレットペーパー感覚で、婚約者をストックするな』とのコメントを頂いた。

アイズベルト家の奥様は、三条家のこともレイのことも知っているらしい。とはいえ、名前を知っているくらいのもので、会ったことはないので騙《だま》せるだろうとのことだった。

口裏合わせを済ませた俺たちは、アイズベルト家本邸へと赴いた。

レンガ造りで、左右対称の西洋屋敷。金持ち特有の広い敷地には、魔導触媒器《マジックデバイス》らしき首輪を着けたジャーマンシェパードが放たれており、俺たちの気配を察知して顔を上げる。

敷地内には円柱型の敷設型魔導触媒器《コンストラクタ・マジックデバイス》が設置されていて、突端部をくるくると回頭させながら周辺魔力を読み取り、逐次、その情報をセキュリティに送っていた。

三人連れ立って、大門の横に備わったセキュリティゲートへ。詰めている警備員は、クリスに声をかけられると門を開けた。

俺たちは、ジャーマンシェパードの視線を浴びながら庭を横断する。

「大丈夫だ。私の魔力と匂いを憶《おぼ》えている」

その言葉通り、忠実なワンちゃんたちは、伏せたまま身じろぎひとつしなかった。

権威と見栄《みえ》が見え隠れする豪奢《ごうしゃ》な広間《ホール》に通され、俺たちは、賓客として出迎えられる。

王侯貴族かなにかの屋敷かと勘違いするくらいに、隅々まで磨き込まれた応接室には、絵画や飾り壷《つぼ》といった芸術品が数多く並んでいる。クリスに値段を聞いてみたら、目玉が飛び出そうなくらいの額面を教えてくれた。

居心地の悪さを感じ、縮こまっていたら……ノックの音が聞こえてくる。

ついに、アイズベルト家の奥様とご対面か。

俺は、居住まいを正して、扉を開けた彼女を出迎──覗《のぞ》いた昏《くら》い眼光、真っ黒なスーツとその手袋、引き締まった体躯《たいく》とその身のこなし──月檻はソファー裏に飛び込み、俺とクリスは驚愕《きょうがく》で目を見開いた。

入ってきた劉悠然《リウヨウラン》は、こちらに目を向けたまま、後ろ手で扉を閉めた。

クリスに目配せすると、彼女はゆっくりと首を振った。

クリスにとっても、予想外の事態──一度、劉と顔を合わせている俺は、冷や汗をかきながら微笑《ほほえ》む。

「………」

生気のない眼《め》が、俺を見つめていた。

否、見つめているというよりは、ただぼんやりと俯瞰《ふかん》している。

圧倒的な高みから――劉悠然《リウヨウラン》は、じっくりと、俺のことを観察していた。

「……その御方《おかた》がクリス様の婚約者ですか」

「おい、誰が話を進めて良《い》いと言った。説明しろ」

足を組んだクリスは、威圧的に劉を睨《にら》みつける。

「お母様はどうした。一介の従者であるお前如《ごと》きが、この私とその婚約者の前で、頭《こうべ》も垂れずに同じ目の高さで囀《さえず》るのは何故《なぜ》だ。人間の姿形をとっている獣が、未《いま》だに行儀も身につかんのか、この痴《し》れ者《もの》が」

「………………」

「答えろッ！　誰の前にいると思っている⁉」

劉の圧に呑《の》まれていた俺の隣で、クリスは敢《あ》えて、居丈高に激昂《げきこう》してみせた。

さすがは、クリス・エッセ・アイズベルトだ。

意表を突かれたにもかかわらず、一瞬で切り替えて、相手の非礼を詰《なじ》る側に回った。事前の話とは異なる時点で、クリスの反応はもっともなことであるし、アイズベルト家の従者という立ち位置にいる劉としては反論に回りにくい。

味方になると頼もしいな……高位の魔法士だけあって、修羅場もお手の物か。

クリスの迫力は凄《すさ》まじいもので、同席していたアイズベルト家の従者たちは震え上がっていたが、劉は瞬《まばた》きひとつせずにささやいた。

「……失礼しました。奥様は、少々、遅れております。その間、私の方でお相手を」

「ハッ、死んだと聞かされていた虎が、散々、荒らし回った棲家《すみか》に戻ってきて『お相手を』とは……舞踏《ダンス》にでも誘っているつもりか？　出ていけ。私の婚約者が怯《おび》えている」

無言で、劉は、立ち上がり――俺は、クリスの腕にそっと触れた。

「いえ、同席頂いて結構です。怯えていませんよ。クリス、そんなに怒らないで」

柔らかく微笑《ほほえ》んだ俺は、クリスの手の甲をそっと撫《な》でる。

「わたし、お話ししてみたいです。ね、クリス、良いでしょ？」

カーッと、真っ赤になったクリスは、もごもごと口を動かす。

「お、おおおおお前が、そ、そう言うなら、べ、べべつにか、かまわないが？」

……クリス、それ、演技だよな？

じっと俺を見つめたまま、起立していた劉は、ゆっくりと着席する。

膝の上に肘を置いて、だらんと上半身を下ろした彼女は、絡み合った前髪の隙間から覗《のぞ》く淀《よど》んだ瞳を俺に向けた。

「感謝します、ご令嬢《レディ》」

「いいえ、お気になさらないで。ね、クリスも、もう怒ってませんよね？」

「も、もちっ！　もち、もちろんだがっ⁉」

過剰演技で声を上ずらせたクリスは、俺が腕から手を放した途端、ホッと安堵《あんど》の息を吐いていた。

微笑《ほほえ》んだまま、俺は、真正面から劉《リウ》の視線を受け止める。

「お名前は？　なんと仰《おつしや》るのですか？」

「劉悠然《ヨウラン》、と」

「では、劉さん、とお呼びしますね。よろしくお願いします、劉さん。三条黎《さんじようれい》と申します」

「……驚きましたね。聞きしに勝る美しさ。まさに傾国の美女、蠱惑《こわく》の権化、九尾の狐《きつね》が化けていると聞かされても信じてしまうくらいだ」

「それは、どういう意味だ、劉？　口の利き方から、思い出す必要があるのか？」

演技とは思えない怒気を立ち上らせたクリスが腰を浮かしかけ、俺は素早くその腕を引いて座らせる。

俺は、頬《ほお》を膨らませて、彼女の額にデコピンする。

「こら、クリス！　めっ！」

打たれた額を両手で押さえつけたクリスは、頬を染めたまま「……ご、ごめんなさい」とか細い声でささやく。

婚約したばかりのラブラブカップルの真似《まね》なんて、どう振る舞うべきなのかわからない。

俺は、少々、露骨すぎたかと反省しながら劉の反応を窺《うかが》う。

表情筋をぴくりとも動かさない劉は、こちらの一挙手一投足を見守っていた。

「三条黎様は……射干玉《ぬばたま》のように、黒い髪を持っていると聞き及びましたが」

感情の宿っていない声音を発し、劉は俺を睨《ね》めつける。

「その金の御髪《おぐし》は？」

「あぁ、コレですか」

俺は、笑ったまま、髪を掴《つか》んで顔の横に広げる。

「染めました。こちらの方が、クリスが好きだと言うから。ね、クリス？」

「……あ、あぁ、す、好き。ど、どっちも大好き」

ニコニコと笑いながら、俺はクリスの指に自分の指を絡めて――目を細める。

警戒心が強い。世間話ひとつせずに尋問か。コイツ、端《はな》から疑ってるな。

まぁ、無理もない。急にクリスが婚約者を紹介したいと言い出し、今日の今日で挨拶しに来るんだから。

「……っ……う……っう……！」

なぜか、もがき苦しんでいるクリスの横で、俺は彼女の指をなぞりながら劉に微笑みかける。

「本日は、アイズベルト家のご当主様に挨拶に参りました。突然のお話で申し訳ないと思いはしたのですが、見ての通り、わたしとクリスは心から愛し合っています。正式に婚約関係を認めてもらおうと直談判《じかだんぱん》に来たんです」

俺は、クリスの腕を抱き込み、両手で彼女の右手を包み込む。ぽっと、頬《ほお》を染めてから、甘えるようにクリスの肩に額を押し付ける。

「ほら、クリスって、素晴らしい女性《ひと》だから。早く婚約を進めないと、盗《と》られてしまうんじゃないかって気が気じゃなくて。無礼は承知で伺わせて頂きました」

俺は、クリスに身体《からだ》を預けたまま、劉《リウ》に流し目を送る。

「お力添え頂けませんか、劉さん……わたしとクリスの将来のために……」

無言で、劉は、黒く濁った瞳の中に俺を収める。

「なーんて」

殺気を感じ取った俺は、クリスからパッと手を放し、ニコニコと笑ってみせた。

「冗談です。そんなことを言われても困ってしまいますよね。ふふ。忘れてください。ただの余興ですから」

首筋まで赤くしたクリスは、ぜーぜーと息を吐き、震える自分の右手を凝視する。

本当に演技なのか、疑わしくなってきたが……少なくとも、このクリスの反応を見て、俺が男であるとは思いもしない筈《はず》だ。

「ねぇ、劉さん。わたし、劉さんのこと、クリスからはなにも聞いていなかったから。もっと、貴女《あなた》のことが知りたいです。教えてくれませんか？」

足を組んだ俺は、ティーカップを口に運び、目元で劉に笑いかける。

「ダメですか？　それとも――」

俺は、笑う。

「彼女を蠱惑《こわく》する悪い狐《きつね》には答えられない？」

「……面白い話ではありません」

「それを決めるのは、拝聴するわたしではありませんか？　でしょう？」

「………」

「紅茶」

笑ったまま、俺は、目線で劉の前に置かれたティーカップを指す。

「冷めちゃいますよ？」

ゆっくりと、劉は、ティーカップを手にとって――ぶるぶると震える手で、ソレを机に置き、茶色の水面を見つめたまま俯《うつむ》く。

「ふふ、ひとつ、劉さんのことを知れました」

俺は、ニコニコとしながらささやく。

「紅茶が苦手なんですね」

「……いえ」

「なら、どうして、飲めないんですか？　不思議ですね」

劉《リウ》は立ち上がろうとして、俺は机を前に蹴り飛ばした。
無防備な彼女の脛《すね》に、勢いよく机の端がぶつかる。ソファーと机に挟まれた彼女は動けなくなり、俯《うつむ》いたまま身じろぎを止める。

「座ってください。まだ、ご歓談の途中でしょう？　それとも、主の命に背いて、わたしの気分を害したまま退席なさるのですか？」

足で机を固定し、劉の動きを封じたまま命令する。

「座りなさい、劉悠然《ヨウラン》。貴女《あなた》は、今、わたしに器量を試されている。都市に棲《す》み着いた虎が、今更、下野して畜生に成り下がるつもりですか」

静かに、劉は腰を下ろし、なにかを確信したかのように俺を見つめた。

「……ひとつ言っておきたいのですが」

怖《おぞ》気《け》すら覚える眼光の鋭さ、全身から殺意を発した劉は俺を睨《にら》みつける。

「私の拳はそこに届く」

「ふふ、なら、握手が出来ますね」

「お前はなんだ？　アイズベルト家のなにを探るつもりだ？」

「ええ？　どこをどう拡大解釈してしまったのでしょうか？　わたしは、ただ、クリスと愛し合っているという事実を伝えに来ただけですよ。劉さん、わたしは、貴女と仲良くしたいだけです」

彼女の拳の範囲内、その中の中にまで踏み込み、笑顔を突き出した俺は劉にささやく。

「ねぇ、劉さん、貴女はこの家で家庭教師をしていたらしいですね」

ゆっくりと、劉は両眼《りょうめ》を見開く。

「誰の、家庭教師をしていたんですか？　ミュールさんだけじゃないでしょう？」

わざとらしく、顎に指を当てた俺は小首を傾《かし》げる。

「そういえば、クリスには、姉がいたらし――」

ぶわっと、俺の前髪が広がった。鼻先を掠《かす》めている劉の拳、殺意に象《かたど》られた彼女の両眼が俺を射抜く。

「……死にたいか、女狐《めぎつね》」

「おやめなさいな、劉。ちゃあんと、その子の尾の数を数えなさい。九本もあるんだから、オマエじゃ相手になるわけもないでしょ」

いつの間に入ってきたのか、扉の前に立っていた女性は、三児の母とは思えないくらいの美しさを持っていた。それは周囲の生気を奪い取った美貌であるかのように、従者の顔には疲労と恐れが浮かんでいる。

照明を受けて妖しく光る、蒼《あお》色のパーティードレス。薄く、白いストールを肩にかけて、蒼と白の色彩を胸の前で合わせている。

悠然とした態度で、彼女は、真っ赤なワインが注がれたグラスを回した。

「面白いじゃないの、狐狸《こり》の類《たぐい》と化かし合いなんて」

一気に赤色の液体を飲み干し、退いた劉《リウ》の代わりに座った女性は、ワイングラスを机に叩《たた》きつけた。

粉々に砕け散った透明、光を受けた破片の輝き、つまらなそうに彼女は顔をしかめる。

「で、我が家になんの御用かしら、三条燈色《さんじょうひいろ》くん？」

クリスは息を吞《の》み、俺は薄く笑った。

ミュールとクリスの母、アイズベルト家の当主、ソフィア・エッセ・アイズベルトは、机上のガラス片を指でくるくると回して遊ぶ。

「ほんと、綺麗《きれい》な顔して。ムカつく」

ソフィアの微笑に、俺は微笑《ほほえ》みを返した。

「三条燈色、ねぇ……アイズベルト家の邸宅に生きた男が入ったのは、たぶん史上初でしょうけれど、まぁ、死体で帰ったのはそれなりにいたかもだし。あー、後ろの子、もう出てきて良《い》いわよ」

くいくいと、ソフィアは指を動かし、月檻《つきおり》はソファーの裏側から出てくる。

俺の左隣に座った月檻は、それとなく、ガーターベルトに差した短剣型魔導触媒器《タイプ・ナイフ》を確認する。

机の上に両足を放り出したソフィアは、従者が差し出したワイングラスを受け取る。

「劉。あんたが、感情的になるなんて久しぶりじゃない。あの子のことを口に出されたのが、そんなにも頭にきたの？」

「………」

「まぁ、どうでも良いわ。劉」

ソフィアは、俺を指す。

「半殺し」

劉悠然《ヨウラン》は動いて――

「シリア・エッセ・アイズベルト」

俺の言葉を聞いた瞬間、拳が止まり、ソフィアは瞠目《どうもく》した。

鼻尖。そこに触れた手袋の感触を感じながら、俺は、深く腰掛けたまま笑う。

「まぁ、待てよ。俺は手足を折られてから、おしゃべりするのは苦手でね。オシャレして来たんだ、折角《せっかく》の一張羅を血反吐《ちへど》で汚したくない。おやおや」

俺は、空のティーカップを裏返し、ソフィアの足先に置く。

「アイズベルト家では、客のカップは空のままにしておくのか？」

ソフィアは、ティーカップを蹴飛ばし、壁に当たったソレは砕け散る。

脚を上げたまま、彼女は微笑む。

「あんた、最初から、露呈することを前提でこの家に入ったわね」

「当たり前だろ。三条《さんじょう》家の次期後継者を名乗り、女装した挙げ句、クリスの婚約者として紹介されてバレずに済みましたなんてミラクルあるかよ。あんたを引っ張りだすためだけに、ココまで大袈裟《おおげさ》にやってやったんだ。すべて、計算尽くだ」

「その男とは思えないくらいに似合ってる女装も？」

泣きそうになった俺の背中を、月檻《つきおり》は優しく撫《な》でてくれる。

「最初は、適当に劉《リウ》に相手をさせて帰らせようと思ったけど……ココまで、口が回るバカだとは思わなかったわ。どの伝手《つて》で、シリアの情報を入手したの？」

「通りすがりの神様に教えてもらったんだよ」

原作ゲーム知識と言えるわけもなく、俺は適当なジョークで煙に巻く。

「ふぅん、で、用件はぁ？　わざわざ、虎穴に入ったんだから目的があるんでしょぉ？」

指に前髪を巻きつけて、くるくると回しているソフィアは、ぐったりとソファーに身を預けている。彼女が入ってきた時から、一言も発さなくなったクリスは、青い顔で母親の反応を窺《うかが》っていた。

「ミュールから手を引いて欲しい」

鼻で笑って、ソフィアは、空になったグラスを壁に叩《たた》きつける。破砕音に怯《おび》えた従者が身を縮こまらせて、ワインの入った新しいグラスを持ってくる。

気にした風もなく、彼女は、三杯目のワイングラスを受け取った。

「あんた、何様よ、このクソガキ。この家に男を立ち入らせてやったってだけでも、譲歩の塊だって言うのに。欲張って大きなつづらを選び続けたら、魑魅魍魎《ちみもうりょう》が出てくるだけじゃ済まないわよ」

「もう、魑魅魍魎の類《たぐい》なら眼《め》の前に出てきただろ」

火花。視界がブレて、衝撃と共に激痛が奔《はし》る。かなり加減したであろう劉の拳で、くらついた俺は笑って鼻血を拭う。

「歓迎、どうも。さすがは名家様、実に上等な暴力だ」

「憎たらしいガキね、どこでそういう生意気な言い回し憶《おぼ》えてくんのよ。男ってだけでも怖気《おぞけ》が走るのに、あんた、誰の前にいるかわかってんでしょうねぇ？」

「酔っ払ったおばさん」

ワイングラスが俺の額に叩きつけられ、血と混じったワインが頭から垂れ落ちる。

殺気。目を見開いた月檻は、一切の躊躇《ちゅうちょ》なく、腿《もも》の短剣を引き抜──その手を押さえつけ、俺は、濡《ぬ》れた前髪の隙間からソフィアを見つめる。

感情的になったわけでもなく、冷静にこちらを観察していたソフィアは、足先をぷらぷらと揺らした。

「調査機関の情報《データ》も、たまには当たるもんね。三条燈色《ひいろ》、あんた、男にしておくのがもったいないわ。で、ミュールから手を引けって？」

ソフィアは人差し指をくいくいと動かし、慌てて、従者は新しいワイングラスを差し出す。

「あんた、他人様《ひと》の家のことに口出しするつもり？」

「生憎《あいにく》、行儀《マナー》がなってなくてね」

「出来損ないよ、あの子は」

一九七一年ドメーヌ・ド・ラ・ロマネ・コンティ。数百万は下らないであろうヴィンテージワインをごくごくと飲み干しながら、彼女は、つまらなそうにささやく。

「せっかく、良《い》い種をもらって作ってやったのに……期待はずれも良いとこだわ……生まれつきの魔力不全って……あのクソディーラー、幾らかけたと思って……はー……最悪、一気に冴《さ》えてきた……」

ぐしゃぐしゃと髪をかき混ぜたソフィアは、酩酊《めいてい》の気配がない顔立ちを見せつける。

「で、あんた、ミュールのなに？　あの出来損ないに惚《ほ》れてんの？」

「友達だよ」

一瞬の空白の後。ソフィアは、大きな声で笑い、涙さえ滲《にじ》ませる。

その拍子にヴィンテージワインが倒れ、貴重な中身はとくとくと零《こぼ》れ落ちていった。

「あっはっはっはっ！　こ、コイツ、バカだわ！　あはははは！　と、友達って！　あんた、そのくだらないカッコつけのために、これから死ぬかもしれないってのに！　あは

「ははは！　ば、バカだわ、コイツ！」

倒れたワイン瓶を従者のひとりが直そうとして――ソフィアに顔を蹴られ、彼女は、その場に蹲《うずくま》る。

「誰が立て直せって言った、このグズ。コイツ、今日でクビね。劉《リウ》、顔、一発」

劉悠然《ヨウラン》は、音もなく動き、腰で溜《た》めた拳を打ち――パァン――乾いた音と共に、間に入った俺は、それを右手で受け止める。

俺は、笑って、ソフィアを睨《ね》めつける。

「なぁ、お前、誰に女の子の顔を蹴っても良いって習った？　あ？　テメェ、その薄汚い胃袋に収めるクソアルコールのために、この綺麗《きれい》な顔を傷つけた代償は払えんだろうなぁ？」

手加減。

いや、手加減どころではない……ほぼ、力を入れていない見かけ騙《だま》しの拳を放った劉は、わざと間を作って、俺が間に割り込む時間を稼いだ。

俺の知っている通りの劉悠然は、沈黙を保ったまま、俺の手の中に収めた拳を静止させている。

顔を真っ青にして、静観に徹していたクリスが立ち上がる。

「や、やめろ、ヒイロ……お、お母様に逆らうな……」

「クリスぅ」

びくりと、クリスは母親からの呼びかけに反応する。

「あんた、そこの薄汚い男に惚《ほ》れてるんじゃないでしょうねぇ？　母親に嘘《うそ》を吐《つ》いた挙げ句、男なんぞをアイズベルト家に招き入れて……覚悟、出来てんの？」

「か、彼は……か、関係ありません……い、一方的に私が懸想していて……きょ、今日のことも私が勝手に……だ、だから、ゆ、許してください……や、やめて……」

大量の汗をかいたクリスは、ぶるぶると震えながら必死で懇願する。

ソフィアは、緩慢に口を開き――引き金《トリガー》。

真上に机を蹴り上げた俺は、一流の従者のように椅子を持ってきた月檻《つきおり》に従って腰を下ろす。落ちてきたワイングラスをキャッチし、至近距離からソフィアを見つめる。

「悪いなぁ、お前の大事な娘、もう俺の言うことしか聞かねぇよ。どこまで、俺を調べてるか知らないが、スコアの割には引き出しの数が多くてね。クリス・エッセ・アイズベルトに脅しをかけるのは簡単だったよ。少し調べれば、俺とクリスが殺し合った件も詳細が出てくる筈《はず》だ。ま、そこからの繋《つな》がりで、あんたの娘さんを脅迫させてもらったってわけだ」

ニヤけながら、俺は、彼女へとワイングラスを差し出す。

「出来損ないのミュール・エッセ・アイズベルトは、あんたにとって無用の長物なんだろ。

だったら、俺にくれよ。あんたがお気に召した抱腹絶倒の友情関係ってのも、孤独な女に粉をかける時には重要視されるテクニックなんだぜ？」

「くっくっくっ、まともにまぐわったこともないガキが女語ってんじゃないわよ」

ワイングラスを受け取ったソフィアは、床に落ちたワイン瓶を手に取る。その中身をみずから注ぎ、スワリングしてから匂いを堪能する。

「オールドタイプの女泣かせ気取るにしては、目が輝きすぎてるわねクソガキ。乳臭いあんたが、ヒーロー気取りで、うちの娘たちを救うつもり？」

「さぁね、どうかな、おばさん。酒くせぇオールドよりかは可能性あるかもよ」

「ミュール、あんたにくれてやっても良いわよ」

彼女は、赤透明の液体越しに俺を捉える。

「もう、あんなの要らないもの。邪魔だから、そろそろ、処分しようかなって思ってたところよ。丁度、劉《リウ》がそのタイミングで帰ってきたら、任せようと思ってたところだし……良いわよ、そこらの男にタダでくれてやるのも面白いわ」

愉快な余興を前にして、ソフィアは手を打ち鳴らす。

「好きに使えば？　アレでも女だし、暇潰しの娯楽程度には使えるんじゃないの？　あんたが、あの出来損ないで遊び終わった後に、劉を差し向ければ多少は楽しくなるでしょ」

それで話はついたと言わんばかりに、ソフィアは立ち上がる。

「劉《リウ》、コイツ、半殺しにしてそこらに捨てといて。ムカつくから。でも、殺すのは後でね」

そう言って、彼女は立ち去ろうとし――

「怖いのか、ミュールと向き合うのが」

ぴたりと、足を止めた。

「…………は？」

「怖いんだろ、あの子が。胸の奥に刻まれた『恐怖』が、あんたを過去に釘付《くぎづ》けにしている。娘も、その感情も、飼い殺しに出来なくなったから、黄の寮《フラーウム》に閉じ込めておいたあの子をどうにかしようとした。自分の娘と向き合うのはそんなに怖いのか？」

「劉、コイツ、黙らせろ」

劉の拳が、俺の鳩尾《みぞおち》に入る。続け様に鼻梁《びりょう》を打たれ、血を噴き散らしながら俺はよろける。

間に入ろうとした月檻《つきおり》を制止し、俺は、ソフィアに笑いかける。

「誰かに期待して裏切られるのはそんなに怖いか」

「劉」

劉悠然《ヨウラン》の拳が、俺の額で弾《はじ》けて、鋭利な刃物で切られたかのようにぱっくりと割れる。

赤く染まっていく髪には、目もくれず、俺はささやき続ける。

「あの子は、似非《エセ》なんかじゃない」

拳で打たれながら、よろけながら、ふらつきながら。

俺は、ソフィアに言葉を向ける。

「本物だ」

拳を振るう彼女の瞳が、戸惑いで揺れていた。

威力も速度も弱まった劉の拳が、俺の眉間に叩《たた》き込まれて止まり──その拳を透かすように、俺は、ソフィアを睨《にら》みつける。

「あの子は、本物のミュール・エッセ・アイズベルトだ……お前が、そうあれと押し付けたまがい物じゃない……母親の癖に、そんなこともわからねぇなら……ッ！」

その拳を退《ど》けて、俺は、ソフィアの胸ぐらを掴《つか》み上げて叫ぶ。

「俺が教えてやるッ！　だから！　見に来いッ！」

ソフィアの顔が歪《ゆが》み、俺は、彼女に感情を叩きつける。

「三寮戦で！　あの子の寮が！　黄の寮が勝つッ！　あの子は、エセじゃない！　ミュール・エッセ・アイズベルトだ！　そのことを！　あの子自身の力で！」

ただ、俺は、叫ぶ。

「テメェにわからせてやるよッ！　わかったら！　黙って見に来い、ソフィア・エッセ・アイズベルトッ！」

「……劉」

半月の軌道をとった横拳で吹き飛ばされ、椅子ごと壁に叩《たた》きつけられる。月檻《つきおり》とクリスに庇《かば》われた俺は震えながら立ち上がる。

こちらに背を向けたソフィアは、よれた胸元を直し吐き捨てた。

「……ゴミが」

アイズベルト家らしい捨《す》て台詞《ぜりふ》を残して彼女は退出し、取り残された俺たちの前で、劉《リウ》は手袋を伸ばした。

彼女の両眼《りょうめ》が、音もなく、俺を捉える。

「クリス様。少し、彼と話をさせてもらってもよろしいでしょうか？」

俺を見つめたクリスに、頷《うなず》きを返し――

「でも、その前に、手当してから着替えても良《い》い？」

月檻に支えられた俺は、真っ赤に染まったワンピースの裾を広げた。

別室へと誘われた俺は、改めて長身の虎を見つめる。

劉悠然《ヨウラン》は、ミュール・ルートでも一際異彩を放つ女性である。

かつて、魔法士の最上位にいた彼女は、後天性の魔力不全で魔力を失い、絶頂から一転、ドン底にまで追いやられる。非公式の開発者ブログによれば、それは死を考える程の絶望で、駆け上ってきた栄光の階段は跡形もなく崩れ去った。

親族、親類、親友。

劉を褒《ほ》め称《たた》えていた人間は、すべて消え去り、スコアは急速に０へと近づいていった。

当時の雇い主であるソフィア・エッセ・アイズベルトも例外ではなかった。プロモーション契約を結んでいた企業から違約金を取られ、一文無しどころか借金まみれになった劉を切り捨て、唯一の資金源たる家庭教師の座から下りるように迫った。

当然と言えば当然だ。適した能力を失えば、職を追われるのは自然の帰結。

冷徹にも思えるが、合理的に判断してみれば、一介の家庭教師に過ぎない劉を手元に置いておく理由はひとつもない。

すべてを失った彼女に、救いの手を伸ばしたのは、たったひとりの女の子。

アイズベルト家の長女――シリア・エッセ・アイズベルト。

原作ゲームでは、劉とシリアの間に何があったかは描かれていない。

ただ、シリアの手引きにより、劉は家庭教師の職を失わずに食《く》い扶持《ぶち》を確保し、飢えと失意の只中《ただなか》で死なずに済んだとだけ語られる。

居場所を手に入れた劉は、己の価値《スコア》のために腕を磨いた。

それは誰のためであったのかはわからないが……彼女は、血の滲《にじ》むような努力とその特殊な体質、圧倒的な才覚《センス》によって、唯一無二ともいえる対魔法士特化の拳術を身に付け『魔法士殺し』とまで呼ばれるようになる。

そんな折、劉《リウ》は、シリアの紹介によりミュールと出逢《であ》っている。

先天性の魔力不全……それは、同類の『似非《エセ》の魔法士』との出逢いであり、劉は、同じ天の下に現れた同属に己のすべてを授けようと画策する。

だが、それは上手《うま》くいかず。

時期を同じくして、劉には二度目の絶望が訪れ、彼女はアイズベルト家から姿を消した。

劉悠然《ヨウラン》との再会、それこそが、ミュール・ルートにとっての要となる。

彼女の出現タイミングは、完全にランダムである。

劉をミュールと会わせるか会わせないか。主人公は決断を迫られ、ふたりを巡り合わせた場合、ミュールはゲーム内から姿を消して彼女のルートは消滅する。

ふたりの遭遇を邪魔すれば、強制的に劉との戦闘となる。それは負けイベントで勝ち目は一切ないが、パーティー内に三条《さんじょう》燈《ひ》色《いろ》がいた場合、彼《ゴミ》は100％の確率で最初に死ぬ（執《しつ》拗《よう》にヒイロを狙うので、ファンからはホーミング燈殺拳《ひっさつけん》と呼ばれている）。

劉悠然は、プレイヤーからは『死神《スウシエン》（ミュールが彼女をそう呼んだことから）』と呼ばれ、三条燈色だけではなく多数のキャラクターにとっての死亡フラグにもなることから『死亡フラグの塊』とも言われている。

劉悠然とソフィア・エッセ・アイズベルト。

この両者をどうにか出来なければ、ミュール・ルートは、おぞましいバッドエンドを迎えることになる。

相手が相手だ、月檻《つきおり》に全てを背負わせるわけにはいかない。

俺は、ミュールを救いたいと想《おも》っている。そして、その未来を視《み》たいと想っている。

ならば、俺は、すべてを懸けて彼女を救うだけだ。

覚悟と決意を同時に終えた俺は、顔を上げて彼女の棲家《すみか》を視界に収める。

部屋と呼ぶには殺風景が過ぎる。仮寓《かぐう》というには思い出が過《よぎ》る。獣が棲み着くような洞穴のような一室で、俺は、月灯《つきあか》りを頼りに一枚の写真を眺める。

無色の硝子《がらす》に閉じ込められ、写真立ての枠組みに収まった『かつて』。

優しい笑みを浮かべる劉は、クリスとミュールによく似た少女の肩を抱いていた。白金《プラチナブ》髪《ロンド》を持つ少女は、劉にくっついて満面の笑みを浮かべている。

ぱたんと、写真立てが伏せられる。

視線を上げると、白いマグカップが目に入り、笑顔を失《な》くした劉が立っていた。

「飲みなさい」

まともな家具ひとつない部屋は、虚無で満たされたバスタブのようだった。

お茶の水面に、欠けた月が映り込む。カップを受け取り、俺は、勧められた椅子に座る。

「痛みは？」

月檻とクリスが、丁寧に巻いてくれた頭の包帯に触れる。臨戦態勢で扉の外に待機している彼女らの姿が浮かび、思わず、俺は苦笑する。

「あんたと同じだ。常に感じてる」

膝の上に肘。何時《いつ》ものように、前傾姿勢で両手を組んだ劉《リウ》は、椅子に浅く腰掛けたまま指をゆっくりと動かす。

「あんなことは……もう、やめなさい」

「具体的に頼むよ。今日は出血大サービスで、頭がくらくらしてる」

言葉少なに、ぼそぼそと、劉はしゃべる。

「アイズベルト家に……ソフィア様に歯向かわずに……平穏に暮らしなさい……貴方《あなた》は、まだ子供で……悪人でもない……未来《さき》がある……」

「まるで、自分には未来《さき》がないみたいな言いぶりじゃん」

劉は、空っぽの両手を眺めてささやく。

「ソフィア様は、貴方を赦《ゆる》さない」

「よれよれになった、あのドレス直してあげても？」

「よれたドレスは直っても、よれた関係性が直ることはない。永遠に、それはよれたままで……互いが見て見ぬ振りをするしかない」

そっと、俺の腕を掴《つか》んだ劉は、目線で立つように促した。

「立ちなさい。まずは、日本から離れます」

「いやいや、まだ、お茶も飲んでないよ……これからでしょ」

口角を上げた俺は、マグカップを口元に運ぶ。

「三寮戦で、黄の寮《フラーウム》が勝つことは絶対にない」

「座りなよ。中身が入ったカップを俺に渡して、椅子を勧めたのはあんたでしょ？」

ゆっくりと、劉は、その長身を折りたたむようにして座った。

「ミュール様には、才能というものがない。三寮戦において、寮長は絶対的な中枢として動かねばならない。ミュール様が寮長を務める限り、どう足掻《あが》いても黄の寮に勝ち目はない。あの子を視《み》てきたからわかる。世の中には、どうやっても、育つことがない芽は存在する。人間は、生来の、生まれついた才には、刻まれた導を辿《たど》る天命には逆らえない」

「確かに、あんたは、ミュールのことを視てきたのかもしれないが」

握った手元のカップが揺れて、俺は、眼下の水面上で踊る盈月《えいげつ》につぶやく。

「ミュールの未来《さき》を視たことはない」

「…………」

「誰にわかる。あの子の運命が。その未来《さき》が。あんたは、足掻いて足掻いて、それで諦めたのかもしれないが、俺は、そのまま足掻いて死ぬことを選ぶ。それをどこかの誰かがバカだと笑っても」

俺は、真正面から劉を見据える。

「俺は、俺のことをバカだとは思わない。あの子のことを信じる己自身が、間違いだったなんて感じない。俺は、俺自身を突き通して地獄に堕《お》ちる」

静かに、劉《リウ》は、俺の腕から手を放した。

「繰り返す……もう、やめなさい……貴方《あなた》の献身が報われることはない……ソフィア様は、人事を尽くして天命を待つ者ではない……三寮戦は……ミュール様の未来《さき》は叩《たた》き潰される……そして、私は……」

俺と彼女は、見つめ合う。

「貴方を殺すことになる」

「言ったろ」

俺は、彼女の視線に自分の視線を絡み合わせる。

「俺は、そのまま足掻《あが》いて死ぬことを選ぶ」

「貴方は……ミュール様のために……なぜ、そこまで……己を懸けられる……勝ち目などないというのに……なぜ……」

俺は、答える。

「あの子の未来《さき》が視《み》たいからだ」

立ち上がった俺は、伏せられた写真立てを立て直す。そこに映っている笑顔を見つめ、振り返り、追憶を閉ざした劉へと語りかける。

「俺が望むのは、こういう未来だ。だから、俺は愚か者のまま、その未来《さき》に向かうよ」

「…………」

「あんたにも、譲れないものがあるなら」

俺は、ニヤリと笑う。

「全力で来いよ。互いの理想を懸けて、楽しい戦闘《デート》しようぜ」

すっと、長身が立つ。俺に並んだ劉は、人差し指で、在りし日を捉えた写真を倒した。

「……この顔は」

陰っていた月が、運命染みて顔を出し――劉悠然《ヨウラン》を照らした。

「この子には、視られたくない」

全と半。

影と光。

陰と陽。

中天で欠ける月が、相貌の中心を影で分断する。影に隠れているのか、光に隠れているのか。喜怒も哀楽も、表裏の中心線で混和し、一雫《ひとしずく》の『黒』として台無しになる。

虚と実を綯《な》い交《ま》ぜた劉悠然の様相は、人外の魔境に踏み入れた人ならざる者へと変じ
……黒に溶けた両眼《りようめ》は、昏《くら》い執念に冷めていた。

「三条燈色《さんじようひいろ》」

生を諦めた者が人生を謳歌《おうか》し、死を諦めた者が黄泉《よみ》に銘記されるような。

冷たく、凍《い》てつき、底冷えするような声音で——相矛盾する彼女は言った。

「お前に未来《さき》はない」

「どうかな」

俺は笑って、写真立てを立て直す。

「案外、俺とあんたのツーショットが、この横に並ぶかもしれないぜ？」

俺は、沈黙で答えた彼女の脇を通り抜け、扉の向こう側へと進んでいった。

＊

三寮戦の開催が近づくにつれ、鳳嬢《ほうじょう》魔法学園に流れる空気は変じていった。

勉学からの一時的な解放を予告するイベントを目前に、学園生の熱は日を跨《また》ぐごとに高まり、生徒会を主とした運営組織による準備が着々と進められていた。

会場の確保から告知、宣伝、参加者の出席管理、運営マニュアルの作成、機材・備品の手配、全体のタイムスケジュールから香盤表の準備、当日の警備を担当する警備会社とのやりとりまで。

手間と時間がかかり過ぎる業務は委託しているものの、その中枢には絶対的権力を持つ生徒会が座している。そこに口出し出来るのは、学園長のお気に入りで構成された『鳳皇《ほうおう》衆』と高スコア者の集まりの『帝位』くらいのものだ。

お祭り前の喧騒《けんそう》に包まれた学園内では、『生徒会』の腕章を着けた生徒が縦横無尽に闊《かっ》歩《ぽ》し、教師は教師で忙しそうに雑事に追われている。

一階の電光掲示板には『三寮戦開幕！』のお触れが出ており、その前に溜《た》まった生徒たちがスコアを賭けて賭博《おあそび》をしていた。

表示されているオッズ表。

一番人気は、生徒会長フレア・ビィ・ルルフレイム率いる朱の寮《ルーフス》。続いて、蒼の寮《カエルレウム》。最後に、その二寮に圧倒的な差をつけられる形の超高倍率で、三番人気《ワースト》の黄の寮《フラーウム》が名を連ねていた。

「ねぇ、貴女《あなた》、試しに黄の寮に賭けてみなさいよ」

「バカじゃないの、誰がスコアを捨てるようなマネするのよ。黄の寮の寮長は、あのミュール・エッセ・アイズベルトなのに」

「あはは、そりゃあそうよね。幾ら倍率が高くても、誰も『似非《エセ》』に賭けたりしないか。なんで、あの女性《ひと》、魔法が使えないのに魔法学園にいるのかしら」

鳳凰《ほうおう》を象《かたど》った勲章が、胸元できらりと光を反射する。

鳳皇衆の証《あかし》を身に着けた女生徒は、変わり者が多数在籍する鳳皇衆らしく賭け屋《ブックメーカー》を装っており、お嬢様らしくもなく『さぁ、賭けた賭けたァ！』などと声を張り上げていた。

「なぁ、スコア0でも、賭けられるのか？」

生徒たちの間に割り込むと、ぎょっとした表情の彼女らに凝視される。さーっと、周辺の人混みが左右に分かたれ、スペースを確保した俺は更に身を乗り出す。

「それは異なことをおっしゃるね、少年。コレは賭け事で、点数《スコア》を賭けるものだとは知っていたかな？」

「あぁ、俺はスコア0だから」

俺は、笑って、自分の胸を親指で指した。

「俺自身を賭ける」

ニヤニヤしながら、賭け屋《ブックメーカー》はこちらを見つめる。

「ほぉ……それは、我らを鳳皇《ほうおう》衆と知っての宣言かな？　ん？　生憎《あいにく》、我らは、男をもらっても使い道はひとつしか知らない。奴隷だな、うん？　それでも良《い》いと？」

「構わない。ただし、俺が勝ったら」

笑ったまま、俺は、ささやく。

「スコアをもらう。配当分、すべて、我らが寮長にな」

「おー！　いやはや、祭りの前に相応《ふさわ》しい盛り上がり！　男の癖に面白いことを言う！」

そう言うや否や、彼女は、笑みを深めてささやき返した。

「ノッた」

ニヤリと笑って、手続きを終えた俺は、女生徒の間を通って歩き去る。

そんな折に、廊下の向こう側から、ざわめきが聞こえてくる。輝かしい栄光の朱色《あか》が見えて、見覚えのある捻《ね》じくれた角が目に入った。

両脇に生徒会の少女を侍《はべ》らせたフレア・ビィ・ルルフレイムは、畏敬と憧憬をその一身に浴びながら、物見遊山よろしくのんびりと歩いてくる。

この時期の生徒会は、他に及ぶ者のない権力者である。

その増上慢な権力は、学園という狭い格子の中であれば絶対的なものとなる。スコアもカーストも関係ない。帝位に属しているらしき少女も舌打ちしながら道を空けていた。

「おっ！」

「げっ！」

歩いてくる面倒事に見つかった俺は、即座に踵《きびす》を返すも、生徒会役員どもに囲まれる。

「ひゃっはっはっ、おいおい、三条《さんじょう》燈色《ひいろ》！　あの怪物と戦《や》り合って、なんで全ての部品《パーツ》が揃《そろ》ってる！　とっくの昔にくたばって、四十九日も終わったと思ったぞ！」

ざわめき。なぜ、あの生徒会長が、男なんかに……疑惑の視線が突き刺さり、俺は、さも被害者だと言わんばかりに顔をしかめてみせた。

「こんにちはぁ、ごきげんうるわしゅう。本日も、良いお日柄でぇ」

「おいおい、なんだ、その余所行《よそゆ》きの挨拶は？　吾《おれ》ときみの仲にもかかわらず、まるで、他人のようなおべっかを使う。偉大なる龍《りゅう》を目の当たりにした感想にしては、どうにもケチくさいように感じる。要は、その態度、気に入らんなぁ」

「挨拶ひとつで、どこまで、人にケチ付けるつもりなんすか」

フレアは、不敵に片頬《ほお》を上げる。

「三条燈色《さんじょうひいろ》、きみには、本当に良く学ばせてもらった。下げる頭はないが礼は言いたい」

「こちらこそ、ありがとうございます」

左右から、女の子たちにカットフルーツを食べさせてもらっているフレアを見て、俺はニコニコとしながらお礼を言った。

「囚獄疑心《ジレンマ》、アレは、良《い》い教訓になった。エルフ如《ごと》きが作った遊戯《ゲーム》で、ドラゴンが戒められては当惑するばかりだが、優秀な生物とは学びを得るものだからな。お陰様で、孤高の龍にも、他者への信任というものが芽生えたよ」

怪しく、彼女の瞳が光り輝く。

「低スコア者が……たかが人間が……物語の外でも、龍を滅ぼすことがあるということも理解出来た……眩《くら》むねぇ……眩む眩む……璞《あらたま》も磨けば玉《ぎょく》に至る……人の形をした財とはどうも読みにくい……」

ぼそぼそと、フレアは続ける。

「元々、我が生徒会は、低スコア者で高スコア者を育てる……絶対的な格差を形作り、上位者を高みに導く人財育成を行ってきた……つまり、低スコア者を高スコア者の肥料にしていたわけだが……人財とはわからないもので、吾は、さらなる研鑽《けんさん》と学びを必要としていることに気づいた……人財は腐りやすいが、腐ったように見えて極上の旨味を帯びることもある……まるでワインだ、面白いことを教えてくれる……なぁ、三条燈色……」

俺の顎を持ち、フレアは、端整な顔を近づける。

「生徒会に入れ」

「間に合ってます」

「ならば、黄の寮《フラーウム》を叩《たた》き潰して奪うまで。知ってるだろ、三寮戦の勝者には学園長からの褒美がある。大半の願い事は、ちちんぷいぷいで叶《かな》ってしまう」

俺は、笑う。

「勝てると思ってんのか？」

「あぁ、思うさ」

俺の顎下を指で撫《な》で、彼女は獲物から離れる。

「今年の三寮戦は一味違うぞ、三条燈色。味わってくれ……黄の寮の墓標が立つまでの間な」

「満足のいくまで、勝利の祝杯を味わうことにしますよ。朱色《あか》の墓前で、天まで届く絵本の読み聞かせでもしましょうか……人が龍《りゅう》を討ち滅ぼすヤツをね」

「ひゃっはっはっ、愛《う》い愛《う》い！」

俺の肩をバシバシと叩《たた》き、ご満悦の龍《ドラゴニュート》人様は、生徒会員を引き連れ廊下の奥へ消えてゆく。

その背中を見送って――

「相変わらず、目上に喧嘩《けんか》を売るのがお上手で」

「うおっ！」

いつの間にか、後ろに立っていた小さな影。

背後で息を潜めていた委員長《クロエ》は、目を伏せて背筋を伸ばし、凛《りん》とした声音で耳をくすぐる。

「他人《ひと》様の尊顔を拝見し『うおっ！』などという反応《リアクション》は感心しませんね。芸能養成所に入って、正しいリアクションを学ぶことを進言します」

「単純に驚いただけで、爆笑掻《か》っ攫《さら》おうとはしてないから。てか、あの、大丈夫？」

常に悪目立ちしている俺は、委員長から距離を取り、そっぽを向いてからささやく。

「俺、男だから。こうやって、普通に話してるとこ見られたら友達いなくなっちゃうよ。月檻《つきおり》とかは気にしてないけど、委員長には立場ってもんがあるでしょ？」

「ご心配には及びません。私、友人がいないので」

「………………」

「ジョークです」

ココは、どう反応《リアクション》すべきなのか。

熟考した俺は、勢いよく、平手で虚空を叩いた。

「って、ジョークかーい！」

「………………」

「………………かーい」

「………………」

「………………すいませんした」

「二度としないでください」

「はい……申し訳ございませんでした……」

なんで、俺が、悪いみたいな雰囲気になってんの……？

若干の理不尽さを感じながら、俺は、素直に頭を下げて許しを乞う。寛大な心で許してやったみたいな空気感で、両手を前に揃《そろ》えた委員長は口を開いた。

「三条《さんじょう》さん。寮長《フーリィ》から、三条さんには、百合《ゆり》ーズでの活動を続ける理由はもうないと聞き及びました」

彼女は、美しい瞳で俺を見つめる。

「解散ですか？」

「いや、続けるけど……俺が趣味の悪いスーツ着た根暗拳法家にボコられて入院する前も、一回、ダンジョン行ったじゃん。あのイモムシが大量発生して、ラピスが失神したヤツ」

「アレは、擬装幼虫《フェイク・ワーム》。正確にいえば、イモムシではなく、悪魔《デーモン》の一種に該当します」

「あ、はい、すいません」

「三条《さんじょう》さんが、冒険者を続ける意義は？　もし、私に気を遣っているようであれば――」

俺は、ぱしりと、委員長の肩にツッコミを入れる。

「意義も意味も、委員長が心配することじゃないでしょ。委員長には委員長の目的があって、俺には俺の目的がある……って、俺が言ってるんだから、それで良《い》いんじゃないの。別に、スコア目当てじゃなくても、ダンジョンに潜る意義はあるしね」

委員長は、苦笑する。

「聞きしに勝る頭の悪さですね。旬の魚の眼窩《がんか》脂肪をオススメします」

「ドコサヘキサエン酸よりもユリハへキダモンさんと仲良くしたい。まぁ、俺としては、たまにラピスとお出かけしてもらえれば、それだけで俺の脳もトリップし――」

「我々は、百合《ゆり》ーズですが、三寮戦では敵同士ということはお忘れなく」

「えっ。なんで、俺の話、キャンセルしたの？」

「それと、三条さん」

「いや、なんで、キャンセルしたの？　聞いて？　コレ、疑問形ね？」

委員長は、真っ直《ます》ぐに、廊下の奥を指差す。

「あちらで、貴方《あなた》の寮の寮長が揉《も》め事を起こしていましたよ。然《しか》るべき処置を推奨します」

「えっ、ちょっと⁉　世間話で遅延行為しないで、そういう推奨は早く教えてよ⁉」

自分の口を片手で覆った委員長は、考え込むようにじっと動きを止める。

「確かに……無駄な会話が多すぎましたね……所謂《いわゆる》、時間の空費……なぜでしょうか……百合ーズの件も、今、問いただす必要性は皆無……会話の返答に一・二秒の制限時間を設け、対局時計を導入するべきだった……？」

「ごめん、委員長、可及的速やかに事態の収束に向かうわ！　またね！」

黙考する委員長を置き去りに。

引き金《トリガー》を引いた俺は、教師に見つかれば怒鳴りつけられるような速度で、真っ直ぐに廊下を走り抜ける。

騒ぎの中心へと駆けつけた俺は、掴《つか》み合いになっている見慣れた姿を見つける。

白金髪《プラチナブロンド》を持つ小柄な身体《からだ》は、ふたりの女生徒に挟まれて埋没寸前だった。どうにか捕捉し、遠巻きに見つめている女生徒たちの脇をすり抜ける。

「はいはい、そこまでそこまで。はっけよい、のこんないのこんない」

襟を掴《つか》まれているミュールから女生徒の腕を剥《は》がし、掴みかかろうとする彼女を羽交い締めにする。

「さいてー！　なにが、寮長よ！　黄の寮《フラーウム》なんてこっちから願い下げよ！」

「うっせー、ばーか！　こっちだって、お前の入寮なんて取り下げだーっ！　ばーか、ばーか、ばーか！　新種のヒキガエルみたいな面だな、博物館紹介してやろうかーっ！」

その小さな身体《からだ》のどこに、ココまでの闘争本能を仕舞《しま》っているのか。なおも襲いかかろうとするミュールを抱え、バタバタと振り回す両手足を虚空と対戦させる。

「寮長、そのスカパンチとスカキックで実感してくださいよ。コレが争いの虚《むな》しさです。そこのお嬢様方、すいませんね、うちのちびっ子大将が……なにしました、この子？」

「はぁ!?　あんた、急にぬるっと横入りしてきてなによ!?」

「ぬるぬるっと失礼、前方保護者面でやって参りました三条燈色《さんじようひいろ》です。最近、好んでいるカップリングは、図書委員とヤンキー少女。かなり口が悪いヤンキー少女が、図書委員の前では借りてきた猫のように大人しくなるヤツが大の好きです。以降、お見知りおきを」

「は、はぁ……？　に、日本語習得出来てんの、あんた……？」

アドレナリン全開の寮生は、鼻息荒く、俺にも突っかかってきたので飄々《ひようひよう》と流す。

比較的、落ち着いているもうひとりは、顔を歪《ゆが》めてミュールを指した。

「ふたりで三寮戦の話をしてたら、その子が突っかかってきて……」

「お、お前たちが黄の寮は敗《ま》けるとか言うからだ！　戦う前から諦めるヤツがいるか！　お前らみたいなロクデナシが戦意を下げ、ひいては全体の士気を下——もがぁ」

「大変申し訳ございませんでした」

ミュールの口を押さえて、俺は、深々と頭を下げる。

横から割り込んできた男が素直に謝ったのは意外だったのか、出鼻を挫《くじ》かれたふたりの寮生はもごもごと口を動かす。

「べ、べつに、私たちは謝って欲しいわけじゃ……ただ、急に絡んできたから……寮から出て行けとか言われてカッときて……ねぇ……？」

「う、うん……」

「いやいや、そりゃあ、そうですよねぇ。それくらいのことで、寮から出て行け云々《うんぬん》とまくし立てられたらたまったもんじゃない」

「ヒイロ、おまぇぇ……どっちの味方だぁ……！」

涙目のミュールが、俺の両腕の中で、ぐすぐす言いながら見上げてくる。

「そりゃあ、もちろん、寮長ですよ。そうじゃなかったら、こんな揉《も》め事の真っ最中に、意気揚々と割り込んで仲裁役買って出たりしないでしょ」

俺は、制服の導体収納袋《コンソール・ポケット》から導体を取り出し、おふたりにひとつずつ手渡した。

「即物的で恐縮ながら、今回は、コレで手打ちにしてもらえません？」

貴重な導体《コンソール》を手渡すと、ふたりの表情が見る見る間に和らいでいった。

「な、なんか、逆に申し訳ないわね。あんた、男にしては気が回るし、話もわかるじゃない」

「え、一年生？　本当に男の子？　男って、ほら、なんかパッとしないのしかいないし、寮内で君のこと見たことないけ――」

「被害者面でカツアゲすんな、この俗物どもがーっ！　うちの最終兵器《ヒイロ》に話しかけんなーっ！　ポテチ食った指ペロペロしてそうな二人組は失《う》せろ失せろーっ！」

ミニ拡声器のミュールに追い払われ、あっかんべーをしたふたりはさっさと退散する。

ご機嫌斜めの元凶が消えたことで、落ち着きを取り戻した寮長を下ろす。半分怒りながら半分泣いている彼女は、恨めしそうにじっと俺を見上げた。

「……お前が言いたいことはわかってる」

「さいですか」

「最初から……黄の寮《フラーウム》が勝てると思ってるヤツはいない……どいつもこいつも、わたしのことをバカにしてる……似非《エセ》の魔法士だって……魔法も勉強もかけっこも……なにもかも、わたしは上手《うま》くいかない……ただ、お母様が信じたいミュール・エッセ・アイズベルトを演じ続けていただけだ……」

長年の疲労を深く刻み込んでいるミュールは、子供っぽい癇癪《かんしゃく》を制御しようと尽力しているようだった。そんな努力も虚《むな》しく、取り繕った擬装は、ところどころで剥《は》げてボロが出ている。その整然とした諦観の口ぶりは、幼年を装った年長者のようなちぐはぐさだった。

その齟齬《そご》は何時《いつ》から始まって、何時まで続こうとしているのか。

ただ、母親の目に適《かな》うため、理想の『大人』を演じている少女は、その無茶《むちゃ》を滲《にじ》ませながらささやいた。

「ヒイロ、お前は他の寮に転寮しろ。三寮戦を控えるこの時期の転寮《トレード》は、互いの寮長と本人の意思確認だけで成立する」

「いや、無理ですよ。俺、さっき、スコアの代わりに自分を黄の寮に賭けちゃいましたもん」

「はぁ!?」

アイスを食べさせ合いっこしている二人組が横を通り、俺は、ニヤニヤしながらその様子を見送る。

「ほ、本物のアホだ……深刻なエラーを放置したまま、その歳《とし》まで生きてきたのか……」

「なんすか、人を生けるバグまみれ扱いして。まるで、黄の寮の敗北が確定してるみたいじゃないですか。つい数分前に、うちのファイティング寮長が不届き者ーズに送った『戦う前から諦めるヤツがいるか！』という忠言をお教えいたしますが」

「ふ、黄の寮《フラーウム》が敗《ま》けたら……お前はどうなる……？」

俺は、自分の両手で自分の首を締めて笑う。

「奴隷」

「お、お前、わかってるのか。鳳嬢生《ほうじょう》はただの学生じゃない、高スコアを持つ権力者の集まりだぞ。男ひとりの人権を蔑ろ《ないがし》にするくらい簡単に出来る。お前の人生がめちゃくちゃになって、死ぬより酷《ひど》い目に遭わされるかもしれないんだぞ？」

「いや、別に、勝てば良くないですか？」

唖然《あぜん》としているミュールに、俺は、ニヤリと笑いかける。

「やる気、出てきた？」

「で、でも、勝てない……勝てるわけない……ヒイロ、わたしは……ま、魔法が使えないんだ……生まれてから今まで、なにも出来ないってことをこの世界に教えられてきた……」

顔を歪《ゆが》めたミュールは、訴えるように俺の胸元を掴《つか》む。

「どうやったら……どうやったら勝てる……フーリィもフレアも……わたしとは格が違う見えている世界が異なる……魔法すら使えないわたしになにが出来る……？」

「道は教えます」

そっと、俺は、寮長の手を取って引《ひ》き剥《は》がした。

「でも、そこから先に進むのは貴女《あなた》次第だ。俺は、押したり引いたりはしない。別の道を教えてやったり、好ましい近道をささやいたりもしない。途中で転んだら声をかけるかもしれないが、わんわん泣《な》き喚《わめ》いても立たせてやったりはしない。それでも」

俺は、彼女に問いかける。

「進みますか？」

ほんの束《つか》の間《ま》、彼女の裡《うち》を巡る逡巡《しゅんじゅん》があった。

そのたった数秒で、彼女がなにを想《おも》ってなにを信じたのかはわからない。

ただ、ミュール・エッセ・アイズベルトは、己の意志に誓いを立てるかのように頷《うなず》いた。

その瞬間——俺は、満面の笑みで、寮長の肩を両手で掴んで固定する。

「寮長、あんた、この現実にも地獄があるのは知ってたかい……？」

逃走を防ぐために押さえつけたのがわかったのか。さーっと青ざめたミュールの両眼《りょうめ》は、逃げ場を求めてキョロキョロと動き回る。

ごくりと、彼女の喉が鳴る。

その弱々しく怯《おび》えきったメロディは、過酷なサバンナの中央で上がった産声を思わせた。

狩られる側から狩る側に回った俺は、舌なめずりしながら画面《ウィンドウ》を呼び出す。

口の周りを唾液まみれにした俺は、笑っていない眼でミュールを見下ろす。

「もしもし、質の良《い》いのが手に入りましたよ」

「キャンセルッ！」

ついに泣き出したミュールは、涙を飛ばしながら絶叫する。

「キャンセル、キャンセル、キャンセルだッ！　やっぱり、わたしはわたしで自分の道を見つける！　今日！　この日！　そうするべきだなって、わたし自身が教えてくれた！　だって、ほら！　何時《いつ》までも、ヒイロに頼りっぱなしというのも良くな――」

「お嬢ちゃん」

顔面をコレでもかと寄せた俺は、ハァハァと息を荒らげながら、ミュールにささやきかける。

「おせぇんだ、もう……この電話はなぁ、地獄に直通で閻魔《えんま》様なんて必要としねぇ……目ん玉ひん剥《む》いて、ようく見てみな……この手、震えてるだろ……？　くっくっく……おっかねぇぞ、あの女性《ひと》はぁ……寮長、あんた、三途《さんず》の川の色を知ってるか……？」

「うわぁあああああああああ嫌だぁああああああああああああああああああ！　コイツ、泣きながら笑ってる嫌だぁああああああああああああああああああああああああああ！」

泣《な》き喚《わめ》く寮長を背負った俺は、待ち合わせ場所へと拉致《デリバリー》する。

見慣れた公園には、弟子に現世と常世を反復横とびさせるのが好きな脳筋が待っていた。

腕を組んで仁王立ちしている師匠《アステミル》は、スポーツウェア姿で長髪をひとつにまとめ、準備万端の状態でニコニコとしながら叫んだ。

「こんにちは！　今から、貴女《あなた》を殺す気で育てます！　殺す気があるので、たぶん、一回くらいは殺します！」

「うわぁあああああああああああ！　このエルフ、目が笑ってないよぉおおおおおおお！」

「まずは、この誓約書にサインをお願いします！」

「誰がサインするか、こんなものォ！　なんだ、この『ミュール・エッセ・アイズベルト（以下、甲という）は、鍛錬中の死亡／重傷／軽傷問わず一切の責任を負わない』って！　最高の最強（以下、甲という）に対して、アステミル・クルエ・ラ・キルリシア（以下、最高の最強という）は、鍛錬中の死亡／重傷／軽傷問わず一切の責任を負わない』って！　血判以外無効って、たちの悪い誓約魔法だろうがコレぇ！」

「ヒイロ、彼女は文字が書けないようですよ」

「イエス・マイ・マスター」

　俺は、ミュールに無理矢理《むりやり》ペンを握らせて実名を書かせる。

「うわぁああああああああああああああああああああああああああああああああああ！

いとも簡単に犯罪行為に手を染めたぁああああああああああああああああああああああ！」

「ちょっと、チクッとしますよぉ」

　さくっと、指先に針を刺して血判を済ませる。

　腰を抜かしたミュールの前で、俺と師匠は、げへげへげへと笑い声を上げた。

「うえへへへ、師匠、どう可愛《かわい》がってやりましょうかねぇ、コイツはぁ？」

「ヒイロ、笑ってないで、貴方《あなた》もコレにサインしなさい」

「なに言ってんだ、お前（真顔）」

即座に逃走へと転じた俺は、転瞬した師匠に関節を極《き》められ、地面に叩《たた》き伏せられる。

何の罪もない少年の上に乗った師匠は、身動きが取れない俺を見下ろしニコニコと笑った。

「はーい、楽しいサインの時間ですよぉ」

「嫌だぁあああああああああああああああああああああああ！　『三条燈色《さんじょうひいろ》（甲）は、三度まで死ねることとする』なんて書かれた誓約書にサインしたくねぇええええええええええええええええ！　俺の残機を数え間違えてるぅうううううううううう！」

師匠の巧みなパワー算術により、紙面上では命の数がふたつも増えた俺はサインさせられる。虚空に死んだ目を向ける俺たちの前で、ウキウキの師匠は「いちにー」とストレッチを始めた。

「では、移動しましょうか」

師匠《アステミル》は、そう言うなり「フォローミー！」と叫びながら走り始める。

何時《いつ》ものことなので、俺は、黙って後ろを付いていく。

「な、なんだ？　いきなり走り出したぞ、あのパワー系犯罪者。移動するってどこへ？」

準備運動ひとつせずに、ミュールは走り出そうとする。ぐるりと回れ右した俺は、彼女の筋を一通り伸ばしてやってから手招きする。

「お、おい、もういなくなったぞ？　どうするんだ？」

ルーティーンのストレッチを一通りやったせいか、師匠の姿は彼方《かなた》へと消えており、ミュールはものの見事に狼狽《うろた》える。

「…………」

「お、おい？」

俺は、無言でスタートを切り、慌ててミュールは追いかけてくる。

これ見よがしに師匠が残していった痕跡を辿《たど》り、住宅街の中心を駆け抜けていく。

一般住宅の敷地内に侵入し、犬小屋を踏み台に屋根へ駆け上がる。必死に付いてくるミュールは、ぜいぜいと息を荒らげながら屋根上によじ登る。

斜めったスレート屋根から隣家の軒先へ、衝撃を殺した俺は、すいすいと走り抜ける。

「ブラック運送業から委託を受けたサンタみたいな動きしてるぞ⁉」

所謂《いわゆる》、パルクール。

着地点を見定めて跳躍し、鉛直方向の力を回転運動に変えて衝撃を逃がす。両手足の四点着地から、衝撃の余力を前方へと流し移動速度を維持する。障害物を乗り越え、跳躍し着地する……一連の動きに魔力推進を追加して、疾風迅雷の勢いで縦横無尽に駆け巡る。

同じルートを辿っての追跡を諦めたミュールは、へろへろになりながら、えっちらおっちらと上り下りを繰り返した。

ミュールを待っている間、手持ち無沙汰になった俺は素振りで余暇を潰す。

師匠が誘導した目的地は、薄闇が蔓延《はびこ》る廃ビルの中だった。Ｚ軸が加わった長距離走を終えたミュールは、ぜひぜひと喘鳴《ぜんめい》を漏らしながらコンクリ床に滑り込む。

「し、しぬ……み、みず……みず……」

ドクターコールを受けた俺は、素早く駆け寄り、ミュールに炭酸抜きコーラを飲ませる。

勢いよく鼻から噴き出した彼女は、ゲホゲホと咳《せ》き込みながら涙目で怒鳴る。

「殺す気か、お前はァ！　拒否反応で鼻から出たぞ!?　うげえば〜ッ、芳醇《ほうじゅん》なあの世の香りが鼻いっぱいに充満してるぅ！　喉に死が絡んだァ！」

「そこから気合い入れて耐えると、汗になって分泌されてきて面白いっすよ」

最終的には全身ドリンクバーになれると励まし、修行中に飲めるのは炭酸抜きコーラだけだと嘘《うそ》を言って、カロリーオンの炭酸フリーを激推しする俺はミュールに中身をすべて飲ませる。

「では、本日の修行を始めますが」

「い、移動時間は、修行時間に含まれないのか……？」

ブラックゴリラカンパニーの就業規則を目の当たりにし、絶望しているミュールを余所《よそ》目《め》に、師匠は開けたフロアの中心に立った。

四方がコンクリートで囲われた、情緒ひとつない棺桶《かんおけ》のような一室。

ガラスを嵌《は》めるために空けられた窓穴から、生い茂った枝葉が顔を出し、気持ちよさそうに枝を伸ばしていた。

日当たり劣悪な室内は半影の海に沈み、微《かす》かに入ってくる日光は不気味な魔手を思わせる。その指先が及ばない本影に潜む師匠は、人外の域に佇立《ちょりつ》しているようだった。

「ミュール、貴女《あなた》は、拳術の心得がありますね」

図星を突かれたミュールは、驚愕《きょうがく》で大口を開いていた。

「な、なぜ、わかった……み、見てたのか……？」

「いえ、貴女が秘した特訓の成果は窺《うかが》えますが見てはいませんよ。足運びが独特だからわかりました。中国拳法の歩法は特徴的ですが、貴女のそれは、仙術（中華圏での魔法の呼び名のひとつ）と形意拳を基礎《ベース》とした流派『無形極《むぎょうきょく》』の歩法のひとつ、浮歩《うほ》と呼ばれるものだ。動きの起こりが読みにくく、存在と気配の遮断に重きを置き、一歩で距離を詰めるための歩法。大半の魔法士が不得手とする近接戦闘に持ち込むための対魔法士用の歩法の一。私は、その遣い手をひとりだけ知っている」

師匠は、人差し指を伸ばして、暗がりの中でつぶやく。

「劉悠然《リウヨウラン》」

呆気《あっけ》にとられるミュールの前で、苦笑混じりのつぶやきが漏れる。

「なるほど、彼女の弟子ですか。道理で」

「……弟子とはいっても、早々に見限られた不肖の身だ。わたしには、無形極《アレ》は扱いきれなかった。無形極は、内家拳に相当するが……実際のところ、アレは、外家拳の流れを汲《く》まなければ無用の長物にしかならない」

ぴしりと、俺は、手を挙げる。師匠は、笑顔で「はい、ヒイロ！」と俺を指した。

「師匠《せんせー》、外家拳と内家拳ってなーにー？」

「誤解を招きかねない言い方で、ド素人にも伝わるように簡単に言い表せば、剛を主とするのが外家拳、柔に重きを置くのが内家拳……正直、この区分を明確にすることは出来ませんし、どのように説明しても『それは違う』と言う人がいるのでこの程度の理解で構いません」

深入りすると面倒だと理解した俺は、イメージだけを掴《つか》んで頷《うなず》いた。

「劉は、元・魔法士だ。長い年月を経て体内に蓄積され続けていた膨大な量の魔力が、後天性の魔力不全で急に途絶えたことにより特異体質に目覚めた」

疑問気な俺の顔色に気づいたのか、ミュールは解説を続ける。

「筋《すじ》、骨、皮、躯《く》……そのすべてが、常に魔力で補強され補正され補持されている。ヤツは、存在するだけで、鍛え抜かれた肉体と剛力の備えを要する外家拳の真髄に到達しているんだ」

小さな彼女は、そっと、目を伏せる。

「ヤツの無形極《むぎょうきょく》は、打撃を加えた相手の魔力に外乱の魔力を混ぜ込み、致命的な齟齬《そご》を生み出す。人間が体内に備える魔力は、その人間特有の特異性があり、綿密に操作《コントロール》されている。そこに大量の体外魔力を流し込まれると、人間の身体《からだ》は外部から侵入してきた異なる魔力に過剰反応し強烈なショック症状が表れる。所謂《いわゆる》、呪衝《スペルショック》だ」

「ヒーロくん、僕に感謝したまえ」

待ち構えていたアルスハリヤが出現し、恩着せがましくささやいてくる。

「今、こうして、君が生きていられるのは僕のお陰だ。劉悠然《リウヨウラン》の無形極に耐えられたのは、ひとえに、君の体内魔力たる僕が過剰反応を抑制してやったからだ。本来であれば、二発目の時点で君はあの世行きだったからな」

まともに二発喰《く》らえばあの世行きって、殺人拳にも程があるだろ。

体内に巣食う悪種のお陰で命を拾っていたらしい俺は、礼をせがむアルスハリヤを無視してミュールの声に集中する。

「無形極は、元・魔法士だった劉だからこそ会得出来た拳術だ。ヤツは、体外を流れる魔力の感覚を憶《おぼ》えていて、それを操作《コントロール》する術《すべ》を身に付けており、どの急所を突けば体外から体内に魔力を流し込めるかも理解している。生まれついての魔力不全者たるわたしでは、身に着けようもない秘技だ」

原作ゲーム通りのバケモノぶり、さすがは最強候補として名を馳《は》せる劉悠然。無策で挑めば、まともに戦ったところで時間稼ぎすら叶《かな》わないだろう。

「なるほど、よく理解していますね。真面目に鍛錬に取り組んだ証《あかし》だ」

「……結果を見てみれば、真面目に取り組んだ意味はなかったがな」

師匠に褒められたミュールは、表情を曇らせ組んでいた腕を解いた。

「わたしには、才能はなかった。結局、身に付いたのは不完全な浮歩くらいのもので、無形極の真髄どころか上辺にすら触れられなかった。生まれてから今に至るまで、魔法に触れたことのないわたしに身に付けられる術なんてこの世には存在しない」

「いや、ありますよ」

「………………は？」

師匠は愉《たの》しそうに笑いながら、俺とミュールをかわりばんこに見つめる。

「そうですね、無形極からの派生で『無極導引拳《むきょくどういんけん》』とでも名付けましょうか。愉快愉快、才の芽を愛《め》でるのは愉しいことですからね。新しい弟子を一から育てるのも楽しいですし、うちの愛弟子《まなでし》も泣き叫びながら喜んでくれるでしょうから」

師匠の楽しそうな姿を見ただけで、俺の残機がひとつ減ったのをこの心で感じた。

生命維持を第一に考えた俺は、充血した両眼《りょうめ》で脱出ルートを探し求める。転瞬しながら反復横跳びを繰り返し、無惨な未来を予想させてきた師匠のスマイルを見て、教えを思い出した脳が『生きねば』という文字を黒く塗り潰す。

師曰《いわ》く、古《いにしえ》の弟子は己の為にし、今の弟子は師の為にす（現代師匠訳：過去はどうだったかは知らないが、今のお前の生殺与奪の権は私が握っていることを忘れるな。殺すぞ）。

「とりあえず、ふたりには、素手でこの廃ビルを解体してもらいます」

俺とミュールは、顔を見合わせ――

「「キャンセ――」」

「誓約書《キャンセル・キャンセル》」

絶望した俺たちは、泣きながら、師匠に追い立てられていった。

「ビルの前に、人間で練習しましょうか」

我が師は、おおよその人間が、人生で一度も口にしないであろうセリフを吐いた。

冷たいコンクリの上であぐらをかいた俺は、ニヤつきながら師匠を囃《はや》し立てる。

「へいへい、師匠、腹筋のお手入れは大丈夫ですかぁ～？　マッスルてんこ盛りの師匠といえども、まともに急所に入れれば、それなりに痛いんじゃないのぉ～？」

「別に、私は、痛くありませんよ」

「そりゃあ、ミュールを舐《な》めす――」

「練習台は、ヒイロですから」

俺の顔から、すっと、笑みが消える。

ウィンクをした師匠は、ビシッと俺を指した。

「ヒイロ！　キミにきめた！」

「決めるなぁ！　勝手にぃ！　決めるなぁ！　俺の意思を介在せずにぃ！　そのうすぎたねぇ茶目《ちゃめ》っ気《け》で、貧弱な俺をサンドバッグに仕立てあげるなぁ！」

「でも、たまには師匠っぽく、魅惑のウィンクで愛弟子《まなでし》をこき使ってみたいですし」

「カワイイ愛弟子が、サンドバッグになっても差し支えないんでしょうか⁉」

「良《りょう》ッ！」

「おっしゃ、来いやァ！」

覚悟を決めた俺は、腹筋に力を入れて構える。

やはり、三条燈色《さんじょうひいろ》はサンドバッグ適性を持っていたか。いうなれば、槍玉《やりだま》のサラブレッド種。殴らにゃ損損、よよいのよい。ミュールの未来のためであれば、進路について教師と揉《も》めてでも「俺には、サンドバッグしかねぇんだよ！」と将来を貫いてみせよう。

「すみませんね、ヒイロ。私に打つよりも、ヒイロに打った方がわかりやすいんですよ。なにせ、魔力線が……なにはともあれ、無極導引拳《むきょくどういんけん》の華々しいデビューを飾ってみることにしましょうか」

もじもじとしながら、ミュールは、上目遣いで俺を窺《うかが》う。

「ひ、ヒイロ……あんまり、無理するな……たぶん、それなりに痛いぞ……拳を打ってみるくらいだったら人を相手にしなくても……うっかり、殺したらごめんな……」

「殊勝を装いながらも必殺に期待するその態度、貴女《あなた》もまた俺や師匠と同じように『学校に侵入してきたテロリストに圧勝する妄想』をしたことがある同士。打ってこいよ。壊せるもんなら壊してみな。丹念に鍛え上げた俺の腹筋は銃弾すら跳ね返すからな。妄想の中で」

「ヒイロ、死んだぞ、お前？　わたしの拳は、オゾン層を破壊するからな。妄想の中で」

コイツ……どうやって、フロンガスでテロリストに勝つ妄想を……？

軽口を止めたミュールは、すっと自然に腰を落とし、俺の鳩尾《みぞおち》の上に縦拳を置いた。

「……そこじゃない」

ミュールの手を取った師匠は、その拳を俺の臍《へそ》の下にまで持ってくる。ぐいぐいと、俺の臍下《せいか》に小さな拳を押し込み、覚え込ませるように何度か繰り返す。

「わかりますか？」

「え……な、なにが……？」

困惑するミュールの拳を開いた師匠は、俺の臍下へとパーの手を持っていき、空気を馴《な》染《じ》ませるように手のひらで撫《な》でさせる。

「わかりますか？」

不安気なミュールは、ちらりと俺を見上げる。

何も言わず仁王立ちしている俺から目を逸《そ》らしたミュールは、師匠へと向き直って答える。

「わ、わからない」

押し黙った師匠は、数十秒、考え込んでから。

「抱き合ってください」

「『は？』」

同時に声を発した俺たちの前で、真顔の師匠はささやく。

「ふたりで抱き合ってください」

俺とミュールの目と目が合って……頬《ほお》を染めたミュールは、つま先立ちになり、こちらに向かって両腕を広げる。

「ん」

「いやいやいや、『ん』ではない『ん』ではない。こんなスムーズに俺の脳が破壊されて良いわけがない。この世界において、男と女が抱き合うのはタブー中のタブー。現世で罪を重ねることなく、全員が解脱を迎えられるように全力を尽くすべ――」

「んっ！」

ちょこん、ちょこんと、ちっちゃな身体《からだ》が背伸びを繰り返す。空想上のドラム缶と相撲を取っているわけでなければ、自分を抱き締めろというアピールなのだろう。

そっと、師匠の様子を窺《うかが》う。その立ち姿におふざけひとつないことを確認した俺は、ため息を吐《つ》いてからミュールを抱き締める。

小柄な彼女の身体《からだ》は、すっぽりと俺の腕の中に収まった。

収まりの良い小さな身体から、バカでかい心音が伝わってくる。背伸びをしているのがつらそうだったので、屈《かが》んでから立ち位置を調整し背中に手を回した。

「わかりますか?」

「わ、わからない……」

「なら、もっと強く」

俺の胸板に顔を押し付けたミュールは、ぎゅーっと力を籠《こ》めてくる。

見下ろす形で、視界に入ってくる白金《プラチナ》の輝き。意識を吸われるようなその色彩は、前にも目にしたことがあるような気がして……既視感《デジャヴュ》に襲われる。

「ヒイロ」

ぼけーっとしていた俺は、呼びかけられて我を取り戻す。

照れと怒りで顔を赤らめたミュールが、じーっと、非難の視線をこちらに向けていた。

「お前、今、わたしじゃない誰かのことを考えてただろ」

「はい、寮長を抱き締めながら、別の女に想《おも》いを馳《は》せて詩的な気分になってました」

正直に答えると、思い切り脇腹を抓《つね》られる。

「むしり取った脇腹、額に癒着させてやろうか!?　お前なーっ!　でりかしぃというもんを考えんか、でりかしぃというもんをーっ！　わたしは、ミュール・エッセ・アイズベルトだぞ!?　黄の寮《フラーウム》の寮長で！　あのアイズベルト家の――」

「それは、ただの肩書きでしょ」

苦笑した俺の前で、ミュールは目を見開いた。

「生憎《あいにく》、くっついてくる値札やブランドで他人様《ひとさま》を見定める趣味はなくてね。俺は、常々、思うわけですよ。寮長とクリスの実姉妹百合《ゆり》も良《い》いが、血縁もなしに結ばれている信頼関係、寮長とリリィさんの義理姉妹的な百合も良いってね。リリィさんが寮長を抱き締める時、あなたの家名や肩書きを気にしたことがありますか？　ないでしょう？　そこには、ただ、見返りを求めない無償の愛《アガペー》が存在し――あの、聞いてます？」

ぶつぶつと、つぶやいていたミュールは――バッと顔を上げて、師匠を見つめる。

「わかった……」

ゆっくりと、師匠は口角を上げる。

「わかってくれましたか、そうなんですよ。良いですか、俺はね、肩書きに縛られている女の子が、自由に羽ばたく女の子を見て『うらやましい』と感じるその一瞬、その一瞬にこそ、魂が宿ると思っています。寮長も、リリィさんと過ごしているうちに、彼女が蒼穹《そうきゅう》へと羽ばたく無垢《むく》な白鳥だという真実を感じ取り、そういった感情が生まれるかもし――」

繋《つな》がる。

俺の丹田を流れる魔力が、ミュールの手の内へと吸い込まれる。刹那、構築された魔力線が体表を駆け抜ける。線と線が接続し、音と光を発し、円と渦を巻いて——弾《はじ》けた。

勢いよく吹っ飛んで、転がった俺は床に倒れ伏した。

俺を吹き飛ばした張本人……ミュール・エッセ・アイズベルトは、呆然《ぼうぜん》と立ち尽くし、己の手のひらを見つめていた。

「で、出来た……」

ミュールは、ぴょんぴょんとその場で飛び跳ねる。

「すごい！　すごいすごいすごい！　打てた打てた打てたっ！　こんな方法があったなんて！　できたできたできた！　すごいすごいすごいっ！」

「やはり、女性同士の繊細な感情表現こそが百合《ゆり》の醍醐味《だいごみ》だと思うんですよ。日常生活のなんてことない幸福な場面《ワンシーン》、その細やかな感情の揺れ動きが生み出すストーリーテリング。俺はね、寮長、そういうものが、あなたとリリィさんにも備わっているような気がしてならないんですよ。もちろん、強制するつもりはありませんがね、もし、そういった感情が芽生えた時には直《す》ぐに連絡して欲し——」

「ヒイロ、不審な早口はやめて、そろそろ帰ってきなさい」

腕を組んで仰向《あおむ》けのまま語っていた俺は、腹を撫《な》でながら師匠たちの下に向かう。

「で、どういうトリック？」

「見ての通り、種も仕掛けもありませんよ」

「すごいだろ、ヒイロ!? わたし、すごいだろ!? 可及的速やかに銅像立てて、祝賀パーティーしたいよな!? やっぱりなぁ！ わたしの奥で眠る才能は、ただの寝坊助《ねぼすけ》だっただけなんだ！ わっはっは！ どうだ、ヒイロ!? わたしの才能に恐れ入ったかぁ!?」

　ぐいぐいと、俺の手を引っ張って、自分の頭に載せてくるミュールを適当に撫でる。

「この天才様に、勝手に俺の魔力が使われたんだけど」

「無極導引拳《むきょくどういんけん》」

　人差し指を立てた師匠は、不敵な笑みを浮かべる。

「この拳術のコンセプトは、たったのひとつ――『自分に魔力がないなら、他人の魔力を使えば良《い》いじゃない』」

　その言葉を聞いた瞬間、囚獄疑心《ジレンマ》の最中、師匠と密着して水鉄砲を撃っていたミュールの姿が脳裏を過《よぎ》る。

「おいおい、まさか……囚獄疑心の時の水鉄砲、ミュールの代わりに師匠が魔力を流してたんじゃなくて、師匠の魔力を借りたミュールが撃ってたのか？」

「さすがは我が愛弟子《まなでし》、恐るべき勘の鋭さですね。でも、あの時は、私が手助けをしていましたから、彼女自身の力だけで成功させたのは今回が初めてですよ」

単なる好奇心ではあったのだろうが。あの時点で、その可能性を見出しテストまでしていたとは、尋常ではない先見性と実行力だ。

俺は、改めて、図抜けた能力の高さを示した師匠に驚く。

「自分の意思では、俺は、魔力線を構築しなかった。構築済みの魔力線が無断で生えてきたと思えば、蓄えていた魔力を盗まれてたわけだけど……寮長は、あの一瞬で、俺の体内から自分の体内にまで魔力線を引いたってこと？」

「よくもまぁ、あの一瞬で、そこまで正確に把握出来る。ヒイロ、貴方《あなた》の推察はほぼ正解と言って良い。無極導引拳《むきよくどういんけん》は、相手の体内から自身の体内へと魔力線を構築し、相手の魔力を奪い取りながら打つ……魔力を伴った拳、所謂《いわゆる》、魔拳と呼ばれるものです」

とつとつと、師匠は語る。

「魔法士の魔力線には癖がある。太さ、幅、輪郭、強度、滑らかさ……それらは、独自性を持つが故に、他者が解することは出来ない。真似《まね》ることは出来るものの、本質的にソレは異なっている。自分のモノとは似て非なるものでしかない。だが――」

「ミュールは、生来の魔力不全で、魔力を流す魔力線を持たない……本質《オリジナル》を持たないからこそ、禀質《ひんしつ》の縛りとなっている『独自性』を持たない魔力線を構築出来る？」

師匠の解説を引き取ると、頷《うなず》いた彼女は「その通り」と答え合わせを済ませる。

思考をまとめるため、俺は、ぶつぶつとつぶやく。

「魔力を持っていないミュールは、他人の魔力を奪っても呪衝《スペルショック》が起きない……本来、自身と他者の魔力を同期させるには、長時間にも及ぶ慣らしが必要となるが……その時間と工数すら必要としないのか……」

本質がないからこそ、可能となった魔法の使い方……まさしく、それは、似非《エセ》の魔法士に相応《ふさわ》しい似法《じほう》だった。

「いうなれば、偽線《フェイクライン》。その気になれば、ミュールは、他者の魔力線を偽の魔力線とすり替え、魔法の発動すらも封じ込めることが出来るでしょうね」

偽の魔力線で、他者と繋《つな》がる行為。それは即《すなわ》ち、魔力の共有を意味する。原理自体はシンプルで、魔法士が行う同期と同じ工程を踏んではいるが、『相手の許諾を得ない魔力の無断拝借』という点を鑑みれば似て非なるものだろう。

「あっはっはっはっ！　わたし、最強じゃないか！　最早《もはや》、向かうところ敵なしだろ！」

俺の腕をとって、じゃれついてくるミュールの目が『もっと褒めろ』と輝いていた。

その光を浴びながら、俺は、顎に手を当てて考え込む。

「でも、それは……キツイな……」

「え？」

硬直したミュールを見下ろし、俺は満面の笑みを浮かべる。

「よっ、さすがは寮長！　無敵のフラーウム艦隊！　俺たちの大将には、天辺《てっぺん》がよく似合うぜ！　蒼《あお》いのも朱《あか》いのも、床をペロペロ舐《な》めさせて、黄の寮《フラーウム》専用の雑巾にしてやりましょうよ！　いやぁ、ヤツらの悔し涙でワックス掛けした廊下を歩くのが楽しみだなぁ！」

「やっぱり、わたし、最強だった！」

わーいわーいと、ミュールと手を取り合って喜んでいると師匠は微笑《ほほえ》む。

「その調子で、このビル、倒しちゃってくださいね」

すっと、俺たちは、同時に笑みを消した。

「…………」

俺とミュールは、顔を背けて、互いに互いを指差した。

「なんですか、その無言の訴えは。相手のほっぺに、人差し指をめり込ませるのはやめなさい。人差し指一本で、責任を押し付けられると思ったら大間違いですよ」

腰に手を当てて、仁王立ちした師匠は鼻高々と胸を張る。

「私だったら、このビル、コンマ秒で倒せちゃいますけどねぇ！」

「ヒイロ、この師《せんせい》、ウザいぞ」

「四百二十年間、積み重ねてきたウザさですからね。熟成されたウザみを感じるでしょ」

俺は俺で師匠から『無極導引拳《むきょくどういんけん》を基にした技術』を伝授され、手加減なしで柱に拳を打って転げ回るミュールと並んで鍛錬を行う。

結局、この日、ビルどころか柱ひとつ倒れることはなかった。

そんな中、刻々と三寮戦が迫る黄の寮では、ひとつの騒ぎが巻き起こっていた。

＊

ミュール・ルートは、『前途多難』という四字熟語がよく似合う。

四人のメインヒロインルートで、条件的に最も攻略が難しいのは、ミュール・ルートであると言われている。

魔力不全のミュールは魔法を使えないので、戦闘ユニットとしてはほぼ役に立たない。救済措置的な強化イベントは存在するのだが、発生条件が異常な程に厳しい上、諦めた方が早いくらいに成功率が低い。そのため、大半のプレイヤーは、寮長としての成功をミュールに期待し、その途上にある三寮戦の勝利を目指すパターンへと陥る。

そうした場合、まず、三寮戦には勝てない。

三寮戦の勝敗にかかわらずミュール・ルートは続き、主人公と結ばれさえすれば、問題なくハッピーエンドを迎えることが出来る。

だが、それは、飽くまでもノーマルエンドだ。

プレイヤーがノーマルエンドを迎えて、スタッフロールが流れ終わった後、ミュールのセリフがたったの一行だけ表示される。

『サクラがいれば、わたしはもう大丈夫だな！』

大半のプレイヤーは、このセリフを読んで『ふたりは、強い信頼関係で結ばれたんだな』と解釈するらしいが……俺は、バッドエンドへの入り口だと感じた。

月檻《つきおり》とミュールが迎える『その後』について、一プレイヤーである俺には想像することしか出来ない。

ノーマルエンドを見た俺は、ひとつの嫌な未来を想像してしまった。

己の弱さを受け入れられず他者にその強さを求めた彼女では、いずれ不幸な結末に辿《たど》り着いてしまうのではないか、と。

ノーマルエンドもハッピーエンド扱いのため、所詮はこじらせたファンの杞憂《きゆう》であり、ミュールと月檻は幸福な余生を過ごしたのかもしれない。

だが、俺は、ノーマルエンドではなくトゥルーエンドを目指す。

俺は、このゲームのヒロインたちには、最高のハッピーエンドを迎えて欲しい。

最高の結末は、最低の基準だ。百合《ゆり》好きの義務であり、果たすべき責務である。

三寮戦の勝利を目指せば、ミュール・ルートの難易度は跳ね上がるが、敗北を喫すればノーマルエンドが確定する。

そして、三寮戦に勝つには……劉悠然《リウヨウラン》を抑える必要がある。

幾ら主人公とはいっても、今の月檻では相手にならず、死亡する確率も非常に高い。そしてなにより、月檻桜《さくら》と劉悠然が対決する道《ルート》を進めば、真っ暗な荒野を歩んできた劉が救われることはない。

ならば、俺は、その道を選ばない。

シリア・エッセ・アイズベルトと劉悠然の間には、俺の想像も及ばないような美しい絆《きずな》があった筈《はず》で……ソレを壊すような真似《まね》を、この俺がするわけもない。

道はひとつ――俺が、劉悠然と戦う。

その覚悟は出来ているものの、前提となる劉との決戦を迎えるためには、ミュール・ルートの険しい道のりを辿る必要があり――

「ふざ……ふざ……ふざぁ……っ！」

予定調和の試練は、原作通りに訪れていた。

黄の寮《フラーウム》の寮長室で、気まずそうに立ち尽くすリリィさんは、机の上にぶち撒《ま》けられた用紙を見つめる。

わなわなと怒りで震えるミュールは、その用紙をぐしゃぐしゃに握りつぶす。

「ふざけるなぁあああああああああああっ！」

紙をボール状にして、壁に投げつけ――

「いたあっ！」

跳ね返ってきた紙の球が額にぶつかり、おでこを押さえた彼女は涙目になっていた。

屈《かが》んだ俺は、床に散らばった用紙の一枚を手に取る。そこには、ゴシック体で『三寮戦辞退届』と明記されていた。

「いやぁ、コイツは絶景だ」

俺は、床を埋め尽くす同様の書類を見つめて笑う。

「床に敷き詰めれば、一面の白景色になっちゃいそうですね」

「ば、ばかーっ！　そんなお気楽なこと言って、風情たっぷりにレポートしてる場合かーっ！　こ、コレ、全部、辞退届だぞっ⁉　コレも！　コレも、コレも、コレもーっ！　参加するメンバーよりも、辞退するメンバーの方が多いんじゃないのか⁉」

椅子の上で膝立ちしたミュールは、両手でバンバンと机を叩《たた》いた。積み上げられた辞退届が、振動で雪崩《なだれ》を起こし「あわーっ！」と叫び声を上げながら彼女は埋まる。

「…………っ！」

「なんか、中で言ってません？」

「昔から、閉じこもるのが好きな子なので」

こめかみを押さえたリリィさんは、紙の山から主《あるじ》を引っ張り上げる。

「う、うぅ……口の中に紙が入ってとろみがついたぁ……」

メソメソと泣きながら、リリィさんに抱きついたミュールは、ちっちゃな手で俺のことを指差した。

「ヒイロ、なんとかしろぉ……！　りょ、寮長命令だぞぉ……！」

「そういう無茶《むちゃ》振りばっかしてるから、こうやって辞退届が溢《あふ》れる羽目になるんですよ。ある意味、当然の結果ですね」

「うわぁああああああああああああああああああああああああ！　どっかいけぇええええええええええええええええええええ！」

素直に出ていこうとすると、泣きながらミュールが追いかけてくる。ものの見事にすっ転び、芸術的に顔面を打ったので、思わず俺は引き返してしまった。

「み、見捨てるなぁ……！　りょ、寮長命令だぞぉ……！」

「俺は、誰の命令にも従わないカッチョいいアウトローなんで。俺が従うのは、自分の心のみさ。フッ、やれやれ、また無意識にクールなこと言って気温を下げちまったかな」

「こ、こんなキモいヤツに助けを求めてる自分が情けないぃ……！」

ひっしと、俺に抱きついたミュールを抱き抱える。

コアラみたいになった寮長を抱えたまま、俺は、申し訳無さそうなリリィさんに向き直る。

「申し訳ありません、ひねくれてる上に甘えん坊な子で」

「まぁ、たまには、誰かに甘えるのも良《い》いと思いますよ……たまにならば」

俺は、ミュールをあやしながら辞退届を見つめる。

各寮の寮生に対して、三寮戦の参加は強制されていない。こうして、辞退届を寮長に提出すれば参加辞退も認められる。

参加するメリットが大きいので、辞退する生徒は殆《ほとん》どいないと思っていたが……勝ち筋が見えない負け戦に参戦し、ろくな戦績も残せず敗退して、評価《スコア》が下がることを危惧した生徒が辞退し始めたのだろう。

学園という狭い社会では、あっという間に噂《うわさ》は広まり、共感性の高い学生は同じ判断を下す。ココで手を打って歯止めをかけなければ、辞退する生徒の数は増え続ける。

三寮戦に向けて、辞退者の数を減らすのも寮長の努力義務だ。

三寮戦まで約一ヶ月《かげつ》、この時点で、寮長としての求心力が求められている。三寮戦に限らず、戦いというものは、その備えが最も重要視される。

「リリィさん、参考までに、各寮の辞退率を教えてもらっても良いですか？」

「現時点では、朱の寮《ルーフス》が０・５％、蒼の寮《カエルレウム》が１・１％、黄の寮《フラーウム》が――」

遠慮がちに、リリィさんは顔を上げる。

「52・５％」

「なんだ、思ったより少ないですね」

「おまえ、なに言ってるんだおまえーっ！　ご、52パーセントだぞ、52パーセント！　半数以上も参加辞退してるって、参加者と辞退者でペア組めちゃうぞ!?　どう考えても、めちゃくちゃ多いし、勝ち目なんてひとつもないだろうがーっ！」

「いや、逆でしょ」

　俺の胸元に顔を埋《うず》めて、泣き続けるミュールにささやく。

「約半数が、三寮戦で黄の寮が勝つって……寮長なら勝てるって思ってくれてるってことですよ？　それって、すごくないですか？」

　ぐすぐすと洟《はな》を啜《すす》りながら、ミュールは顔を上げる。

「で、でも、どうせ敗《ま》ける……」

「いや、勝つ」

「どうやって……は、半分も参加してくれないのに……」

「それは、今の段階の話でしょ。寮長の悪評が寮内に広まって、最悪のスタートダッシュ決めちゃってるだけですから。勝負は始まったばかりですし、これから、幾らでも逆転する機会《チャンス》はありますよ」

　俺は、彼女を見つめる。

「寮長、コレは、貴女《あなた》のための戦いだ。部外者が横入りする隙間なんてひとつもない。だから、貴女は、ミュール・エッセ・アイズベルトとして行動しないといけない。俺とリリィさん、月檻《つきおり》、他にも信頼出来るヤツが出来たら幾らでも甘えて良《い》い。でも、貴女は貴女自身のその手で、黄の寮を勝利に導かないといけない。わかりますか？」

「…………う、うん」

寮長を下ろした俺は、彼女に微笑《ほほえ》みかける。

「なら、次に、どうすれば良《い》いかわかりますね？」

ミュールは、満面の笑みを浮かべて頷《うなず》く。

「辞退届を出した連中をぶっ殺――」

スパァンと、俺は、ミュールの頭を平手で引《ひ》っ叩《ぱた》く。

「いだぁっ!? お、おまえ、なにするんだ、このバカーっ！」

「驚きましたよ。今の心温まるやり取りの後で、そこまで薄汚い答えに辿《たど》り着くとは……光り輝く蛇口を捻《ひね》ったら、とんでもなくきたねぇドブ水が出てきたくらいの衝撃ですよ。次、フザけたこと抜かしたら、首から下を辞退届で埋めた後、自作百合《ゆり》ポエム朗読四十八時間耐久コースを開始しますからね」

恨めしそうに、ミュールは俺を睨《にら》みつける。

「お、お前の言いたいことくらいはわかってる。寮長として、寮生に模範的な態度を示せって言うんだろう」

「わかってるじゃないですか」

「そんなことが出来るなら、最初からしてる……そんな簡単じゃないんだ、模範的な寮長になるというのは……わたしだって……努力してる……もん……」

俺は、ニヤリと笑う。

「なら、もう一度、学び直しましょうよ。先達から」

ちらりと、潤んだ瞳を上げて、ミュールは俺のことを捉えた。

マスクとサングラスで変装したミュールが、物陰からこっそりと顔を出した。

その後ろから身を乗り出した俺は、純白の仮面を着け直し拳銃《プラモデル》を構え、壁に身体《からだ》を押し付けながら様子を窺《うかが》い――走り出す。

「Follow me!!」

「いや、ちょっと待て」

軽快に走り出した俺は、服裾を掴《つか》まれて盛大にずっこける。

「ちょっとぉ！　『Follow me!!』は『付いてこい！』って意味ですからね!?　なんですか、日本語で欲しかったんですか!?　欲しがりだなぁ!?」

「そんなどうでも良いことで、いちいち引き止めたりするか！　他寮の寮長から、寮長としての姿勢を学ぶべきという話はわかるが」

マスクとサングラスを外したミュールは、眼前に広がる朱の寮《ルーフス》を指差す。

赤色の獅子《しし》。

朱の寮の象徴《シンボル》たる獅子は、無機質な眼差《まなざ》しを訪問者へと向けている。

ルルフレイム家の支配下に置かれている朱の寮《ルーフス》には、映像投影用の敷設型魔導触媒器《コンストラクタ・マジックデバイス》が設置されており、敷地内に入ると自動的に魔力が伝達していき空間投影されたドラゴンの巨影がお出迎えしてくれる。

その巨大な寮は、あたかも、光り輝く宝物庫のようだった。

金銀財宝で埋まった巣に潜む龍《りゅう》の存在を感じさせる。栄耀《えいよう》栄華のコンセプトの基、その外観も内観も、統一された豪華絢爛《ごうかけんらん》さを嫌味《いやみ》なく表現していた。

「そもそも、なんで、変装する必要があるんだ？」

「えっ……そっちの方が、ワクワクしません……？」

「殴るぞ、グーで」

仕方なく、俺は仮面を外して、銃のプラモデルを懐に仕舞《しま》う。

『まじめにやれーっ！』という金言を頂戴し、ぽかぽかとミュールに殴られていると、見覚えのある姿が目に入った。

長い髪で顔の大半を隠した黒砂哀《こくさあい》は、純黒の出で立《いた》ちで陰鬱さを引き連れ歩いていた。

恐らく、大圖書館《アーカイブ》に向かうのだろう。

寮門に向かっていた彼女へと、ミュールは「おい、黒砂哀！」と声をかける。その可愛《かわい》らしい吠《ほ》え声《ごえ》は、耳に届かなかったのか、敢《あ》えて無視をしているのか。本を抱えた彼女は、脇を通り抜けていく。

「おい、こらーっ！　無視するなーっ！　心傷つけ罪で出るとこ出るぞ、おまえーっ！」

「寮長、どうどう。きっと、急いでるんですって。黒砂さん、この間、怪我《けが》の手当てしてくれてありがとね」

立ち止まるとは夢にも思わなかったが、ぴたりと静止した黒砂は、前髪の隙間から覗《のぞ》く赤い瞳をこちらに向ける。

「……誰？」

「ミュール・エッセ・アイズベルトだ！　黄の寮《フラーウム》の寮長で、最近はパンケーキにハマってるお前の敵だ！　眼中に入れろっ！」

考え込むように止まっていた黒砂は、俺の顔を見つめたまま、合点がいったかのように頷《うなず》いた。

「……あのまま、死ねば良かったのに」

「言葉と行動が裏腹では？」

「……もう治った？」

「お陰様で」

寮長には一瞥《いちべつ》もくれず、俯《うつむ》いた黒砂は、しずしずと去っていった。

相手にすらされず、怒りのやり場を失った寮長は、ぽかんとしたままその背中を見守る。

「か、変わったヤツだな……絶対、友達いないだろ……」

「でも、良《い》い子じゃないですか。俺に好意の欠片《かけら》も持ってないですし、好き嫌いは考えずに人命救助して、わざわざ、治療の経過まで確かめるなんて大したものですよ」

じとっと、ミュールは俺を見上げる。

「胸か」

「は?」

「お前は、胸の大きさで差別するのか。わたしを差し置いて、あの女ばかり褒めるとはどういうことだ。胸部か。胸部のボリュームで、お前の好感度ゲージは伸び縮みするのか。物事の本質を腹から上、首から下の範囲で判定してるのかお前は」

「なんで、急に、人のことを卑猥《ひわい》の総本山みたいな取り扱いし始めたんですか。淫祠《いんし》邪教の教主に祀《まつ》り上げられそうな特殊判定方法ですよ、ソレは」

「でも、お前、黒砂《こくさ》の頭の先からつま先まで視線でなぞったら、絶対に胸のところで視線が引っかかるだろ!? わたしの場合、引っかからずに、ストーンっといくだろうがっ!」

「………………」

「黙るな、お前、黙るなーっ! 『一理、あるな』みたいな顔で黙るなーっ!」

哀《かな》しき男の性《さが》に思いを馳《は》せていると、待ち合わせをしていたレイがやって来る。

「お兄――」

「どうせ、あの胸の大きい妹よりも更に胸が大きい黒砂のことが、一番、好きなんだろうがーっ！」

一瞬にして、妹の笑顔が真顔に変じる。

三条家《さんじょう》のお嬢様は、瞬《まばた》きひとつせず、無表情で小首を傾《かし》げる。

「……お兄様は、胸の大きさで差別するんですか？」

「うわぁ～ん！　コイツ、授業に使うノートの最後のページに、女子のバストサイズランキング作ってるぅ～！」

「なんだ、その破滅願望持ち専用のノートは。破滅願望筆記帳《デスノート》か？」

その後、上手《うま》いこと好感度が下がらないかなと、即興で破滅願望筆記帳《デスノート》を作成したものの、目が笑っていないレイに破られるだけで終わった。

「私が一番上になれるランキング以外は認めません」

「三条妹が一位になれるランキングってなんだ？　嫉妬深さか？」

「殴りますよ、チョキで」

「チョキで⁉」

寮門の前で騒いでいるうちに、申請が受理されて敷地内への立ち入りが許可される。

赤と金を基調とした調度品で飾られている寮内は、三寮戦が迫っていることもあってか賑《にぎ》わいに満ちていた。

カフェや談話室では、学生たちが活発に意見を通わせており、画面上《ウインドウ》で戦術シミュレーションを行っている。訓練場から戻ってきた寮生たちは、シャワールームに向かいながら、コンビネーションについて語り合っていた。

寮長室に向かうため、俺たちは、談話室の脇を通り過ぎる。胸元の所属章《バッジ》が見えたのか、ソファーに腰掛けている寮生が鼻で笑った。

「あら、雑魚寮がなんの用かしら」

「あはは、アレ、似非《エセ》じゃない。もしかして、朱の寮《ルーフス》の偵察に来たのかな。無駄だっての」

三寮戦を前にして、敵愾心《てきがいしん》を燃やしているらしい。

如何《いか》にもな挑発を受けて、立ち止まったミュールはくるりと振り向く。肩を怒らせたミュールが一歩踏み出した時には、艶を帯びた黒い髪先がふわりと躍っていた。

「ご歓談中、失礼いたします」

名家たる三条《さんじよう》家の次期後継者、本年度の朱の寮を代表する特別指名者、最優秀と呼び声高い三条黎《れい》を前にした二人組はびくりと反応する。

「我が寮の品位を下げるような真似《マネ》はおよしください。あの方々はご来賓で、立ち入りの申請を受理したのは寮長です。朱の寮の象徴《シンボル》は獅子《しし》……気高き獅子が侮りを口にして、己を誇示する必要があるのですか？」

談話室から、そそくさと彼女らは消える。戻って来たレイを出迎えて、俺は微笑《ほほえ》みかける。

「悪いな、レイ。さすがは俺の妹、兄譲りの見事な説得術だ」

「残念ながら、お兄様の軽妙洒脱《けいみょうしゃだつ》な舌鋒《ぜっぽう》には及びません。ちなみに、私の胸は大きいです」

「どこにも、ちなんでないから、ただのおっぱいの話したいだけの人みたいになってるけど大丈夫……？　ちなみに、どんなおっぱいが好きなの……？」

話題の変え方が下手過ぎるレイに殴られていると、ミュールに袖を引かれる。

「な、なんで、アイツらを懲らしめないんだ。ヒイロもレイも強いだろ。わたしの代わりに、アイツらをボコボコにしてやれば良いのに」

「そういう風に、母親に教えられましたか？」

俺は、戸惑っているミュールに笑いかける。

「ソフィア・エッセ・アイズベルトは……貴女《あなた》の母親は、自分の手ではなく、劉《リウ》を使って人を殴ってましたね」

「と、当然だ。劉は、うちの従者だからな」

「でもね、寮長。人を殴れば、殴った拳は痛いんですよ。その拳の痛みは、殴った本人以外にわからない。痛みや苦しみが介在しない暴力は、いずれ必ず正当化されますよ。他人を使って、道具を使って、言葉を使って……痛みと苦しみを薄めて誤魔化《ごまか》せば、衝動に任せて動くだけの畜生に成り下がる。他人の痛みがわからないから破滅するんじゃない、自分の痛みがわからないから破滅するんです」

俺の視線から逃れるようにして、彼女はすっと顔を逸《そ》らした。

「……だから、私にあの銀髪エルフを紹介したのか？」

「さて、どうでしょう。そろそろ、行きましょうか。この巣に棲《す》み着いてるトカゲの親戚がいそうな寮長を待たせるのも失礼で――」

ガラスが鳴る。

真っ白な天蓋を通して、ローター音が響き渡る。ガタガタとガラスの表面が震え始め、その振動は徐々に大きくなり、上方から聞こえてくる爆音が右から左へと流れていく。

窓を開けた寮生たちは、寄り集まって空を見上げていた。

朱の寮《ルーフス》の敷地に設けられたヘリポートに下りてくる機体、回転翼《ローター》が鈍い音を鳴らしながら回り、その猛風に煽《あお》られた葉と花が宙空を舞い飛ぶ。

着陸した航空機《ヘリコプター》から、気高き龍人《ドラゴニュート》が下りてきて、寮内のスピーカーから声が発せられる。

『下りてこい、三条燈色《さんじょうひいろ》と愉快な仲間たち』

フレア・ビィ・ルルフレイムは、赤色の髪をなびかせて笑う。

『良《い》いものを見せてやる』

案内役の寮生に先導される形で、寮から出た俺たちはヘリコプターへ搭乗する。

腰の前でクロスさせる四点式のシートベルトで、ヘリコプターの座席に縛り付けられ、迷彩柄のイヤーマフを着用しローター音から耳を保護する。

向かい合わせ、三×三の座席。

真ん中に座らされた俺は、ガチガチと歯を鳴らすミュールに左腕を抱え込まれ、「ヘリ酔いするから」と謎の理由をつけたレイに右腕を抱き込まれていた。

正面の中央席に座るフレアは、ゆったりと足を組み、シャンパングラスを呷《あお》っている。

「……それ、酒じゃないよな？」

俺の口の動きを見て取り、微笑《ほほえ》んだフレアは口元のマイクを指でつつく。

どうやら、コレは、ただのイヤーマフではないらしい。機内で会話をするためのヘッドホンとマイクのようだ。ミュートを解除した俺が、再度質問を繰り返すと、笑いながらフレアは頭を振った。

「ひゃっはっは、幾ら似合うといっても吾《おれ》は学生だぞ？　未成年がローター音を肴《さかな》に、アルコールを嗜《たしな》むかよ。しかし――」

フレアは、俺に向かって、シャンパングラスを掲げる。

「モテモテで羨ましいなぁ、三条燈色くん。せめて、レイちゃんくらいは、吾に酌をしてくれる綺麗所《きれいどころ》として残しておいてもらいたいものだが」

「お断りします。ひたすら酌をする人形として動くのは、議員先生相手でもう飽きました。綺麗所が欲しいなら、花でも飾っておいてください。私は、ヘリ酔いで忙しいので」

にべもなくそう返して、レイは「酔いが」とゴニョゴニョ言いながら俺の肩に頭を預ける。

「ひ、ヒイロぉ……こ、コレ、墜落しないよなぁ……なぁ……？」

俺のことを緊急用パラシュートだと勘違いしていそうなミュールは、恐る恐る窓から地上を見下ろし、青ざめた顔でぎゅうっと俺に縋《すが》ってくる。

「…………」

「三条燈色《さんじようひいろ》、きみ、顔色がブルーベリージャムみたいに……普通、そんな美少女に囲まれたら喜ぶんじゃないのか……その苦役に耐える受刑者みたいな顔は……なんだ……？」

なんで、空の上でも挟まれてんだよ。絵面が、地上のコピペだよ。海中でも挟まれたら、陸海空制覇出来ちゃうじゃねぇか。お前が陸海空余すことなくコンプリートして良《い》いのは死因だけだ。

さっきまでヘリ酔いしていたレイは、俺の手をにぎにぎして注意を引いてくる。

「ねぇ、見てください。ほら、学園があんなに小さいですよ」

小さな子供のようにはしゃいで、珍しく笑顔を見せたレイは窓の外を指差した。

信頼出来る身内と一緒にヘリに乗るというシチュエーションが、彼女を興奮させて一時的に我を忘れさせているらしい。

「ほら、すっごく小さいでしょう？　ね、パパ？　あんな風に学園を見たことな――」

俺のことを『パパ』と呼んでしまったことに気づいて、顔を真っ赤にしたレイは勢いよく口を押さえる。

そのことには言及せず、俺は、何事もなかったかのように身を乗り出した。

「あぁ、ホントだな。学園が豆粒みたいに見えるわ。おせちとかに入ってそう」

反対側から、ぐいぐいと腕を引かれ、ミュールの方に顔を向ける。

「そんな頑張って引っ張っても、大きなカブよろしく引っこ抜けたりしませんよ。酔ったんですか、ゲーしそう？　エチケット袋って、確か、座席の下に用意してあるって――」

「ば、バカ、違う！　えーと、あのー、ほら、アレだ！　み、見てみろ！　こっち側からの方が、鳳嬢《ほうじょう》が見やすいぞ！　ほら、おせちのメインを占めてそう！」

ミュールが指した方向を見下ろし、俺はぐーっと目を細める。

いや、大して変わらんが。

とは思ったものの、そんなことを口にしてぐずられても困る。俺は「おー、ホントですねぇ。おせちの博覧会ですねぇ」と適当にコメントする。

蘊蓄《うんちく》を垂れながら、身振り手振りで、気を惹《ひ》いてくる寮長の相手をしていると――俺の指と自分の指を絡ませたレイが、肩が外れるかと思うくらいの勢いで引っ張ってくる。

「お兄様、こちら側からは、三条の別邸が見下ろせますよ。懐かしいですよね、あそこで私が膝枕したことは憶《おぼ》えていますか。コレは、こっち側からしか見えませんよ。ね、ほら」

「おい、こらーっ！　ヒイロは、わたしと建設的な議論をしてたんだっ！　横入りするな！　最近の朱の寮《ルーフス》の寮生は、順番ひとつ守れないのかっ！　分厚い顔だなーっ！」

ミュールは、ガクガクと、俺を揺さぶりながらレイを睨《にら》みつける。

「年配の女性に失礼ながら、先に横入りしてきたのはそちらです。心温まる兄妹《きょうだい》の歓談に、貴女《あなた》の嘔吐《おうと》物が割り込みしてきたんですよ」

「年配じゃなくて先輩だろうが、脳内キーボードのキー配列見直してこい！　吐いてないから、嘔吐物はお邪魔してないもん！　良《い》いか！　ヒイロは、黄の寮《フラーウム》の寮生で、側近で、侍従で、わたしに尽くす義務があるんだっ！　甘えん坊の妹の世話を焼いてる時間はない！　わたしとヒイロは、他人には推し量れない関係性を築いてるんだ！」

「そうでしたか、それは、こちらの与《あずか》り知らぬことでした」

余裕の面持ちで、レイは「フッ」と口の端を吊り上げる。

「でも、私、お兄様と一緒にお風呂に入ったことがあるので」

ブーッと、フレアがジュースを噴き出し、勢いよく俺の顔面にかかる。

眼《め》と口を開いたフレアは、わなわなと震えながら俺を凝視する。自分を落ち着かせるためか、シャンパングラスの中身をがぶがぶと口に運んだ。

「それに、私、お兄様と同衾《どうきん》してるので」

霧状になった液体《ジュース》が、俺の顔へふんだんに振りかけられる。

二度も人の顔にジュースブレスを吹き付けた龍《りゅう》は、ゲホゲホと咽《む》せながら頬《ほお》を染める。

「さ、三条燈色《さんじょうひいろ》、きみという男は……さ、さすがの龍でも、身内を手篭《てご》めにすることはないというのに……な、なんてヤツだ……！」

「レイさん、あのね、そういう誤解を招きかねない発言はやめてね？　オリエンテーション合宿中に、俺が骨折した時のことを言ってるんでしょ？　無意識状態の俺の尊厳すらも蹂躙《じゅうりん》するつもりなら骨肉で争っちゃうからね？」

「つ、つまり、三条燈色、きみは妹と付き合っ――」

「わたしは、この間、ヒイロと抱き合ったもん！」

姿勢を崩したフレアのグラスから、俺の顔に中身がぶち撒《ま》けられる。

機内の振動音よりも強く、ガタガタと震えるフレアは、バケモノを見るかのような目つきを俺に向ける。

「き、きみは、自分の寮の寮長にまで手を出してるのか……!?」

「…………（説明義務を放棄した人間の目）」

「シスコンのお兄様が、理由《わけ》もなく貴女を抱き締めるわけがありません。十中八九、ソレは、貴女の妄想か勘違いです。命とお兄様の妹権を賭けます」

「なら、今、ココで死ねーっ！　おまえの方こそ勘違いだろうがっ！　おまえとヒイロは兄妹なんだから、一緒に風呂入ったり寝たりしたらヒイロがやベーヤツだろ！　スケベの祭典だろ！　おまえ程度のサイズの胸で、ヒイロの強欲を満たせるわけないだろうがっ！」

「違います、紛《まご》うことなき事実です。どう足掻《あが》こうとも、真実です。なにがあろうとも、誠の一字です。桜《さくら》さんとラピスさんが証人ですし、お兄様の存在がこの事実を証明しています。私たちは、四人でお風呂に入った後、抱き合って眠りに落ちました」

「……人間は、恐ろしい生物だな」

ギャーギャーと、俺の両脇で喧嘩《けんか》するふたりを余所目《よそめ》に。

俺は青空を見つめて雌伏の時を過ごし、ヘリコプターは緩やかな飛行を続け、ついに目的地が見えてくる。

山地と丘陵地が国土の七割を占める日本では、珍しくもない森林と山裾、雄大な自然が目下を支配していたが……そこには切り開かれた広場があり、建造物があり、敷設型魔導触媒器《コンストラクタ・マジックデバイス》があった。

人の手が入った自然の中で、三方に分かれた武家屋敷が異彩を放っていた。

赤色の獅子《しし》、青色の一角獣《ユニコーン》、黄色の鷲《わし》。

各寮の象徴《シンボル》が地面に描かれており、円状に描かれたその象徴の中心に瓦葺《かわらぶ》きの武家屋敷が据えられている。

黒柱型《ブラックピラー》の敷設型魔導触媒器は一対でペアとなって、等間隔に並べられており、空の上から見てみれば、その間に何らかの線《ライン》が引かれているように思えた。

切り開かれた広場全体に散らばっている建造物は、コンクリートの無機質な素体を晒《さら》している。森林に隠されている建物の屋上には、傘を逆に開いたみたいなパラボラアンテナ状の敷設型魔導触媒器が立っている。

その巨大な場《フィールド》を見下ろし、フレアは笑みを浮かべた。

彼女は、燃えるような瞳で俺を見つめる。

「ようこそ、三寮戦の舞台へ」

ゆっくりと、ヘリコプターは、その舞台上へと下りていった。

「規模が凄《すさ》まじいな」

山ひとつ丸ごと戦場《フィールド》になっている三寮戦の舞台を見て、俺は、思わずつぶやいていた。

「ひゃっはっは、この程度で驚いていたら身がもたんぞ。人間の心臓は、龍《りゅう》と比べればミジンコなみだからなぁ。実際に、三寮戦が始まれば、そこら中が寮旗と兵隊で埋め尽くされ、魔法が飛び交い、剣刃の嵐に包まれる。喉元に喰《く》らいついてくる各寮の猟犬どもが、この山中を駆けずり回ることになる」

鬱蒼《うっそう》と生い茂る樹木の下からでも、天高く伸びる黒柱が見えた。

コレは、何メートルあるのだろうか……十二メートル……いや、十五メートルくらいか……電柱よりも一回り太い黒柱は、物言わずに鎮座しており、不気味に黒光りしながら沈黙を保っていた。

「戦線《タクティカルライン》を引くための敷設型魔導触媒器ですか？」

「それだけじゃない」

　笑いながら、フレアは、山中に紛れるように佇《たたず》む廃墟《はいきょ》の屋上を指差す。

「あの黒柱《ブラックピラー》は、占拠地《ポジション》の屋上にある敷設型魔導触媒器《コンストラクタ・マジックデバイス》……逆開傘《サカサマ》と同期していて、占拠地を占拠する度に駒《ユニット》の戦線が広がる仕組みになっている」

「なるほど。占拠地の占拠には、何分かか――」

「おいおぉい。ルール説明は、今週の金曜日に大講堂で、だ。逸《はや》るなよ、一年坊。きみが幾ら焦ったところで、時計の針が進むことはなく、学食のメニューは水曜日のままだ。赤ワイン煮ビーフシチューが食べたければ、お行儀よく席に着き、金曜を待ち望むしかないんだよ」

　フレアは、ぽんぽんと俺の頭を叩《たた》く。

「そいつは失礼。鼻先にまで料理皿を持ってこられて我慢しろと言われても、こっちはあんたの忠犬に成り下がった覚えはないんでね」

「ひゃっはっは、可愛《かわい》くよだれを垂らしておねだりするなよ」

「ヒイロ、ビーフシチューが食べたいなら、リリィに作ってもらえるぞ！　今日が良《い》いのか!?」

　俺とフレアは、にっこりと笑って、同時にミュールの頭を撫《な》でる。

　レイは「白いシチューがいいのか？　ハンバーグか？」と首を傾《かし》げているミュールの手

を引いて先導し、腐葉土を蹴散らしながらフレアは歩き始める。

「シチューの話は良いから付いてこい。まだ、昼飯も食ってないのに、夜に想《おも》いを馳《は》せることはないだろ。ひゃっはっは、良いもの見せてやる」

こちらに背を向けて、ちょいちょいと、指で招いてくるフレアに付いていく。

廃墟の屋上へと上がっていったフレアは、円状に龍《りゅう》の牙を括《くく》り付けた魔導触媒器《アクセサリー》を取り出し画面《ウィンドウ》を呼び出す。

なにをするのだろうかと、見守っていると――床から染み出してくるかのように、蒼白《あおじろ》い人影が現れる。

「へぇ、自動訓練人形《オートボット》ですか」

「三寮戦に向けて調節中でなぁ、コレと踊ってくれるテスターを探していた。我が寮の貴重な人財を使って調整するのもどうかと思ったところで、清く正しい心を持つ吾《おれ》は、丁度良い三条燈色《さんじょうひいろ》がいることを思い出したわけだ」

俺は、やれやれと肩を竦《すく》める。

「なぁに、調子こいて、個人名でロックオンしてるんですか。言っておきますが、この俺が、そう簡単に敵寮の言うことを聞くと思ったら大違――」

「マリ○て、全部読んだぞ。吾は、聖《せい》×祐巳《ゆみ》……貴様は？」

「蓉《よう》×聖《せい》（九鬼正宗《くきまさむね》を構える）」

頭の先からつま先まで、推しカップリングで満たされ、研ぎ澄まされた俺は自動訓練人形《オートボット》と対峙《たいじ》する。

音もなく、自動訓練人形は長剣を掴《つか》み取ったが——その数は、六本もあった。

当然、それを扱うための腕も六本あるわけで。

風切り音と共に、凄《すさ》まじい勢いで、それらを振るい始めた自動訓練人形に圧《お》される。重みのある剣戟《けんげき》を受けた俺は、光刃で勢いを流しながら下がる。

ヘリコプターの回転翼《ローター》を思わせる螺旋《らせん》の動きで、両刃の長剣を横回転させた自動訓練人形は、腰の左右から二本ずつ足を吐き出した。

「多けりゃ良《い》いってもんじゃないと思いますよっ！」

「胸は大きいほど良いのにか⁉」

「フレンドリーファイアＯＮにした覚えないんだから、黙っててくれません⁉」

ミュールから飛んできた精神攻撃と同時に、上下左右に斜めも合わせた六方向から斬撃が迫りくる。半身になって躱《かわ》しながら、ひとつひとつ角度をつけて弾《はじ》き飛ばす。

「よっ、ほっ、とっ！」

回転音を聞きながら、剣刃を受けて階段にまで下がる。

隙を突いて階下へと逃げ込むと、六本足を壁に突き刺し、シャカシャカと天井に上がった自動訓練人形が先回りしてきて——

「はい」

上方。振り落とされた剣に合わせて、タイミング良く刀を振るう。

「ワン」

一本、また一本、テンポよく腕を切り飛ばす。

「パターン」

残った三本足を切り落とし、跪《ひざまず》いた自動訓練人形の額に鞘《さや》を投げつける。

ゴッ、鈍い音が響き渡った。小刻みに震えた自動訓練人形は、斬り飛ばされた足の断面からスパークを散らし、大量のエラー表示と共に消え落ちる。

落ちてきた鞘を掴むと同時に腰へ差し、放り投げていた刀を腰元の鞘で直接受け止め
——軽やかな金属音と共に、俺は、笑みを浮かべた。

パチパチと、見学していたフレアは手を打ち鳴らす。

「お見事お見事、見栄えがあって実に良いパフォーマンスだ。不純異性交遊で退学処分になっても、大道芸人として生きていけるなぁ。で、ご感想は?」

「パターン数が少なすぎ。場面場面の判断が遅すぎるし、相手に有効打を与えることしか考えてないせいか、フェイントとか混ぜて来ないから実戦っぽくない。でも、殺意とか情動が混じってない上に、予備動作がほぼないのもあって攻撃は読みにくいかも」

「ひゃっはっは、本当に男かよ、きみは。あの自動訓練人形に余裕をもって勝てる一年は

限られるぞ。それにしても、大した戦術眼だ。この間、同様のお願いをした女性《ひと》も同じようなことを言っていたよ」

「お兄様と同等の戦術眼？　どなたですか？」

「それは、三寮戦までのお楽しみだなぁ」

勿体《もったい》ぶるフレアに対し、俺は苦笑を返した。

「で？　なんで、今日は、こんな僻地《へきち》にまでお招きしてくれたの？　普通、こういうのって、敵寮には見せたりしないいんじゃない？」

「どうせ、金曜にはお披露目《ひろめ》だからな。ひゃっはっは、吾ときみの仲なんだから、特段、奇妙なお誘いというわけでもないだろぉ？　将来的には、転寮後のきみに吾《おれ》が持っている業務の幾つかを振るつもりだし、多少なりともこういった舞台裏も見せてやらないとな」

俺へと、彼女は鋭い眼光を飛ばす。

「ついこの間、きみに教えてもらったばかりだろ？　人財の活《い》かし方というものをな」

「舐《な》め腐ってんねぇ。この間、這《は》いつくばり方も教えてあげたのに」

「なぁに、傲慢はなにも人の特権じゃない。人に舐められたくないなら結果を、龍《りゅう》に舐められたくないなら」

フレアは、俺の後ろで縮こまるミュールを睨《にら》む。

「人の身でありながら、剣を取り、その鱗《うろこ》に刃《やいば》を立てるしかない」

俺の腕を掴《つか》んだミュールは、なにか言いたそうに顔を上げ、フレアの眼差《まなざ》しを受けた途端に萎縮して顔を伏せる。

「……コレは、独り言だが」

指先に火を灯《とも》したフレアは、薄暗い室内で、顔の半分を赤らめた。

「どんなに優秀な人間でも、上がダメならダメになる。朱に交われば赤くなる。悪いことは言わないから、吾の色に染まれ……黄色《おうしょく》は、腐りかけの色だ」

フレアは、苦笑を浮かべる。

「それでも、きみがその色を選ぶなら人と財を見る眼《め》がない。所詮、そこまでの人間ということだ」

反論せず、俺は、口を噤《つぐ》んだ。

なにか言ってくれると思っていたのか、ミュールは戸惑いがちに俺の手を引いたが、無視を決め込んで反応しない。

彷徨《さまよ》っていたミュールの目は、レイを見つけ出して懇願の視線を送った。

俺の意図を汲《く》んだ賢い妹は、一歩後ろに退《ひ》いたまま静観する。

きょろきょろとしながら、目に涙を溜《た》めたミュールは、フレアのことを下から上に睨《ね》めつけ——睨み返され、びくりと震えながら目を逸《そ》らした。

ミュールが手本とすべき龍人《ドラゴニュート》は、これ見よがしに大きなため息を吐《つ》く。

「帰るか、興が冷めた。三条燈色《さんじょうひいろ》、その腐った審美眼には落胆したよ……吾《おれ》の目も鈍ったか。ココまで、価値のない人間だとは思わなかった。まぁ」

口端を歪《ゆが》めたフレアは、俺を嘲り笑う。

「所詮、きみは、スコア0の男だからなぁ。いうなれば――似非《エセ》だ」

くるりと背を向け、フレアは立ち去ろうとし――

「…………ぅ」

ゆっくりと、歩を止めた。

「なにか」

手のひらに巨大な炎球を作り出し、赤髪を逆立たせたフレアが振り向く。

「言ったか？」

「…………がぅ」

俺から手を放し、震えながら、ミュールは前に出た。

彼女は、俺を護《まも》るように眼前に立ち、眦《まなじり》に涙を溜《た》めながら言った。

「ち、ちがぅ……ひ、ひいろは……価値のない……人間じゃない……お、おまえは、ま、まちがえてる……」

「はぁ？　なんだって？」

「お、おまえは……おまえは……っ！」

恐怖で震えながら、ミュールは、俺の前で声を張り上げる。

「まちがえてるっ！」

炎炎《えんえん》と、燃え盛る火炎がその身にしがみついている。灼熱《しゃくねつ》を帯びた龍人は、遥《はる》か高みからミュールを見下ろした。

「言葉だけか、矮小《わいしょう》な人間、愚かな口先魔。なにをもって、その言を実とする」

業火を両目に映し、瞳を赤くしたミュールは、ガクガクと震えながらフレアを見上げる。

甚振《いたぶ》るように、ゆったりとフレアは言葉を紡ぐ。

「オマエは、いつもいつも、口先だけだなぁエセ……三条燈色は、オマエを選ぶというが……オマエは、ただ、吾の前でガタガタ震えるだけのクソガキだ……戯言《たわごと》で場を濁すだけのチビの道化が……口にしたことを証明するために……オマエは……」

フレアは、龍口を開いて咆哮《ほうこう》する。

「なにをすると訊《き》いている、ミュール・エッセ・アイズベルトッ！」

その圧に敗《ま》けて、よろけたミュールは、ぺたんと尻もちをつく。

ぐすぐすと、洟《はな》をすすりながら、彼女は俺を振り返った。

ただ、俺は、彼女を見つめ返す。

数秒間、俺とミュールは見つめ合って――黄の寮《フラーウム》の寮長は、手の甲と袖でぐしぐしと目元を拭い、よろめきながらも立ち上がった。

息を、吸い込む。

深呼吸をしたミュールは、ぱくぱくと口を動かしながら言った。

「お、おまえをたおして……黄の寮《フラーウム》を……わたしの寮を……」

とぎれとぎれでも。

彼女は、自分の足で立ち、自分の口を開き、自分の言を吐き出した。

「優勝させる……だから、フレア・ビィ・ルルフレイム……おまえは……っ!」

ミュール・エッセ・アイズベルトは、殻に籠《こ》もっていた己の意志を口に出す。

「まちがえてるっ!」

フレアは、嬉《うれ》しそうに笑む。

「ほぉう、魔法が使えない分際でか」

「そ、そう……だ……」

「どうせ、三条燈色《さんじょうひいろ》に頼るんだろう?」

「ち、ちがう……お、おまえごとき……わたしひとりで……じゅうぶんだ」

ミュールは、ぴくぴくと頬《ほお》を痙攣《けいれん》させながら微笑《ほほえ》む。

フレアは片腕を振りかぶり、ミュールは両眼《りょうめ》を見開いて——ふっと、炎は消えて、満足そうな龍《りゅう》の笑みだけが残った。

「それで良《い》い」

フレアは背を向けて歩き去り、ミュールはその場にへなへなと座り込んだ。

俺は、笑いながら、ミュールの肩を叩《たた》いた。

「ちょっとウィットは足りませんでしたが、良い啖呵《たんか》の切り方でしたよ。レイ、寮長を頼む」

フレアに追いついた俺は、彼女の横に並ぶ。

「すいませんね、悪役なんてやらせちゃって」

「ひゃっはっは、きみがそんなこと気にする性質《たち》かよ。絵本に描かれてる龍《りゅう》は、大概が恐ろしくて卑怯《ひきょう》な悪役だぜ？　こういうのは慣れているし、きみの依頼は『ミュール・エッセ・アイズベルトに、寮長の在り方を教えて欲しい』だろ？」

ぽんぽんと、フレアは俺の肩を叩く。

「悪いが、吾《おれ》は、こういう教え方しか出来ない。人間流を知らんからなぁ」

「十分以上ですよ、最高の演技でした」

こういった別れ方をするのは、織り込み済みだったのらしい。抜かりなく帰りのヘリコプターは二台用意されており、フレアはそのうちの一台に乗り込む。

「なぁ、三条燈色《さんじょうひいろ》」

声をかけられ、俺は、ヘリコプターから距離を取る。

「きみは演技と言ったが、アレには吾の本心も混じっている」

ゆっくりと、回転翼《ローター》が回り始める。

「ミュール・エッセ・アイズベルトが、吾の目に適《かな》わない存在であれば……幾ら磨いても、光ることがない璞《あらたま》だとわかれば……三寮戦でその実力を示すことが出来なければ……」

影が差して、フレアの顔は真っ黒に焦げ染まる。

「取るに足らない財は、炎熱でその偽身《エセ》ごと溶かし尽くすしかない」

離陸準備が整って、陽光を浴びたフレアは満面の笑みを浮かべる。

「だから、精々、励めよ……人間」

強風に煽《あお》られた俺は、かき乱された髪は気にかけず。

ポケットに両手を突っ込んだまま、飛び去っていく機体を見上げて口角を上げる。

「上等だ」

師匠《アステミル》からの連絡が入って、自動《オート》で画面《ウインドウ》が開く。

俺は、スタンプ爆撃を受けながら、人間なりに励むための一歩を踏み出した。

＊

無極導引拳《むきょくどういんけん》は、相手と自分の間に『線』を引く拳術だ。

生来の魔力不全によって、魔力線の型を持たないミュールだからこそ可能となる術。自由自在に魔力線を作り、伸ばし、繋《つな》ぐことで完成する拳の形。

それは、相手を伴って体現される。

逆にいえば、相手を伴わなければ、その形が作られることはない。

不全——損なわれているミュールは、誰かを前にした時にだけ、失われたものを取り戻すことが出来る。

夜半、廃ビル、柱の前に俺は立つ。

靴も靴下も脱いで、足裏を冷たいコンクリに着ける。

研ぎ澄ます。

眼前の白い柱が、蒼白《あおじろ》く光り輝き、見開いた両目に不全が視《み》えてくる。歪《ゆが》んだ視界の只《ただ》中《なか》で、揺らぎに染まった欠損、そこを満たすように足裏から伸びた魔力線が柱に絡みつく。

瞬間。

息を吐いて、俺は——斬った。

鞘《さや》から解き放たれた光刃は、目の端で閃光《せんこう》となって弾《はじ》け、その分厚い柱を半ばから両断し——刀を鞘に収める。

「……お見事」

師匠は、俺が切断した柱に触れて微笑《ほほえ》む。

凄《すさ》まじい緊張で、凝り固まった筋肉から力が抜け、俺はほうっと息を吐く。

「師匠、コレってさ」

俺は、その威力の凄まじさに笑う。

「原理上、斬れないモノはないんじゃないの？」

「いえ、魔力線が通っていて、魔力が通っている人間は斬れませんよ。下手に接続すれば、呪衝《スペルショック》で死ぬので。初見で切断出来るのは、魔力線を備えない無生物のみです。最初から導線を引いて魔力を通すように設計されている魔導触媒器《マジックデバイス》なんかも無理でしょうね」

「師匠は、コレ、なんて呼んでるの？」

銀髪の美しいエルフは、薄暗闇の中でニヤリと笑う。

「接ぎ人《アルス・マグナ》」

笑みを返した俺は、鞘に収まった刀を見つめる。

接ぎ人は、抜刀術の一種だ。

原理は至極簡単で、自分の体内から体外へと魔力線を伸ばし、無生物への接続を行ってその接続箇所を『魔力で焼き切る』。

焼き切る……という表現が、正しいかはわからない。

本来、魔力線を持たず、魔力を持ち合わせない無生物は、魔法士にとって不全状態にあるとされている。魔法士間で共通する考え方では、この世に存在する森羅万象、すべての事物には魔力が通っていて当然ということだ。

接ぎ人《アルス・マグナ》によって、無生物に魔力線を無理矢理《むりやり》通した場合、それは不全から完全な状態へと裏返る。

事物に魔力が通るとどうなるか。

魔力が流れた箇所は、その瞬間だけ、存在しないことになる。

魔法士の間では、魔力が流れている事物は完全という共通認識があるにもかかわらず、実際に魔力を流してみれば不全へと至る。

魔力を絶対視している魔法士からすれば、なんとも皮肉な結果に思える。自らの手で事物を不全へと至らせる魔法士を助手扱いし、『接ぎ人』と書いて『大いなる術』なんて読ませる師匠はとんでもない皮肉屋だ。

接ぎ人は、無生物に魔力線を通して魔力を流し込み、その箇所に『不全』を作り出し、その瞬間に切断を行うことで不存在を確定させる荒業だ。

魔力線接続《コネクト》、抜刀と切断《ディスコネクト》、魔力線破棄《シャットダウン》。

この一連の流れを神速で行う必要があり、なおかつ刃の狂いが許されないため抜刀術が推奨されるが……恐ろしく集中力を要するので、二躬《にのみ》（二の太刀）に転じることが出来ず、溜《た》めの動作が必要なため使える場面が限られる。

ただ師匠が言う通り、接ぎ人を用いれば、斬れない無生物は存在しない。

言うなれば、コレは、不存在を存在させる剣《オムニポテンス・パラドクス》。

矛盾剣ともいえる皮肉に塗《まみ》れた太刀筋であり、信心深い魔法士であれば使用どころか存在を厭《いと》う不信心な一刀だろう。この世界での使い手は、師匠とその教えを受けた俺くらいじゃないだろうか。

接ぎ人は、無極導引拳《むきょくどういんけん》を基にした技だ。

正確にいえば、唯一生き残ったエンシェント・エルフが、暇つぶしに考えた技が接ぎ人であり、そこから着想して師匠が編み出したのが無極導引拳のため、基礎《オリジナル》はこちらの抜刀術だと言える。

しかし、魔法士の基礎理念を粉々に破壊し、何食わぬ顔で囚獄疑心《ジレンマ》を作り上げ、種族そのものを崩壊に追い込んだエンシェント・エルフは……原作でもやべーヤツ扱いだったが、なんとも言い難いおぞましさを覚える。

そんなエンシェント・エルフが作り上げた黒戒《カノン》と呼ばれる魔導触媒器《マジックデバイス》は、俺の身体《からだ》の一部のように腰に帯びたままであるが、正直、こんなものはもう使いたくない。

接ぎ人と無極導引拳は、対になっている技術だ。接ぎ人は魔力を持っている者にしか扱えず、無極導引拳は魔力を持たない者にしか使いこなせない。

基礎となる魔力線を持つ俺は、生物に魔力線を伸ばすことは困難だが（魔力線を共有するには、恋人同士のように対象と四六時中一緒にいる必要がある）、基礎となる魔力線を持たないミュールは瞬時に魔力線を伸ばして構築することが出来る。

逆に、俺は、基礎となる魔力線を持つため無生物相手に魔力線を伸ばすことが出来るが、基礎となる魔力線を持たないミュールは、模倣を行う魔力線が存在しないため、無生物相手に魔力線を伸ばすことが出来ない。

ならば、無極導引拳《むきょくどういんけん》は、無生物相手には無力ともいえる。

かといって、そもそもの基礎となる抜刀術すら未熟で、現状の成功率が20％程度の俺の接ぎ人《アルス・マグナ》では柱ひとつ倒すことすら難しい。

そんな状態のミュールと俺に、師匠は『このビルを倒せ』と課題を与えている。玉のような汗を浮かべた俺は、手のひらの皮をズタズタに破きながら居合の型を繰り返し、汗だくのミュールは柱に手のひらを叩《たた》き込み続けた。

その無為にしか思えない努力は、一昼夜を通して繰り広げられた。

結果、心が折れたミュールは、わんわん泣きながら俺の膝の上で泣きわめく。

「無理だろ、こんなのぉ～‼　無理だ無理だ無理ぃ～！　ヒイロをふっ飛ばすくらいなら簡単なのにぃ～！　もう、わたしは、やめたぁ～！」

「簡単なんですけどねぇ、ちょっと発想を捻《ひね》れば良《い》いだけの話で」

近隣のモ◯バーガーから調達してきたオニオンフライを食べながら、師匠は、ぺろぺろと指先についたハンバーガー・ソースを舐《な》める。

「いやしかし、モ◯バーガーとオニオンフライの組み合わせは絶品ですね。すべてが計算し尽くされている。モ◯バーガーが在って、オニオンフライが在る。どちらかでも欠ければ、味覚のハーモニーが崩れる。指先についたソースをぺろぺろしながら食べるオニオンフライのなんと美味《おい》しいことか。さすがに、それなりの値段がするだけはありますね」

「ひとりで孤◯のグルメかましてねぇで、とっとと俺のテリヤキバーガー買ってこいや！　画面《ウインドウ》にたっぷり、割り引きクーポンぶち撒《ま》けてやるから、とっとと大きく通信口開け！　オラッ、早く開け！　口という口を大きく開いておねだりしてみろ、オラッ！」

「カウンタースペル発動ッ！」

師匠は、一文字に腕を払って叫ぶ。

「押印爆撃《スタンプ・バクゲキ》！（ポッポッポッポッポッポッポッポッポッポッポッポッポッ）」

「ひぃッ！　有料スタンプの買い方を知らないから、無料スタンプを連打するしかない物悲しさが俺の心をえぐる！」

「師を超えられる弟子はいないッ！（ポッポッポッポッポッポッポッポッポッポッポッポッ）」

俺が禁忌《ブロック》に手を染めると、師匠が禁じ手で対抗してきて、手どころか足も出ずに俺は降伏を選ばざるを得なかった。

鍛錬を中断した俺たちは、車座になって、ハンバーガーで空腹を満たしていく。

「ハンバーガーって、ナイフとフォークで食べるものじゃないのか……？」

「ふふっ、可愛《かわい》らしいことを言う。ミュールは、世間を知らない箱入り娘ちゃんですね。

ナイフとフォークで食べたら、ソースがついた指をぺろぺろ出来ないじゃないですか」

「世間知らずはお前だ、四百二十歳」

師匠の指ぺろを改善しようとすると、宝弓の詠唱まで始めて抵抗してきたので、俺は四百二十年の歴史を持つ無作法に敗北を喫する。

コーラをごくごく飲み干して、ご機嫌な師匠はころころと氷を舐《な》める。

「しかし、直《す》ぐに挫《くじ》けるかと思えばよく続く。ミュール、貴女《あなた》の努力には敬意を払いますよ」

フレアに煽《あお》られたのが効いたのか。俺相手に自己鍛錬まで行って、無極導引拳《むきょくどういんけん》をものにしてきたミュールは、えっへんと胸を張って腕を組んだ。

「ふっふーん、当然だ！　わたしは、黄の寮《フラーウム》の寮長だぞ！　寮生がバカにされたら、盾になってやるのも務めのひとつなんだ！　あのトカゲのしっぽを引っこ抜いた後、アルコールに浸《つ》けて蛇酒にしてやる！　でも、もう、痛いし疲れたからやめる！」

「なら、俺は、寮長を練習に漬けて二度とそんな口利けなくしてやる。オラ、腋《わき》出せ！」

「あはははあはははっ！　じょ、じょうだんだ、じょうだぁん！　く、くすぐるなっ！　ひ、ひきょうもの！　あはははははっ！」

猫みたいに丸くなったミュールをくすぐっていると、抵抗した彼女の手のひらが俺の胸郭に入って、魔力線の接続と同時に吹き飛ばされる。

転がっていった俺は、真顔で、むくりと起き上がる。

「え、なんすか？　やる？　やんの？　え？　やんのね？」

「うわぁ！　コイツ、気ぃ、短ぁ！」

つい癖で、俺は、居合の構えを取る。

そこに、ミュールが浮歩で跳んできて不意を突かれる。打たれた俺は、再び宙空を飛び
――さっきまで、自分が立っていた床に亀裂が入っていた。

「………あ？」

今の一連の流れで、床に亀裂が入るような衝撃は発生しな――裸足《はだし》。

冷えたコンクリ床に触れていた自身の足裏を眺めた俺は、くしゃくしゃに丸められたハンバーガーとオニオンフライの包装紙を見つめ……解けた。

「あぁ、そうか、ミュール」

俺は、ニヤリと笑う。

「このビル、倒れるぞ」

ミュールは、ゆっくりと構えを解いて――

「はぁあ!?」

満足そうに頷《うなず》いた師匠の前で、俺は満面の笑みを浮かべた。

＊

扉を開けた瞬間、視線が俺たちに集中した。

大講堂に集った生徒たちは、五分遅れて入ってきた俺とミュールに注目し、粉塵《ふんじん》だらけの制服を見てひそひそとささやき合っている。

二階席の真っ赤な垂れ幕《カーテン》の裏側では、高スコア者の集まりである帝位が、シャンパングラスを片手に薄ら笑いを浮かべていた。

どこかの誰かが「黄の寮《フラーウム》の寮長が、王子様を連れてきたわよ。シンデレラ気取って、灰かぶりの制服姿《ドレス》なんて洒落《しゃれ》てるわね」と嘲笑し、大多数の生徒たちは面白おかしそうにくすくすと追随した。

「寮の特別指名者に、男を指名した理由がよくわかったわ。きっと、恋人同士なのね」

「あはは、あの落ちこぼれにはお似合いじゃない」

俺に寄りかかって、うとうととしていたミュールはハッと顔を上げる。

「ひいろぉ……はこんでぇ……」

「はい、喜んで。お姫様」

俺は、寝ぼけているミュールをお姫様抱っこして――堂々と、中央を突っ切る。

一歩また一歩と進む度に、ざわめきは大きくなる。俺は、彼女に誓った通り『俺の役目』

を引き受けて灰かぶりのお姫様を舞台上へと誘った。

ミュールを揶揄《やゆ》していた生徒へとウィンクを飛ばすと、その顔が屈辱で大きく歪《ゆが》む。

「おい、そこの王子様」

中央の講壇に立っているフレアは、顔をしかめた生徒会役員を片手で制してささやいた。

「その憎たらしい面の厚さの宣伝は良《い》いから、とっとと座れ」

「廊下に立ってなくて良いんですか？」

「バケツの代わりにお姫様抱えて、廊下に立たされる生徒がいるかよ。座れ」

辺りをぐるっと見回すと、仲良し三人組の姿が目に入る。

並んで座っている月檻《つきおり》、レイ、ラピス……空いていた月檻の左隣に座ると、彼女は苦笑して、俺の頭にのっていたコンクリート粉塵を払った。

「おはよ、お転婆さん。どこで遊んで来たらそうなるの？」

「教えてやっても良いけど、もう、あそこに行っても瓦礫《がれき》しかねぇよ？」

月檻の隣に座っていたラピスは、俺の膝の上ですやすやと眠るミュールを凝視し、そわそわと身体《からだ》を動かす。

「あ、あの、ヒイロ？」

上目遣いで、ラピスは、俺の反応を窺《うかが》う。

「付き合って……ないよね？」

「あの……ラピスさん、俺、婚約者いるからね……ちゃんと、憶《おぼ》えてるよね……？」

俺が問いかけると、顔を赤くしたラピスはあわあわと頷《うなず》いた。

「あ、あっ！　そ、そうだよね、うんっ！　婚約者いたよね、ラブラブだったよね！　ね、桜《さくら》!?　ヒイロ、婚約者いるよね!?」

「さぁ？　体長約二メートル、黒い羽毛で覆われてて『キィキイ』鳴くんだっけ？」

遅刻してきておいて、婚約者のＵＭＡ《スノウ》化を推し進めるわけにはいかない。

俺の膝によだれを垂らしているミュールのデコをぺしぺし叩《たた》く。それでも起きないので、口の中に炭酸抜きコーラを流し込んだら「げぼぁッ！」と叫びなら一瞬で覚醒した。

「舞踏会に遅れて来た姫と王子には朗報だが、丁度、説明は始まったばかりのところだ。中央の三次元像《ホログラフィー》に注目してくれ」

鳳嬢《ほうじょう》魔法学園の行事を司《つかさど》る生徒会、その長であるフレアの合図で、大講堂の中央に三次元像が投影される。

そこには、つい先日、フレアに案内された三寮戦の舞台が映し出される。

各寮の本拠地《ベース》となる武家屋敷、散らばる建造物、聳《そび》え立つ黒柱《ブラックピラー》……基本ルールを理解している二、三年生は、その戦場《フィールド》の規模感に驚愕《きょうがく》し、まともな情報を持っていない一年生は楽しそうに笑っていた。

「コレが、三寮戦の舞台。本年度の三寮戦は、例年通り、大規模駒戯戦《グウィズブィル》を執り行う」

経験のある二、三年生は、当然だと言わんばかりに頷いていた。一部を除いて、一年生たちは「なにそれ？」と顔を見合わせる。

「大規模駒戯戦のルールを説明する。各寮の参加者、辞退者含めず、朱《あか》は百八十一名、蒼《あお》は百八十名、黄は百七十九名。総勢、五百四十名は、寮長から各種駒《ユニット》として指名され、ある駒は敵寮の首級をあげるために戦い、ある駒は自寮の首級を護《まも》るために戦う」

戦場がクローズアップされ、対になっている黒柱にフォーカスする。

黒柱の間に蒼白《あおじろ》い線が浮かび上がり、点線付きの矢印がその線を指して『戦線《タクティカルライン》』と名称を刻んだ。

「すべての駒には、移動制限が齎《もたら》される。それが、戦線《タクティカルライン》だ。コレは、各寮の本拠地から一キロメートル間隔で配置されている黒柱によって管理され、開始時、各寮の全ての駒は自寮の本拠地から一キロメートル地点にまでしか移動出来ない」

「つまり、各寮は、開始時から相手の本拠地には攻め込めないということですね」

「でも、攻められないならどうするの？」

レイとラピスの会話に答えるかのように、戦場上の建造物が拡大される。その屋上にある敷設型魔導触媒器《パラボラアンテナ》……逆開傘《サカサマ》と表記されたソレが、くっきりと表示された。

「この建造物は、占拠地《ポジション》と呼称され、対になっている黒柱の間に三個ずつ存在している。各寮の駒《ユニット》が、この建造物に入ると時間計測が開始され、一分間の占拠を続けることでその寮の占拠地となる。占拠された占拠地は、次の占拠地までの道を開く。つまり」

三つ並んだ建造物。

本拠地《ベース》から一キロメートル先にある建造物が赤色に染まり、朱の寮《ルーフス》の占拠地に変化する。変化が起きた瞬間、三本の矢印線が、次の一キロメートル先にある建造物へと繋《つな》がる道を示した。

「左から、この占拠地をTOP、MID、BOTと呼称するが、このいずれかの占拠地を占拠しなければ、次の一キロメートル先にあるTOP、MID、BOTの占拠地へと駒が移動することは出来ない」

「相手の本拠地に攻め込んで、敵寮の寮長の首を取るには、道中の建造物を占拠していかないといけないってことね」

「…………？？？」

「つまりね」

ミュールのために、元ネタのゲームについて解説しながら俺は足を組む。

その間にも、フレアの説明は進む。

「占拠地の屋上にある敷設型魔導触媒器《パラボラアンテナ》、逆開傘《サカサマ》は黒柱《ブラックピラー》と同期しており、各寮の駒を認識している。そのため、占拠地を得た寮の駒のみが通行を許される」

「一回、占拠されたら占拠し返せないのかな？」

「敵寮に占拠された占拠地は、一分間占拠することでどの寮も占拠していない空白地《スペース》に、もう一分占拠することで自寮の占拠地にすることが出来る。ただし、各寮の駒が同時に占領を進めている場合、人数差によって占拠地が占拠されるまでの時間が変化し、最終的には人数が多い寮が占拠に成功する。通路を進んでいる最中に、占拠地を敵寮に奪われた場合、その駒は強制的に自寮の本拠地にまで弾《はじ》き出される」

月檻《つきおり》の独り言が聞こえたかのように、フレアはすらすらと答えた。

「対になっている黒柱は、計六本設置されている。三つ並んでいる占拠地が、三列分存在しているわけだ。つまり、敵寮の本拠地に辿《たど》り着くには、その間に存在している三ライン分の建造物……最小、三つの占拠を行って保持する必要がある」

恐らく、コレは、図として見なければわかりづらい。俺は、改めて、説明と原作ゲーム知識を基に脳内で全体図を構築する。

三寮戦の舞台

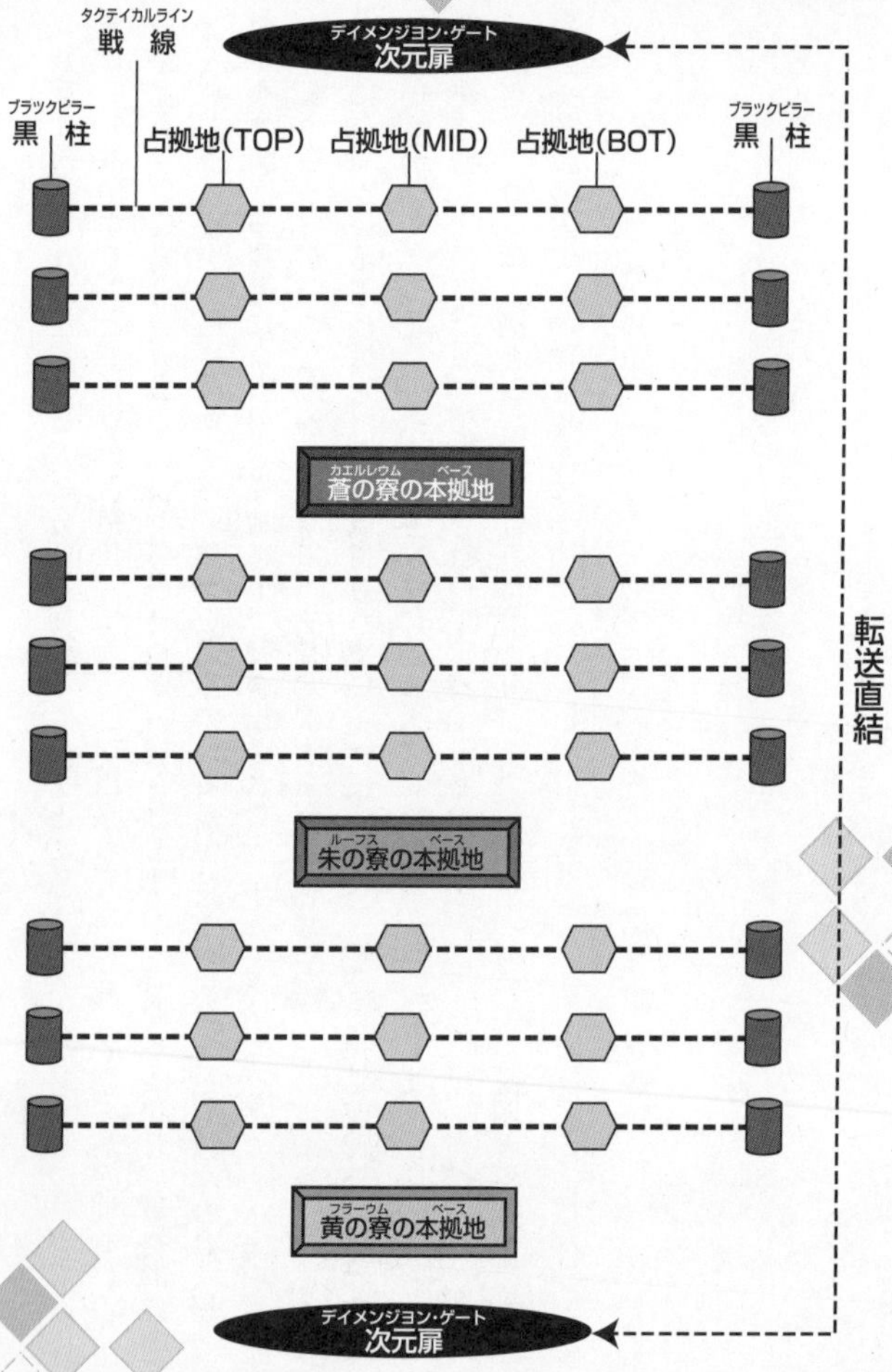
戦線《タクティカルライン》
次元扉《ディメンジョン・ゲート》
黒柱《ブラックピラー》
占拠地(TOP)
占拠地(MID)
占拠地(BOT)
黒柱《ブラックピラー》
蒼の寮《カエルレウム》の本拠地《ベース》
朱の寮《ルーフス》の本拠地《ベース》
黄の寮《フラーウム》の本拠地《ベース》
転送直結
次元扉《ディメンジョン・ゲート》

生徒たちの間でも困惑している者がいたが、その顔色を読み取ったかのようにフレアは続ける。

「質問は、随時、受け付ける。各寮の掲示板、三寮戦の参加予定者の魔導触媒器《マジックデバイス》には、この説明会の後に配布する小導体《ミニコンソール》を通して説明書きの配布も行う。では、次に、残機について説明する」

フレアに付き添っていた生徒会役員は、おしとやかに前に出てくる。

紅と黒に染まっているジャケットとロングスカートを着ている彼女は、大仰な手袋を嵌《は》めており――唐突に、フレアは、彼女に火球を叩《たた》きつけた。

甲高い悲鳴が上がり、ざわめきが広がって、熱波が生徒たちの顔を煽《あお》った。

傷ひとつない生徒会役員は、平然とした顔つきで、優雅に一礼して後ろに下がる。

「特注の戦装束《バトルドレス》だ。鳳嬢《ほうじょう》の制服と同じように鎧布《がいふ》で出来ており、周囲の魔力を集積するルルフレイム家が開発に専念し、対衝対斬対撃、なんでもござれの対魔障壁を構築する。魔力を帯びたものであれば、着用者に攻撃を通すことはない。まぁ、寿命はカスで、一日しかもたない上に実用には程遠い高額さだが。余談はともかく、三寮戦の参加者はこの戦装束を着用し、HIT管理をしてもらうことになる」

こんこんと、ジャケットを叩きながらフレアはささやく。

「各駒によって、攻撃を当てられても良《い》い回数は決まっており、規定回数以上の攻撃がH

ＩＴした時点で、戦装束《バトルドレス》は着用者を拘束する。特に痛みはないが、係の者が解除するまで一歩たりとも動けず魔法も使えない。この状態になった時点で、その参加者は退場《リタイア》だ。安全管理の都合上、この戦装束を着用しない者の参加は認めない。オシャレに人生を懸けているものは、残念だが、今回の参加は諦めてくれ……とはいえ、所詮はマスコミも入るショービジネスの類《たぐい》、多少の飾り付けくらいは許可することになりそうだが。

では、次に、駒の説明をする」

鳴り響いた電子音と共に、表に記載された各寮の人数を示した数字が回転する。その数はどんどん減っていき――どの寮も『1』を示した。

「王」

ぶぅんと、表示音が発せられた。

戦場《フィールド》の前に、王冠をかぶり、宝杖《ほうじょう》を持った人形の駒が浮かび上がる。

「この駒《ユニット》は、寮長のことを示している。ご覧の通り、寮長が倒されなければ、たとえ、各寮の残人数が1になろうとも敗北にはならない。逆に王が倒れれば、何人残っていようとも、その時点でその寮は敗退となる。この駒は、本拠地間《ベース》の移動しか行えないが、戦場《フィールド》全体を俯瞰《ふかん》出来る千里眼が与えられる。残機は2」

……本拠地間、ね。

「軍師」

その王の背後に、ひっそりと床几《しょうぎ》に座った駒が表示される。

「この駒《ユニット》は、各寮、一名のみ指名出来る。王とは違って、移動の制限が行われない上、王と同じように戦場全体を俯瞰出来る千里眼が与えられる。ただし、残機は１だ」

原作通りの説明を受けて、俺はひとり頷《うなず》く。

「射手」

王と軍師の後方を半円状に囲み、弓を構えた駒が宙空に描かれる。

「本拠地と占拠地《ポジション》に居る間、戦装束の魔力集積量が一・五倍になる。残機は３だ」

何時《いっ》になく真剣に、ミュールは、隣でうんうんと頷いていた。

「魔術師」

射手の裏に隠れるように、杖《つえ》を持った駒が現れる。

「本拠地と占拠地に居る間、自動訓練人形《オートボットクラフト》を生成することが出来る。また、本拠地と占拠地間で、魔術師以外の駒を転送することが可能。残機は１だ」

無言で、月檻《つきおり》は、表示されている魔術師の駒を見つめる。

「兵士」

王と軍師の前に列を為《な》し、剣を地面に刺した駒が浮かび上がる。

「本拠地と占拠地以外に居る間、戦装束の魔力集積量が一・五倍になる。残機は５だ」

フレアは口をつぐみ、生徒間で、安堵《あんど》にも似た緊張の緩和が広がっていった。

コレで説明は終わりかと、生徒たちが顔を見合わせた瞬間――フレアは口を開き、大講堂は静まり返る。

「死神」

大鎌を持ち、黒衣を纏《まと》った骸骨が王の真上に出現する。

「条件を満たした際に、十五秒間、戦場に解放することが出来る。残機は1。この駒は、一名に限られるが――」

フレアは、笑う。

「この世界に存在する者であれば、誰を指名しても構わない」

大講堂が、どよめきに包まれ、フレアはささやいた。

「後日、開催を予定されている会見で、各寮の寮長には『死神』の駒を発表してもらう。各寮の寮長は、それまでに――」

フレア、フーリィ、ミュールは視線を交わし合う。

「敵の首を刈り取る死神を用意するように」

衝撃の濁流に呑《の》まれた大講堂は、ざわめきとどよめきに支配され――足を組んだまま、俺は、うっすらと笑みを浮かべた。

大講堂を飛び出して、俺とミュールはダッシュする。

「うぉおおおおおおおおおおおおおおおおおおおおおおおおおおおお！」

「うわぁあああああああああああああああああああああああああああ！」

何事かと鳳嬢《ほうじょう》生たちがこちらを見てくるが、人の目を気にしている場合ではない。

生徒たちの群れを掻《か》き分けた俺たちは、一陣の風と化して人々の間を駆け抜け、必死の形相で通りを爆走する。

鍛錬の後、まだ遠くに行っていなかったのか。丁度、師匠《アステミル》は、鍛錬の拠点《ホーム》としていた廃ビル近くのコンビニから、両手にエコバッグを抱えて出てくる。

「「師匠！」」

俺とミュールは、同時に叫び、師匠はこちらを振り返る。

「「一緒に三寮戦に出てく――」」

「あ、ごめん。アステミル、蒼の寮《カエルレウム》から出るから」

「「おぎゃぁあああああああああああああああああああああああ！」」

その後ろから出てきた笑顔のラピスに断られ、俺とミュールは勢いよく地面を転がっていった。

泣きながら、俺は、地面を殴りつける。

「ちくしょう！　なにが死神だよ！　そんなルール、俺、知らねぇよ！　原作者も知らないドラゴンみたいなことしやがって！　知ってたら、最初から、師匠確保してたのに！」

「おい、そこの金髪エルフ！」

立ち上がったミュールは、胸を張って、臆面もなく言い放つ。

「譲ってくれ！　金しかない！」

「寮長、そこは『金ならある』ですよ。その誠実さはご立派ですが、相手に優位性《アドバンテージ》を与えてやる必要はありません。あの小娘に歳上《としうえ》の威厳を見せつけるためにも、ココが交渉のテーブルであり、我らが格上であることを知らしめてやりましょう。現実が金に支配されていることを知らない若輩には、もっとこう傲岸不遜に言い放って良《い》いんです」

俺は起立し、ミュールと並んで腕を組む。

「「金ならある！」」

「私、神殿光都《アルフヘイム》のお姫様で、国家規模のお金持ちだよ？」

「「金すらない！」」

威厳すら失った俺たちは、即座に誠実さを武器に立ち上がったが、棒きれを手に鎧武者《よろいむしゃ》を相手取ろうとするような虚《むな》しさがあった。

護衛の御影弓手《アールヴ》たちも、同行してのお買い物だったらしい。菓子やらホットスナックやらを片手に美しいエルフたちがぞろぞろと出てくる。

俺の姿を見るなり、半数は笑みを浮かべ、半数は嫌そうに顔をしかめた。

「ヒイロさんじゃないっすか。どうも、お久しぶりで。この間は、お陰様で、お偉方から死ぬほど怒られましたよ」

　代表して、リーダーのミラ・アハト・シャッテンが挨拶してくる。

　エルフという種族は、美男美女しか存在し得ない。金色の癖毛を持つ美人の彼女は当然として、その他十一人の個性派エルフたちも人目を集めていた。コンビニで買い物していただけでも、遠巻きに見ていた野次馬《やじうま》がどんどん押し寄せてくる。

　いつの間にか、横に立っていたラピスは、俺の小指を握って引っ張る。

「ヒイロ、行こ。人、集まってきちゃったし」

「あーっ！」

　俺の手を握ったラピスを指差し、ミュールは急に大声を上げた。

「この金髪エルフ、それとない感じでヒイロの手を握ったぞ！　それとない感じで！　手を繋《つな》いだ！　まるで、それが当然みたいな感じで！　場の雰囲気にかこつけて！　わたしのヒイロと手を繋いだ！」

　バッと、俺から手を放したラピスは赤面する。

「いやらしいな、エルフは！　エルフ、いやらしい！　手を繋ぎたいなら繋ぎたいと言えばいいのに！　場所を移動する必要があるという理由付けしてるのがやらしいなぁ！　ういういしさを出して、ボディタッチでヒイロにアピールしてる！　ひきょうものだ！」

　真っ赤な顔のまま涙目になったラピスは、ぷるぷると震えながらそっぽを向く。

「御影弓手《アールヴ》さん、大切な姫様がクソガキにいじめられて泣いてますよ」

「姫様が幸せならオッケーです」

「嬉《うれ》し泣きの判定基準がバグってるので修正してください」

どんどん、人が集まってきて撮影会が始まりそうな雰囲気すらあったので、俺とエルフたちは場所を変えることにした。

移動先の決定には侃々諤々《かんかんがくがく》の議論があり、結局、近場のステーキハウスに入った。

俺は、フォークとナイフを握って、ウキウキしているミュールに紙エプロンを着させる。

何度もミュールをチラ見しながら、ラピスは俺のステーキを切り分けていく。ゴホゴホと咳払《せきばら》いしながら椅子を寄せて、こそこそと俺の口元へステーキを差し出してくる。

「ヒイロ、はい、よく焼けてるから」

「『あーん』はいいよ、船上のトラウマが蘇《よみがえ》るから。お前の肉が冷めちゃうし、こっちの世話は焼かなくて良《い》いよ。この場で焼くのはステーキだけで良いから。肉に失礼だよ」

「で、でも、ヒイロは寮長さんの世話をするので大変でしょ？　だったら――」

「あーっ！」

目にも留まらぬ速さでラピスは椅子を蹴飛ばし、肉を刺したフォークを持ったままテーブルの下へと消える。両目を見開いたミュールは、ステーキを凝視していた。

「まだ、ちゃんと焼ける前にソースかけちゃった……」

こそこそとラピスが這《は》い出てきて、俺の口元へとフォークを運び――

「うわぁーっ！」

熱々の肉片を俺の額に押し付ける。

「メニューに載ってるメロンソーダと、実際に出てきたメロンソーダが……なんかちがう」

「寮長、いちいち、大声上げないでください。ラピスがびっくりして、お肉で焼印しちゃったでしょ。悪ィなラピス、俺の額がステーキ食っちまった。次ァ俺の額を冷やすと良い」

俺は、ラピスにおしぼりを手渡した。ラピスは慌てて被害者の額を冷やし、ミュールはぶつぶつと「でも、違う……」とこの世の無常に抵抗していた。

総勢十六名の食事会は和やかに進み、宴もたけなわになったところで俺は口を開いた。

「ねぇ、師匠。改めて思ったんですが、俺、師匠のことが大好きなんですよ」

肉に肉を重ねて『四百二十年式ミートマウンテン』とか、アホなことをしていた師は、もぐもぐしながら俺に顔を向ける。

「うわぁ、露骨ぅ……さすが、盾にしたお姫様をモノにした男は口説き文句もストレート」

御影弓手から茶々が入るが、俺は、ニコニコとしたまま続ける。

「だって、師匠って、美人な上に最強じゃないですか。その上、気遣いも出来るし、うっかり人を殺しかねない鍛錬もしてくれる。深夜にクソみたいなスタンプ爆撃仕掛けてくるし、人のこと技の練習台にするし、呆《あき》れるくらいの構ってちゃんだし、ゲーム機は台パンでぶっ壊すのが基本プレイだと思ってる常識なしですもん」

「ヒイロ、ヒイロ！　ダメだ！　途中から恨み節しかない！　むしろ、恨み節パートがメインを占めてた！　メインのアクが強すぎて、序盤の褒め言葉が、しなびた前菜《レタス》みたいになってる！　それでも抑えた方だってことが伝わってくる分、質《たち》悪い！」

「好きだ、アステミル！　長所がしなびてるお前でも愛してやるから俺と来いッ！」

「ヒイロ……！」

思いの丈をぶち撒《ま》けた俺に感銘を受けたのか、師匠は目尻に浮かべた涙を拭った。

「でも、もう、ラピスにたくさんトレーディングカードを買ってもらったので……無理です」

「お母さんのお手伝いを約束した小学生みたいな買収されてるんじゃねぇッ！」

「カスレアしか当たりませんでした」

「せめて、当てろや！」

さすがに、ラピスの筆頭護衛たる師匠を味方に引き入れるのは無理があった。俺たちが先に師匠を買収していたとしても、主君であるラピスに後からひっくり返されただろう。

くるりと向きを変えた俺は、胸に手を当てて、何もかもを投げうって叫ぶ。

「ミラさん、好きだ！　ラピスが（小声）。シャカパチで真空波発生させて相手に棄権させるのを主戦法とする脳筋エルフなんぞ捨てて俺と来いッ！」

『真空波ゼロキル』で全国のカドショに指名手配されている凶悪犯《アステミル》は、肩を竦《すく》めて「やれやれ」と苦笑する。

「ふふ、まったく、ヒイロは気が多い男の子ですね。この間、カードゲームの最中にダイレクトアタック（物理）したのをまだ根に持ってるんですか。ルールがわからなかったから仕方ないじゃないですか。本当は、師である私のことが一番好きな癖に素直になれな──」

「十数秒前がピークだった女は黙ってろッ！　この裏切り者《もん》がァッ！」

「えっ」

スプーンでアイスを崩していたミラさんは、ゆっくりと首を振った。

「ヒイロさんの頼みであるなら、答えてあげるがエルフの情けと言いたいところなんすけど……まぁ、姫様のお気持ちもありますし、ご遠慮しときますわ。すいませんねぇ」

「鬼、悪魔、エルフ！　でも、ラピスを想《おも》うその心でご飯三杯はいける！」

大盛りの白米片手に泣き真似《まね》をした俺は、メロンソーダを啜《すす》っているミュールを指す。

「こんな小さな女の子が、泣きながら救いを乞うているのに！　なぜ、貴女《あなた》たちは、救いの手を差し伸べないんだ！　なーんにも考えていなそうなバカ面で、メロンソーダを啜っているこの笑顔を見ろ！　気丈に振る舞う彼女の心中を慮《おもんぱか》ってみろ！　俺は、悔しくてたまらないよ！　寮長、言ってやれ！　激しく揺れ動く、貴女の心情を表現してみろ！」

「メロンソーダ、美味《おい》しい」

「貴女《あなた》たちのせいで、この子は、メロンソーダを美味しく飲んでるんだぞッ！」

「ヤケクソのお手本みたいになってるっすよ、ヒイロさん」

「ねぇ、アステミル。あの女性《ひと》は？　紹介してあげたら？」

俺の袖を引いて座らせたラピスは、師匠へと代替案を投げかける。

「学生たちの楽しいお祭りに、ゴジ◯を投入するつもりですか？」

腕を組んだ師匠は、唸《うな》り声を上げてから、仕方なさそうに微笑を浮かべる。

「わかりました。ゴジ◯は無理でも、私の知り合いの魔法士を何人か紹介してあげましょう」

「師匠、好きだ……」

「ヒイロさんの手のひら、返しすぎて、手首ごとねじ切れてません？　大丈夫っすか？」

ラピスの手回しのお陰もあって、俺は、師匠から有力な魔法士を紹介してもらう約束を取り付ける。恩を着せるため神殿光都《アルフヘイム》メンバーにステーキを奢《おご》ろうとしたところ逆に奢《おご》られ、財政の差をコレでもかと見せつけられてから別れた。

「死神か……蒼の寮《カエルレウム》は強敵になりそうだな……」

俺は、ミュールと並んで、黄の寮《フラーウム》への帰路を辿《たど》る。足元のアスファルトを眺めながら、浮かび上がってくる死神候補を頭の中で整理していった。

「まだ、死神の解放条件は判明してないので、その条件次第というところもありますが……死神の駒《ユニット》には、各寮が重きを置くでしょうね」

考え込んでいた俺は、ぴたりと足を止める。振り返ったミュールに、俺は笑みを向けた。

「寮長。今から、少し……顔、貸してもらっても良《い》いですか？」

戸惑いながらも、彼女はこくりと頷《うなず》いた。

「で」

りっちゃんとルーちゃんの間で、ミュールはパフェを頬張《ほおば》っている。その様子を瞥見《べっけん》した緋墨《ひずみ》は、視線をゆっくりと動かし、じろりと俺を睨《ね》めつけた。

「なんで、この子、拠点《ホーム》に連れてきたの？　毎回毎回、新顔の女の子引き連れて現れるあんたに、私はなんて言ってあげれば良い？」

「よっ！　稀代《きたい》のモテ男《お》！」

後頭部を叩《たた》かれ、俺は「すいません、冗談です」と素直に謝る。

「用件、手短に」

「用件一は、りっちゃんとミュールを引き合わせたい。用件二は――」

「あ～、きょー様だぁ～！　また、女、たぶらかしてんの～？　わーも混ぜて～！」

ワラキアに後ろから抱きつかれ、俺は、親指で彼女を指した。

「コレを借りに来た」

「ええ～？　なぁに、なんですかぁ～？　デートのお誘い？　いーよ、きょー様ならぁ。わー、きょー様のファンだし、ファンサは教主の義務ですよねぇ」

やって来たシルフィエルが、ワラキアの首根っこを掴《つか》んで、彼女を後ろに放り投げる。

「失礼ながら、この二郎系女《ジロリアン》は推奨いたしかねます。任務遂行率に懸念と不安と脂っこさが付きまとうゆえ、教主様の腐心を生む厄介事は、この私《シルフィエル》がお引き受けいたします」

ソファーに沈んでいたハイネは、その裏側から手だけを覗《のぞ》かせる。

「暇。なので。立候補」

「え～、じゃんけんじゃんけん～！　わー、ちゃんと、今度はおとなしく出来るもん～！　わーもお仕事したい～！　ついでに、マグロじゃなくて人間が作ってるジロー食べたい～！　生魚臭くない全マシが食べたい～！」

給仕をしていたマグロくんは、ショックを受けて銀盆を落とし、慰めるようにカツオちゃんがその肩を叩《たた》いた。

緋墨《ひずみ》は、恐る恐る、俺とミュールの表情を窺《うかが》う。

「ごめん、待って。まさか、三寮戦にワラキアさんたちを使うつもり……？」

「いや、使わん使わん。メディアの目も入るようなイベントだから、事前調査が入って身元がバレることは明白だし、魔神教と関わりがあることが露見した場合、黄の寮《フラーウム》とミュールの評判がガタ落ちになる。誰でも良いとは言ってたが、ああいう場での誰でも良いは『良識と常識の範囲内で』の枕詞が付くから」

「なら、なんで、ワラキアさんを借りるなんて……本当にデートのお誘い？」

「誘う度に『休日デート、ニンニク抜き。口内ケア、マシマシで』を注文することになる女とはデートしない。まぁ、先に、用件一から片付けさせてくれ。りっちゃん」

お姉ちゃん気質なのか、ミュールの世話を焼いていたりっちゃんは（ミュールの方が歳《とし》上《うえ》）顔を上げる。

「三寮戦のルールが確定したから、寮長にこの手の遊戯《ゲーム》に必要な定石《セオリー》を教えてやってくれないかな。俺は、ある程度、その手の知識があるから良いけど、この子はゼロからのスタートだからさ」

「う、うん……もちろん良いよ……大体、さっき説明してくれたので、ルールは呑《の》み込めたから……えへへ……脳みそに定石を彫り込むのは得意……」

りっちゃんは、笑みを浮かべる。

「まずは、手を痛めない台パンの仕方から教えてあげるね……」

「ひ、ヒイロ！　こ、コイツ！　師匠と同じ目をしてる！　育成者の目だ！　育成対象のレベルを上げるためなら手段を選ばない者の目だ！　ペットショップの爬虫類《はちゅうるい》とかと同じ、冷血動物特有の眼球を持ってる！」

「オレも、りっちゃんにFPS教えてもらった時に地獄見たなぁ。人間、限界を超えると、見えてる画面《ウインドウ》が近づいたり動いたりするんだよ」

しみじみとルーちゃんは頷《うなず》いて、いきいきとりっちゃんは口を動かす。

「え、えへへ……目を閉じても、ゲームがプレイ出来るように改造してあげるね……あれ、すんごく便利……えへ、二十四時間戦える……」

「ひぃッ！　カワイイ顔してるのに、さっきから瞬《まばた》きしてない！」

パフェに釣られたミュールは、既に捕食者の狩場《テリトリー》に入っており、りっちゃんとルーちゃんに両脇を抱えられ引きずられていった。

俺の前にコーヒーを置き、腕を組んだ緋墨《ひずみ》は壁に背を預ける。

「砂糖一個、ミルク入り、シナモン少々。で、用件二の続きは？」

ワラキアに纏《まと》わりつかれながら、俺は、俺好みの味のコーヒーを口元に運ぶ。

「黄の寮《フラーウム》の死神として、引き入れたい人間《ヤツ》がいる」

「その条件を整えるために、ワラキアさんが必要だってこと？」

頷いて肯定すると、緋墨は、じーっと俺のことを見つめる。

「脅迫？　強請？　ゆすり？」

「同じ意味が三つ揃《そろ》ってスリーカード。賛同する《コール》？」

「しない、様子見する《チェック》。我が国の外交担当相としてアドバイス差し上げますけどね、皇帝様。片足どころか両足、強制外交に突っ込んではいませんか。力尽くで交渉《コール》して上手《うま》くいったとしても、三寮戦の最中に裏切られるのが目に見えてますよ」

「武威を示すわけじゃない。ワラキアは、俺が殺されないための保険《チップ》だよ。お互いにリラックスして、双方に利益しかない交渉を心がけるので武力交渉にはならない」

「その言い分が正しければ、殺されないための保険にご加入する必要はないのではないでしょうか、皇帝陛下？」

ゆっくりと、緋墨は、壁から背を離した。

「なにするつもり？」

「たのしいおしゃべり」

ニッコリと笑って答えると、寄ってきた緋墨に両手で頭を揺さぶられる。

「ふっざけんな、このバカ！　ばか、ばか、ばーかっ！　あんたの傍《そば》にいると、心臓、何個あっても足りないのよ！　自分から死地に突っ込んでんじゃないわよ！　なんで、皇帝が自分から前線に突撃してんだ！　ばかかっ！」

「やべぇやべぇ、シェイクしないで！　俺の頭の中身が混ざって、カップリングがめちゃくちゃになってしまう！　燃えるゴミ×燃えないゴミ！　うわぁ、分別しろぉ！」

俺の頭から手を放した彼女は、不貞腐《ふてくさ》れた子供みたいに唇を尖《とが》らせる。

「……あたしも行く」

「ダメだ」

これ以上の反論は認めないと示すため、俺は立ち上がる。

俺の性格をよく理解している緋墨《ひずみ》は、歯嚙《はが》みしながら目線を上げた。

「なら、せめて、三幹部、全員連れて行ってよ」

「今回の強制コンパは、残念ながらお一人様限定でね。桃太郎よろしく、悪魔も吸血鬼も屍人《しびと》も連れてったら、どこのボスラッシュモードだって話で、鬼ケ島《おにがしま》の鬼さんも門戸を閉ざしちまうだろ」

「わーい！　わーのかちー！　ざーこ、ざーこ！　わーの愛が勝った証左～！　やっぱり、わーときょー様がお似合いカップル～！　ラブラブのツーショ送りつけちゃうもんね～！」

グーを出したワラキアが、チョキを出したふたりの前で、ぴょんぴょんと跳ね回っている。

どうやら、三幹部の間でも話はついたらしい。

勝ち誇っているワラキアが、俺の手を取って腕を組んでくる。ふたり並んで次元扉《ディメンジョン・ゲート》へと向かい、ひらひらと緋墨へ後ろ手を振った。

「留守番、よろしく。お土産は、たぶん、連れの都合で二郎系のテイクアウトになるわ」

諦めたように苦笑して、緋墨は俺たちを見送る。

「上手《うま》くやりなさいよ、皇帝陛下」

「おう、下手こく方法知らないから安心しろ」

次元扉を潜《くぐ》り抜けて、現界、トーキョーへ。

俺たちは、早速、目的地へと向かい——

「ニンニクヤサイマシマシアブラマシマシカラメマシマシ」

「あ、じゃあ、俺も同じので」

ワラキアと同じ食券を買って、二郎系ラーメンを楽しむ。

ニコニコして待っていた俺は、山盛りのもやしとアブラを見つめ絶句する。もやしとアブラを掻《か》き分けても掻き分けても、麺が見えてこない絶望感にじんわりと汗をかく。

「えっ……？」

救いを求めるかのように、周囲を見回すと、誰もが真剣に丼と向かい合っていた。

俺は、ガーリーコーデで、胃に重量物《ラーメン》をブチ込むワラキアを凝視する。『ずぞぞ……ずぞっ……！』と不気味な音を立てて、生まれたての麺と生き汁を啜《すす》る食界の化物《グルメ・モンスター》のおぞましさにうめき声が漏れる。

わ、ワラキアを甘く見てた……腹減ってるし、イケるっしょ（笑）とか思わなければ良かった……こ、コレは違う……レベルが……世界が違う……！

頭の中で麺を啜る音が反響し、俺は、ハァハァと呼吸を繰り返しながら丼を見つめる。

女性しかいない二郎系列店のカウンター席。全員が全員、一心不乱に麺にむしゃぶりついている。グルメレース会場と化している店内で、追い詰められた俺は頭を抱えた。

の、残せない……いや、残したくねぇ……俺は、出されたものは残さず食べて『ごっそさん！』と腹を叩《たた》いて店を去る快男児……生涯において、その志だけは曲げちゃいけない……お残しを許してしまった瞬間、俺は俺じゃなくなる……！

震える手で、割り箸を割った。目を閉じて、見送ってくれた緋墨《ひずみ》の笑顔を思い出す。

「わりぃな、緋墨……」

眼《め》の前の『死』に向き合った俺は、ラーメン屋に骨を埋《うず》める覚悟で笑った。

「俺、帰れないかもしれねぇ」

一気に——俺は、もやしの山に喰《く》らいついた。


丼をベロンベロン舐《な》め回す勢いで食い切った俺は、ワラキアに支えられながらトーキョーを歩く。頭がアブラギッシュメンタリティゆえに視界が揺れ、腹がラーメンタラフクマタニティゆえに悲鳴を上げている。

「きょー様、初めてなのに、アレ食べ切れるのスゴイねぇ。ロットも乱さなかったし、えらいえらい。わーの好感度、アップアップですよぉ」

「………（言葉と一緒に、脂が出てくるのでしゃべれない）」

「三条様《さんじょう》！」

見慣れた姿と声。

駆け寄ってきたリリィさんが、ワラキアの反対側から俺を支え、ハンカチで丹念に汗を拭いてくれる。

「ミュールから話を聞いて、ココで待っていました。なんて、無茶《むちゃ》を……あの女性《ひと》とは、もう話してきたんですか？　争いになったんですね？」

「…………（違うと言いたいのに声が出ない）」

リリィさんは、涙を浮かべて、俺の頬《ほお》をハンカチで撫《な》でる。

「ミュールのためにそこまで……三条様……ありがとうございます……」

「すごぉい！　きょー様、ジロー食べただけでモテてる〜！　よっ！　稀代《きたい》のモテ男《お》！」

「…………（声は出ないが涙は出る）」

一時間程かけて声が出せるぐらいに回復した俺は、リリィさんの誤解を解こうとしたものの、すべて良い方向に受け取られて敗北した。

休憩地に選ばれた公園で、項垂《うなだ》れていた俺は、神秘の秘薬を飲んで落ち着きを取り戻す。炭酸抜きコーラ

そっと、俺の腕に手を置いて、リリィさんは真顔でこちらを見つめた。

「三条様、私も同行させてください。よろしいですね？」

俺は、神聖百合《ゆり》帝国の最高戦力を見上げる。

「ワラキア。いざという時は、俺じゃなくてリリィさんを護《まも》れ」

「は～い！　わーのお守りサービスに一名追加しておきま～す！」

「ありがとうございます、三条様《さんじよう》。いずれ、必ず、この御礼を」

リリィさんから得た情報を元に、俺は対象を待ち伏せる。

いつの間にやら、日は暮れて。

チカチカ、チカチカ、切れかけの電灯が明滅し始める。街並みは光と影の間を行き来し、その瞬きの狭間《はざま》に長身が浮かび上がる。

俺たちの気配に気づいたのか、待ち伏せ相手は足を止める。

明滅、明滅、明滅……夜の瞼《まぶた》を幾度もこじ開ける電灯の下、その端整な顔立ちは影に隠れ、首から下だけがくっきりと浮かび上がる。

「よう、久しぶり。絶好の月見日和だし、せっかくだから夜長話で親睦を深めようぜ」

彼女は、電灯の下へと一歩を踏み出し――その素顔を晒《さら》した。

「劉悠然《リウヨウラン》」

「……三条燈色《ひいろ》」

ちらりと、劉はワラキアを瞥見《べつけん》する。

血を糧にする者特有の赫色《かくしよく》。

紅紅《こうこう》と輝く両の目が、夜の帳《とばり》の裏側でぼうっと灯《とも》っている。その眼差《まなざ》しは獲物を見据え、象《かたど》った殺意で爛々《らんらん》と輝《かがよ》っていた。

「御した怪物の鎖を引いてきたか。幽寂の宵姫《ヴァンパイアロード》。只《ただ》の人間に付き従うわけもない化け物。最高位の吸血種に時刻は夜半で月が出ている。しかも、事前に、彼女の好物を吸わせてきたのか。魔法が扱えない私には酷な相手を完璧に用意してくれる」

「ねぇ、きょー様。アレ、殺《や》っても良《い》いよね？」

牙を剥《む》き出《だ》したワラキアの瞳は三日月形に細まり、両手足に血管が浮き上がってくる。

「ダメ」

「えぇ〜!?　そんなのそんなのそんなの〜！　やぁ〜やぁ〜やぁ〜！」

なんでなんで言いながら、俺の首に縋《すが》り付いてくるワラキアを余所目《よそめ》に、俺は劉へと笑みを向ける。

「折角《せっかく》の再会なのに、勘違いで仲違《なかたが》いするのはよそう。ちょっと、話をしに来ただけだよ。飽くまでも、この子は、俺の命を保障してくれる保険だから」

「保険にしては、随分と手が込んでいる。それに」

劉は、胸の前で両手を握り、哀《かな》しげに目を伏せているリリィさんを見つめる。

「懐かしい顔まで用意してくれるとは……偶然を装うにしては用意周到が過ぎる」

リリィさんは、一歩、前に出る。

「劉さん……シリア様のことは残念でした……でも、今こそ、前を向くべきです。貴女《あなた》は貴女の人生を生きるべきで、きっと、そのことをシリア様も――」

「あなたにあの子を語る資格はない」

冷徹に。一刀のもとに切り捨てる容赦のなさで、劉《リウ》は冷たく吐き捨てた。

「貴女《あなた》には、護《まも》るべき主がいる。忠節を誓える相手がいる。幸福に到《いた》れるかもしれない忠義を持ち合わせている。だが、私の手から、その機会は零《こぼ》れ落ちた」

静かに、劉は、手袋で覆われた手のひらを見下ろす。

「魔力を失った私には、なにも残されていなかった……なにも……血と欲で塗《まみ》れた私のこの手を掴《つか》む者なんて誰もいなかった……あの子以外は……一筋の光だった……あたたかかった……でも、もう、この手を掴む者はいない……」

ゆっくりと、彼女は顔を上げる。

「私は、私から、何もかもを奪った」

「きょー様。三歩、後ろ」

ワラキアは、ささやく。

途端に——劉の姿はかき消え、三歩後ろに下がり、俺が空いた空間に豪腕が振るわれる。

一瞬、遅れて、突風が俺の顔面を撫《な》でた。

電柱。

真横になったワラキアは、柱の側面を蹴りつけて加速し、次打を俺に叩《たた》きつけようとした劉を蹴り飛ばす。

そのままの勢いで、左、右、左、右、上、上、下、下！

ありとあらゆる方向から暴虐を振るったワラキアは、そのすべてを捌《さば》き切った劉から距離を取り、笑いながら血を吐き捨てる。

「右、も～らった」

「…………」

劉は、へし折れた右手首を無造作な動作で元に戻す。

「二発入れたのに、呪衝《スペルショック》が発生しない。血と一緒に混じった魔力を吐き出したか」

「せいか～い……上の上、いや最上だぁ、お姉さん。ホントににんげん？　わー、久々に、ガチで殺《や》り合えて嬉《うれ》しいよ。きょー様から、事前に聞いてなかったら殺られてたかも」

「人の血を吸う蚊の女王様如《ごと》きに、そこまでの評価を頂き光栄ですね」

「…………あ？」

口から血を滴らせたワラキアは、ビキビキと額に青筋を浮き上がらせ——俺が、頭をぽんと叩くと両頬《りょうほお》を膨らませる。

「そこまでな。ニンニクヤサイマシマシアブラマシマシカラメマシマシ奢《おご》ったんだから、大人しくしてなさい」

「え～!?　きょー様、食券機の前で「アレ？　財布？」とか言ってモタモタしてるから、わーが払ってあげたんじゃん！　後で払うとか言ってたのに、食後はふらふらでそれどころじゃなかったし～！　なに格好《かっこ》つけて、自分が払った体にしようとしてんの～⁉」

「三条燈色《さんじょうひいろ》、それは良くない。虚偽の申告は、相手との不和を招く。食事代くらいは払ってあげなさい」

「三条様、さすがに、それはみみっちいのでは……？」

「いや、記憶が……すいません……」

「まったくもう！　今後は、きょー様の財布で、わーに支払いなんてさせないでよね！」

「いつの間に、人の財布スりやがったクソ女ァッ！」

『なんで怒るの～？　デート中の相手の財布は、わーのお財布でしょぉ～？』とか言うクソ女理論を吹聴《ふいちょう》する鬼を前にして、俺は、理不尽で濡《ぬ》れた眼尻《めじり》をハンカチで拭った。

涙を拭ったついでに、劉《リウ》へと降参の白旗ならぬ白ハンカチを振る。

「平和に殺意は引っ込めて、野ざらしディスカッションと洒落《しゃれ》込もうぜ。なにも、俺たち、戦う必要性なんてない筈《はず》だろ？」

「バカなことを」

劉は、薄く笑う。

「私と貴方《あなた》の道は交わらない……知っているでしょう？」

「ミュールを助けてくれ」

ぴくりと、彼女は反応を示す。

「俺じゃなくて、ミュールだ。あの子を助けて欲しい。あの子は、もう、敗《ま》けるわけにはいかなくなった。敗けたら、あの子は、あそこで終わりになる」

ぼそぼそと、劉はささやく。

「なぜ、アステミル・クルエ・ラ・キルリシアに泣きつかない？　事情を話せば、彼女は、喜んでその身を捧《ささ》げる筈だ。いや、既にアステミルは勘付いている。違いますか？」

「師匠が出れば、ミュールは師匠に頼り切る。それじゃダメだ。そんなことくらい、師匠だってわかってる。あの女性《ひと》は、甘さが毒になることを知ってる」

「ならば、私も同じこと。泣きつく相手が変わるだけでしかない。違いますか？」

彼女は、俺を睥睨《へいげい》する。

「企図はなんだ、三条燈色。どんな青写真を描こうとしている」

「……リリィさん、シリアさんのことを話してくれませんか」

俺の背中にくっついて、様子を見守っていたリリィさんは顔を上げる。

「シリア様のこと……なにを……？」

「なんでも構いません。どういう女性《ひと》だったのか、どんな物が好きだったのか、こんなエピソードがあるとか……そういうのを話してください」

おずおずと、劉の方を窺《うかが》いながらリリィさんは語り始める。

「シリア様は……とても優しい御方《おかた》でした。恐らく、アイズベルト家の中で、あの御方を嫌っている人はひとりもいませんでした。誰にでも分け隔てなく接していて、そこに裏表というものはなかった。まだ幼かったミュールも慕っていましたし、クリス様もシリア様のことは一目置いていました。でも、とても、身体《からだ》が弱い御方《おかた》でした」

口を止めたリリィさんに対し、俺は目線で続きを促す。

「劉《リウ》さんと並んで立っている姿は、まるで姉妹みたいで……何時も、厳しい顔をしている劉さんも、シリア様の前では笑顔を見せていました。大半はベッドの上でしたが、劉さんがいらっしゃる時には『あの女性《ひと》、勘が良い《い》から』と言って、顔色の悪さを誤魔化《ごまか》すための化粧を施していました。シリア様は、劉さんのことを実の姉のように思っていたようで『私は長女だから、お姉ちゃんが欲しかった』と口癖のように言っ――」

耳朶《じだ》をぶっ叩《たた》いた大音響、びくんとリリィさんの全身が跳ねる。

電柱に叩きつけられた拳、ぱらぱらと落ちる破片、地面ごと揺れたように錯覚した。

俯《うつむ》いた劉が顔を上げると、拳の形がくっきりと刻まれた電柱が露《あら》わになり、息を荒らげた彼女は髪の隙間から俺を睨《ね》めつける。

「黙れ……」

「そうやって、何時《いつ》までも逃げるのか」

ギョロギョロと、彼女の両目が動き回って俺を映し取る。

「死を受け入れないことで、変動も、言動も、情動も、なにもかも停滞すると本当に信じているのか。何時まで、そこに突っ立ってるつもりだ。時は流れているのに、あんたはただ独り、そこで喪に服すフリをして、拳の形を電柱に刻み続けるつもりか」

「………………」

「シリアの今際《いまわ》の際に、『母を頼む』とでも言われたのか。最期に遺《のこ》された言葉だけが存在理由で、ソフィア・エッセ・アイズベルトに付き従う事由か」

「………………」

「死人の遺志を都合よく解釈し、自分の行動の正当化に利用するのが正しいと思ってるのか。唯々諾々と付き従い、ミュールと敵対して、万が一敗《ま》ければその責任を取って望む末路を迎えるつもりか。なにもかも、シリアに決めてもらわないとあんたは動けないのか」

俺は、笑う。

「あんたが決める命運も、感情も、行動も、全部がシリアの紛《まが》い物《もの》だ。だから、似非《エセ》なんて呼ばれるんだよ」

「……お前になにがわかる」

「月並みなセリフ、さすがはエセだな。セリフ回しは、シリア・エッセ・アイズベルトに教えてもらわなかったのか？」

浅く呼吸した劉は、手袋を伸ばす。

「貴方《あなた》のやり口はわかっている。あの子のことを持ち出して挑発し揺さぶり、こちらの弱みに付け込む。懦夫《だふ》のやり口だ。私に勝てないと理解し、籠絡しようとでも思ったのか」

冷静さを取り戻した彼女の前で、俺はゆっくりと首を振る。

「あんたは、ミュールと肩を並べ同じ道を辿《たど》るべきだ。シリアの紛《まが》い物《もの》としてではなく、あの子を導く師として。俺たちと敵対して敗《ま》けたら……あんたは、きっと、最悪の末路を選ぶ。だから、俺の手を取って欲しい。あの子を助けてくれ」

「……ミュール」

ささやいた劉《リウ》は、緩慢な動作で顔を上げて――微笑《ほほえ》んだ。

「わかりました、貴方《あなた》と共に戦いましょう。それが、あの子の願いに繋《つな》がるのであれば」

ぎゅっと、リリィさんは俺の袖を握った。

その手の白さを見つめ、彼女の表情を窺《うかが》ってから、俺は劉に笑みを向ける。

「良かった、ありがとう。あんたが死神として力を貸してくれることになったって、そう伝えたらミュールもきっと喜ぶよ」

「ええ、私も、あの子と三寮戦で共に戦えるのは嬉《うれ》しい」

「……なら、握手だ。友好を交わそう」

俺は、一歩踏み出し、ワラキアに腕を掴《つか》まれる。

「大丈夫だ、問題ない」

警告を送ってきたワラキアから離れ、俺は、劉の前に踏み出す。

拳が届く距離、即《すなわ》ち、必殺の間合い。

ポケットに片手を突っ込んだ俺は、もう片方の手を劉に差し出す。

「握手」

その手を凝視した彼女は、手袋を着けた拳を前に突き出し――俺の手を、そっと握った。

「よろしくな」

「えぇ、よろしく」

握手を交わした俺は、劉と連絡先を交換し、何事もなく彼女と別れてから帰路に就く。

「三条《さんじよう》様……」

帰り道、リリィさんにささやかれ俺は頷《うなず》く。

「コレで、黄《フラーウム》の寮の死神は決まった」

勝つために、護《まも》るために、笑うために、なにが必要でなにが不要なのか。

運命の三女神が紡ぐ糸は、三寮戦へと集約して一筋となり、宿星の下に巡り始める。

星は光り、導となって――俺は、その道を歩き始めた。

＊

「ＭＩＤで靴を買わないヤツはぶち殺す……ＭＩＤで靴を買わないヤツはぶち殺す……ヤ

〇オは、突っ込んでウルト撃てば勝てる……ヤ〇オは、突っ込んでウルト撃てば勝てる……トロールジャングラーは、Ｐｉｎｇ連打でわからせる……トロールジャングラーは、Ｐｉｎｇ連打でわからせる……」

両目の下に隈《くま》を作ったミュールは、にこぉと笑みを浮かべる。

「ヒイロ、知ってるか？　台パンは対戦相手を殺さないための技術のひとつで、活人拳として数えられてるんだぞ？」

俺にくっついて、寮長室に遊びに来ていた月檻《つきおり》に肩をつつかれる。

「ヒイロくん、なにあれ」

「他人に自分のコントローラーを預けた人間の末路」

暫《しばら》くの間、日に当てて干しておくと、痙攣《けいれん》していたミュールは自我を取り戻す。言語能力を取り戻したようなので、俺は、報告を続けることにした。

「黄の寮《フラーウム》の死神、決まったぞ」

バンッと、執務机を叩《たた》いて、ミュールはぴょんっと立ち上がる。

「なにぃ!?　だ、誰だ!?　誰だ誰だ誰だ!?　誰なんだーっ！」

「教えない」

「え……わたし、寮長だが……？」

ミュールは、月檻を見つめる。

「寮長だが……？」

「私は、貴女《あなた》のこと、寮長だって認めたことないけど」

「な、なんだとぉ!?　『寮長』って名札がついてないとわかんないタイプか、おまえ!?」

ソファーに腰掛けた月檻《つきおり》は、長い足を組んで苦笑する。

「私みたいな考えの寮員が大半だから、三寮戦の参加辞退率が50％を超えてるんじゃないの？　違う？」

「まぁでも、他寮と比べて参加辞退率が高いのは想定内だろ。フーリィは高位の魔法士、フレアは生徒会長だからな。アイツらとは違って、ミュールには実績がない。見たことも聞いたこともない馬に、一か八《ばち》かで大金を賭けるようなヤツはただの賭博狂《ギャンブル・ジャンキー》いだ」

その前提を踏まえたとしても、推移が不自然に思えるがな。ミュールの存在をアピールし続けても、一向に参加率が改善していかない。作為的なものを感じる。

考え込む俺の前で、ミュールは頭を抱える。

「う、うぅ……だ、だったら、どうすれば良《い》いんだ……！」

「要は、寮生に『黄の寮《フラーウム》は勝てる』って思わせれば良いんでしょ？　だったら、簡単だと思うけど」

顔を上げたミュールに、月檻は笑顔で答えを与える。

「強者に勝てば良いんだよ」

「きょーしゃって……だれ……？」

月檻は、笑いながら、自分のことを指差す。

「無理だろ、無理無理無理っ！　お前、死ぬほど強いだろ！　フーリィもフレアも、お前のこと警戒してたぞ！　魔法士の間でも話題になってて、冒険者協会でもＶＩＰ待遇なんだろ!?」

「あー……だから、最近、受付の人の愛想が良いのか」

今の時点で、冒険者協会にＶＩＰ待遇受けてるって……強くてニューゲームか？

主人公様の成長速度にドン引きしていると、彼女は騎士の右奪手《ライト・ナイト・ハント》を手に取った。

「とりあえず、寮の屋内訓練場《バトルフィールド》行こ？　戦《や》るか戦《や》らないかは、そこで決めれば良いし」

「いや、もう、それは戦《や》る気満々だろ！　『今日は、ラーメン食べないから』って言いながら、ラーメン屋に連れてくようなもんだ！　食べるだろ、ラーメン！　ラーメン屋に行ったら!?」

最近、色んなところ連れ回してたら、いつの間にか庶民的になってきたなこの寮長。次は、牛丼チェーン店ハシゴさせよっと。

ぎゃーぎゃー、わーわー。

寮長《ミュール》は喚《わめ》いていたものの、月檻の手八丁口八丁に騙《だま》されて、屋内訓練場へと連れて行かれる。

寮の敷地内に存在する屋内訓練場《バトルフィールド》は、地上一階と地下一階の二層構造になっている。

鳳嬢《ほうじょう》魔法学園の敷地内に存在する屋内訓練場と比べれば、さすがに見劣りするものの、必要最低限の設備は整えられている。アイズベルト家が調整している自動訓練人形《オートボット》を呼び出せる上に、簡易的な地形変更も可能で、設定次第では屋内スポーツ場にも様変わりする。

普段、ミュールは、屋内訓練場に足を運んだりはしない。見慣れない寮長の姿を目にし、訓練に励んでいた生徒たちはひそひそ話を始める。

「ねぇ、アレ」

「うん、寮長だよね。うわぁ、嫌だなぁ、なにしに来たんだろ？　また、自慢話と小言のオンパレードで、独壇場作り上げるんじゃない？」

「てか、アレ、月檻桜《つきおりさくら》だよね？　なんで、寮長と一緒？　もしかして戦うの？」

「え～？　勝てるわけなくない？」

衆目を浴びているふたりを見つめ、俺はようやく月檻の真意を掴《つか》んだ。

なるほど、月檻、考えたな。注目を集めた後、わざとミュールに敗《ま》けることで、寮生にミュールの存在を知らしめるつもりか。桜だけにサクラ臭いし、今の寮長の好感度では勝っても疑われるだけだろうが確実に話題にはなる。

ミュールも、そんな後輩の思いやりに気づいたのか。

ニヤニヤとしながら、周囲の目を引くように「よぉし、こぉい！」と叫んで構えを取った。

「基本形式《スタンダード》で良い？」

「三回、魔法を当てたら勝ちのヤツだろ？　良いぞ！　なんでも良い！　なぜなら、わたしの勝ちは揺るがないからだっ！」

寮生たちの視線をかき集め、腕を組んだミュールは笑いながら叫ぶ。

「予言してやる、月檻桜！　数秒後、お前は無様に倒れ伏している！」

数秒後——

「…………」

無様に倒れ伏したミュールは、無傷の月檻の前でぴくぴくと痙攣《けいれん》する。

「あっ、この構図、お嬢がやられたところだ！　じゃなくて、おーい！　月檻ぃ！」

呆《あき》れ果てて「よっわ」とか「ざっこ」とか「黄の寮《フラーウム》、終わりだね」とか言いながら、寮生たちは訓練へと戻っていく。俺は慌ててミュールへと駆け寄り、その小さな身体《からだ》を抱えた。

「…………」

「月檻、お前、手加減してやれや！　瞬殺じゃねぇか！　お前、コレ、見ろ！　ぴくりとも動かないから、腕の部分に手を通すとハンドバッグみたいになっちゃうじゃねぇか！」

「アイズベルト家のロゴが入ったブランド物でしょ？　高値がつきそうで良かったじゃん」

もぞもぞと動いたミュールは、俺に抱きついて、またコアラモードになる。

そんなミュールを見下ろした月檻《つきおり》が、口を開いた瞬間——自動扉の駆動音が響き、複数の人影が視界を過《よぎ》る。

「うっすぎたない場所。最近の学生は、こんな豚小屋みたいなところで汗流してんの？」

薄手のロングコートを着こなし、ワイングラスを持ったソフィア・エッセ・アイズベルトが黒スーツ姿の従者を連れて入ってくる。

ミュールは飛び上がるようにして俺から離れ、そわそわと身だしなみを整えてから母親を見上げる。

その表情には、淡い期待のようなものが見え隠れしていた。

「お、お母様……あ、あの……本日は、なんの御用ですか……？」

上からミュールを見下ろしたソフィアは、俺の予想に反して口角を上げた。

「最近、あんた、頑張ってるみたいだから応援しに来たの」

「えっ……！」

ぱぁっと、花が咲くようにミュールは笑う。

彼女は、嬉《うれ》しそうに俺を振り返ったが、俺は笑みを返さず沈黙を守る。

「三寮戦に向けて、特訓してるんですってね？　そこの日がな一日畳の目数えてそうなオスに、あたし、三寮戦を見に来いって言われて楽しみにしてるんだから。日夜、鍛錬に励んでるなんて、もっと早く教えてくれれば良かったのに」

「あ、も、申し訳ありません！　お母様は！　あの！　興味がないのかなって！　勝手に思ってました！」

ぴょんぴょんしながら、喜色満面の体で、ミュールは歓迎を表現してみせた。そんな彼女を見つめ、ソフィアはニコニコと笑う。

「それじゃあ、早速、特訓の成果を見せてもらおっかな」

「は、はい！　もちろんです！　それでは、直《す》ぐに、自動訓練人形《オートボット》を呼び出――」

「要らない」

笑いながら、ソフィアは、くいくいと指で黒服を呼びつける。

劉《リウ》を基準にすれば、話にならないくらいに見劣りするものの……学生を基準にしてみれば、格上でしかない魔法士は、厚手の軍用手袋を身に着けてコキコキと首を鳴らした。

「コレとやってみて」

「え……」

「大丈夫よ、大丈夫。手加減するように言ってあるから。は〜い、じゃあ、みんな、入ってきていいわよ〜」

いつの間に、呼び出していたのだろうか。

黄の寮《フラーウム》の寮生たちがぞろぞろと入ってきて、あっという間に屋内訓練場《バトルフィールド》は人の群れで埋まる。

事態が呑《の》み込めず、唖然《あぜん》と口を開くミュールの前で、ソフィアはにこやかに笑った。

「じゃあ、やってくれる？」

「え……で、でも、お母様、こ、コレは……あ──」

「やれ」

汗だくで息を切らしたリリィさんが、屋内訓練場《バトルフィールド》に飛び込んできて、入り口の両脇を埋めていた黒服に入場を妨害される。

彼女は歯噛《はが》みしながら、なにか叫ぼうとして……悔しそうに、唇を噛んで黙り込んだ。

俺は、一歩、前に踏み出した月檻《つきおり》の腕を掴《つか》んで止める。

見開いた両目で、彼女は俺を探るように覗《のぞ》き込む。

「後悔するよ。あの子は、そんなに強くない」

「…………」

屋内訓練場の真ん中に立ったミュールは、小刻みに震えていて、己の一・二倍はあろうかという長身の魔法士を見上げる。

魔法士の女性は、トントンとその場で跳ね跳び、首を回してから構えを取った。

ソフィアは、笑顔で合図を出す。

「よーい、スタートぉ！」

その瞬間、ミュールの対魔障壁が叩《たた》き割られる。

「ひっ！」

恐怖で顔を歪《ゆが》めたミュールは、防御動作を取らずに両手で顔面を覆った。

ガラ空きになったボディに右拳が入って、二枚目の対魔障壁が粉々に砕け散り、蒼白《あおじろ》い結晶が弾《はじ》け飛ぶ。

三枚目、真《ま》っ直《す》ぐ入った顔面へのストレート。

パリンと、爽快な音がして、両眼《りょうめ》を見開いたミュールはその場にへたり込む。

「あらあら、ミュール、今日は調子が悪いの？　ほら、もう一回」

「む、無理ですっ！　無理です無理です無理です無理ですっ！　勝てるわけない勝てるわけない勝てるわけないいっ！」

「三条《さんじょう》様っ！」

黒服に入場を拒まれたリリィさんは、必死に藻掻《もが》きながら俺へと叫ぶ。

「三条様、助けてあげてくださいっ！　あの子には無理ですっ！　三条様っ！」

「…………」

「よーい、スタートぉ！」

笑顔の合図に合わせて、魔法士は前へと踏み出し、頭を抱えたミュールはその場から逃げ出した。

魔法士は、身軽なフットワークで、その逃走ルートに回り込んで拳を放つ。

ワンツーの左ジャブと右ストレートで、二枚の対魔障壁が叩《たた》き割られる。鳩尾《みぞおち》に抉《えぐ》り込むかのような三発目で、最後の対魔障壁が音を立てて四散する。

「あ〜、ごめんなさいねぇ、ミュール！」

座り込んだミュールは、涙目でぶるぶると震える。歩み寄っていったソフィアは、しゃがんで視線を合わせる。

「あ〜、ごめんごめん。あたし、意地悪だったわよね。幾らミュールでも、さすがにプロの魔法士相手は無理よね。じゃあ、次は……そこのあんた、相手してくれる？」

ソフィアに指名された寮生は、おずおずと前に出てきて、量産型《タイプ・ワン》の短杖型魔導触媒器《ワンド》を構える。

よろけながらも、ミュールはどうにか立ち上がる。その膝はガクガクと揺れていて、腰が引けており、萎縮しているのが見て取るようにわかった。

「よーい、スタートぉ！」

合図と共に踏み込もうとしたミュールは、見えない拳が飛んでくるかのように躊躇《ためら》って――火球が当たる。

一枚目の対魔障壁が飛び散った。

玉のように浮き上がった汗を拭ったミュールは、相手の側面に回り込もうとするものの、大量の火球を撃ち出されて上手《うま》く近づけない。

攻撃が、当たるのが怖いのだ。

恐怖で怯《おび》えたミュールは、踏み込むことが出来ず、判断を見誤って火球をぶつけられる。

息が乱れたミュールの顔面が強張《こわば》り、揺れる瞳が俺のことを捉える。

俺は、ただ、彼女を見つめ返す。

助けが来ないことを理解したのか、ミュールは、対戦相手に向き直ろうとして――肩に火球が当たって、最後の対魔障壁が砕け散り、きらきらと光る破片が飛散した。

「え？　あれぇ？　ミュール、どうしたのぉ？」

ズカズカと踏み込んでいったソフィアは、俯《うつむ》いているミュールの両肩に手を置く。

「この子、ただのド素人よ？　魔法なんて、まともに使ったことないって。しかも、下級貴族で、ギリギリ、この鳳嬢《ほうじょう》に通えるような子なのよ？　それなのに、敗《ま》けちゃっても良いの？　頑張って、特訓、してたんじゃないの？」

ミュールは、顔を上げる。

寮生たちの顔には、失望が浮かんでおり、彼女らはため息を吐《つ》いて立ち去っていく。がらんとした空間には、俺たちだけが取り残され、拳を握り締めて震えるミュールは唇を噛《か》み締める。

「ねぇ、ミュール」

希望を求めたミュールは、母親の言葉に顔を上げて──

「あんた、やっぱり、出来損ないなのよ」

絶望で、表情を消した。

「生まれつきの魔力不全……魔法が使えない出来損ない……劉《リウ》とは違って、拳さえ扱えない無能……かわいそうにねぇ、ミュール……かわいそうに……神様は、あんたから、なにもかも奪っちゃったのねぇ……あんた、寮生になんて呼ばれてるか知ってる？」

ソフィアは、微笑《ほほえ》む。

「似非《エセ》……あんた、紛《まが》い物《もの》なのよ。出来損ない。才能がないの。なにをしてもダメで、なにも出来ずなにも考えられない愚か者。あんたみたいに弱っちいのは、この寮にいる資格すらないの。わかる？　迷惑なのよ、ココに存在していたら。だって、あんた」

棒立ちになったミュールは、母親から与えられた『慈愛』を受け止める。

「アイズベルト家で、唯一、なんの才能もなかったんだもの」

我が子の肩を叩《たた》き、ソフィアは立ち上がる。

「身の程がわかったら、家《うち》に帰ってきなさい。あんたみたいな無能に、こんな寮任せるべきじゃなかった。ごっこ遊びは終わりにして、ずっと家にいればいいのよ。それが」

ソフィアの横顔に、ほんの一瞬だけ憂慮が浮かぶ。

「あんたにとっての……幸せなんだから……」

感情が宿った言葉を残し、ソフィア・エッセ・アイズベルトは立ち去る。黒服から解放されたリリィさんは、嗚咽《おえつ》を漏らしながらその場に座り込む。

轟音《ごうおん》、振り向けば、壁に穴が空いている。壁に拳を叩きつけた月檻《つきおり》は、無言で髪を掻《か》き上げ退出していった。

歩み寄った俺は、ただ、ミュールの横顔を見つめる。

綺麗《きれい》に編まれた前髪は解けて、乱れて、散々になった彼女はぼそぼそとつぶやく。

「ヒイロ……努力って……なんだ……？」

だらんと両手を下ろし、弛緩《しかん》した状態の彼女は天井を見上げる。

「努力……してもしてもしても……報われない人間は……一体……どうすればいい……失敗した時、皆、言うんだ……お前の努力が足りないからだって……だから、わたしは一生懸命に頑張る……皆に褒めてもらいたくて……輪に入りたくて……でも、ダメで……そうしたら、こう言われる……お前の努力の仕方が間違ってるって……だから、やり方を見直してどうにかしようとして……でも、ダメだった時……皆、嘲笑《あざわら》いながらこう言うんだ……」

天井を見上げたまま、ぼろぼろと涙を零《こぼ》してミュールは自嘲する。

「『なんで、こんなことも出来ないの』って……」

「……………」

「で、出来ないんだ、わたし……な、なんにも出来なくて、迷惑ばっかりかけて煙たがられる……頑張れば頑張る程に空回りして、どんどん酷《ひど》いことになって、ひとりまたひとりって助けてくれる人もいなくなって……友達なんてひとりも出来るわけなくて……だ、だから、わたし、お母様に寮長をやれって言われて嫌だったけど……でも……もしかしたら……もしかしたら、わたしも、クリスお姉様みたいになれるかもしれないって……」

追憶に沈むミュールの泣き顔が歪《ゆが》む。

「そ、そんなわけ……そんなわけなかった……もっと酷いことになった……誰かに嘲笑《あざわら》われた時に『アイズベルト家』の名前を出すと、どんなに優秀な人間でも怯《ひる》むことに気づいた……黄《フラーウム》の寮の寮長だって言えば、昔、自分をいじめてたような人たちも言うことを聞くことがわかった……そうしたら、もう、止められなかった……じ、自分が卑しい人間だって……ひ、卑怯者《ひきょうもの》だってわかってても……」

嗚咽《おえつ》しながら、ミュールは涙の中の回想を眺める。

「ふ、フラーウムの寮長を……ミュール・エッセ・アイズベルトをやめられなかった……み、皆で旅行に行きたかったんだ……寮の皆と仲良くなって……新しい思い出で、屋根裏部屋にあったお土産を更新したかった……でも、アレはホコリをかぶったままで……わ、わたしは……わたしは、出来ると……なれると思ったんだ……」

噛《か》み切った唇から血を流しながら、ミュールがゆっくりと拳を叩《たた》きつける。

「み、皆から慕われる寮長に……ほ、星に触れられると想《おも》ったあの時みたいに……シリアお姉様が見出《みいだ》した一等星に……なれるって……なりたいって……そう……そう、願ったのに……なんで……なんでぇ……っ！」

がんっ、がんっ、がんっ。

床を殴りつける彼女の拳の皮が破け、肉が覗《のぞ》き、血が溢《あふ》れて――涙で濁る。

「わ、わたしは、なんにも出来ないんだ……っ！」

殴りながら、ボロボロと涙を零《こぼ》し、ミュールは胸の裡《うち》を吐露する。

「もっと……もっともっともっと……頑張って頑張って頑張って……死んじゃっても良いから頑張って……リリィに恥をかかせたりしないんだ……シリアお姉様を嘘《うそ》つきにはしないんだ……クリスお姉様に相応《ふさわ》しい実力を身に付けるんだ……お母様が認めてくれる娘になって家族で仲良くなるんだ……り、立派な寮長になって……皆、笑ってくれて……っ！」

ひっくひっくとしゃくりあげながら、ミュールは無茶苦茶《むちゃくちゃ》に床を殴りつける。

「出来損ない出来損ない出来損ない出来損ないっ！　なんで出来ないんだなんで出来ないんだなんで出来ないんだなんで出来ないんだっ！」

真っ赤に染まった両手を床に叩きつけて――蹲《うずくま》ったミュールは唸《うな》り声を漏らす。

「なんで……出来ないんだぁ……ど、どうしてぇ……どうしてぇっ……！」

その場に、泣き声が響き渡る。

俺は、そっと、彼女の肩に手を置いて——言った。

「あんたは、出来損ないじゃない」

ゆっくりと、ミュール・エッセ・アイズベルトは顔を上げる。

「わ、わたしは敗《ま》けた……し、師匠とお前に教えてもらったことなんにも出来なかった……お、お前たちの期待を裏切って……ま、また、お前が助けてくれるって甘えて、怯《おび》えて、油断して……な、なにも出来ずに敗けたんだ……」

「俺は、あんたが勝つと思ってた。だから、手を出さなかった」

「なんで……」

俺は、答える。

「俺は、あんたを信じている」

見開かれた両眼《りょうめ》から溢《あふ》れた涙が、つーっとミュールの頬《ほお》を伝って落ちていく。

「敗けじゃない。なにひとつ敗けじゃないんだよ、ミュール。俺たちは、なんのために戦ってる。なんのために努力してる。なんのために進もうとしてる。たったひとつだろ。たったひとつのことだろ、ミュール・エッセ・アイズベルト」

彼女の頭を両手で掴《つか》んで——真正面から、俺は、彼女の内奥を見つめる。

「三寮戦で勝って、お前を証明するためだ」

「………」

「あんたは、出来損ないじゃない」

俺は、ささやく。

「証明するんだ、あんた自身の手で。その手で星を掴むために」

「でも……わたしは……」

引き金《トリガー》。

俺は、自分の拳を床に叩《たた》きつける。その衝撃で指の骨が砕けて、割れ目から血が噴き出す。

「さ、三条様《さんじょうさま》!?　やめ――」

リリィさんの制止を振り払い、俺は左拳も同じように叩きつける。

五本の指がてんでデタラメの方向を向いて、ピンク色の肉と一緒に血が垂れ落ちる。

俺は、その手で、傷ついたミュールの両手を覆った。

「俺が、勝たせてやる」

血と血が混じり合い、傷と傷が寄り添った。

「なにがあろうとも。なにを犠牲にしようとも。なにかが邪魔立てしようとも」

俺は、彼女に誓う。

「俺が、あんたを勝たせてやる。だから」

ニヤリと、俺は彼女に笑いかける。

「あんたも、俺を勝たせてくれ」

わなわなと唇を震わせたミュールは、何度も何度も頷《うなず》いて俺の手を握り締めた。

ゆっくりと、俺は、顔を上げて——敵を見据える。

ただ、彼女の幸福のために。

俺は、俺を張り続ける。

＊

師匠とりっちゃんのところに通い詰め、ミュールはひたすら鍛錬に励んだ。

ソフィアは、『アイズベルト家の人間』としてミュールを教育し、他者を見下し、傲慢になるよう矯正した。自分が『出来損ない』だと信じ込ませることで、彼女に早々と諦めを受け入れる下地を作ったつもりだった。

だが、その思惑は外れた。

先日の出来事以降、ミュールは泣き言を漏らさないようになり、以前よりもずっと勤勉な努力家となっていた。結果だけ見てみれば、皮肉にも、ソフィアのあの行動は『娘の応援』になっていたらしい。

三寮戦まで、日にちは残されていない。

今までのミュールであれば、誰かに縋《すが》るか諦めていた頃だったが。

彼女は、侮辱の中で、ひたすらに鍛え抜いた。

彼女は、罵倒の中で、ひたすらに学び続けた。

彼女は、嘲笑の中で、ひたすらに進み続けた。

昼夜問わず、彼女は屋内訓練場《バトルフィールド》に籠《こ》もって、師匠の厳しい指導にも付いていった。何度か泣いている姿を見かけたが、それでも彼女は立ち上がって鍛錬を続けていた。

「……三寮戦の参加辞退率が、60％を超えました」

ソフィアの息がかかっているであろう参加辞退率を前にしても、ミュールはリリィさんの言葉を当然のように受け止める。

「ほぉ、まだ100％じゃなかったのか……フッ、別に、わたしひとりでも十分だがな」

「100％ってことは、あんたも辞退して棄権してんだよ」

強キャラぶっているミュールは、自信満々で腕を組んで胸を張る。

「まー、なんとかなるだろーっ！　最悪、朱の寮《ルーフス》と蒼の寮《カエルレウム》の参加者に下剤飲ませて数減らせば、フィフティ・フィフティで正々堂々だしなーっ！」

「りょ、寮長、なんて素晴らしい畜生道精神《メンタリティ》……立派になって……！」

師匠から暴力、りっちゃんから暴力、俺から暴力と卑怯《ひきょう》を学んだバイオレンスサラブレッドは、ネットで大量に下剤を発注してリリィさんに叩《たた》かれる。

「なー、ヒイロ」

ぶらぶらと足を揺らしながら、ミュールは俺に呼びかける。

「この間、寮のラウンジに行ってみたんだけどな？　意外とうちの寮って、雰囲気が和やかなんだ。なんでだろうなーって思ったら、うちの寮って皆仲良しなんだよ。蒼の寮《カエルレウム》や朱《ルー》の寮《フス》はライバル同士？　っていうのか、縄張り意識みたいなもんがあって雰囲気がピリっとしてるけど、黄の寮《フラーウム》にはそういうのが全然ない」

黄の寮の所属章《バッジ》を日にかざし、目を細めたミュールはその輝きを眺める。

「黄の寮を作ってるのは、わたしでもアイズベルト家でもない。この寮に暮らす生徒たちが、黄の寮を作り上げているんだよ。三寮戦で鍵を握るのはわたしじゃない、寮員たちだ」

俺とリリィさんは、目を合わせて——ミュールは、勢いよく立ち上がる。

「よっしゃー！　そうと決まれば、人員確保だーっ！　頭でもなんでも下げて、他の寮から人員引き抜いて地獄見せてやるーっ！　うわーはっはっ！　あの『あらあらブルー』と『ひゃはひゃはレッド』が泣きながら這《は》いつくばる愉快な姿が目に浮かぶぞーっ！」

俺は、駆け出そうとしたミュールの肩を掴《つか》んで止める。

「やれやれ、お転婆お嬢様には困ったもんだ。今の今まで、お嬢様やってた寮長が、謝罪のいろはを理解してるとは思えませんね。俺に付いてこい《Follow me》。師匠との鍛錬中に殺されないよう、培ってきた謝罪テクニック、披露する日がついにやって来たようですね」

「おーっ、すっげー！　なさけないな、おまえーっ！　だっせぇっ！」

すごいすごいダサいと褒《ほ》め称《たた》える寮長を制止し、ふたり並んで寮を出てターゲットを探し回る。前情報通り、蒼の寮の前にいた彼女《ターゲット》へ声をかける。

「え？　なに？」

ごほんと咳払《せきばら》いをしてから、目にも留まらぬ速さで腰を抜かした俺は、涙を浮かべてじりじりと後ろに下がる。

「ひっ……ひぃっ……殺さないでぇ……っ！」

「え……な、なんで、私は出会い頭に命乞いされてるの……？」

かつて、ミュールによって黄の寮から追い出され、蒼の寮に転寮することになった先輩は、ドン引きしながら俺たちと相対する。

「寮長、すいません……よく考えたら、俺、師匠の前でやってるの命乞いでした……」

「いや、大丈夫だ、安心しろ……お前が師匠に土下座してる姿を見たことがある……要は、アレをやれば謝罪になるんだろ……そこで、わたしの誠意を見てろ……」

ここぞ、俺と話し合っていたミュールは、先輩へと向き直ってすぅと息を吸い込む。

べたんとその場にひれ伏した彼女は、額を地面に擦《こす》り付けて土下座し叫ぶ。

「ひっ、ひぃっ！　殺さないでぇっ！」

「寮長、ダメだ！　セリフが変わってない！　バラエティ豊かな命乞いのお披露目《ひろめ》会になってる！」

「な、なんなのよ、あんたたち？　もしかして、謝罪に来たの？」

すっと、居住まいを正したミュールは、ゆっくりと頭を下げる。

「あの時は、ごめんなさい」

その様子を見つめ、唖然《あぜん》とした先輩はぱちぱちと瞬《まばた》きを繰り返す。

「お、驚いた。本当に、あのミュールが、自分の意思で謝りにくるなんて。土下座までして、あんた、アイズベルト家がそれで良《い》いの？」

「えっ!?　他に謝り方があるのか!?」

「ふふっ、どうかな……あったとしても、俺は、土下座を選ぶがな……？」

「なんで、そっちの付いてきた男は、腰抜かしたまま格好《かっこ》つけてんの？」

ミュールに窓から家財道具を放り捨てられた過去を忘れたかのように、優しげな笑みを浮かべた彼女はささやく。

「急に謝りに来るなんて、三寮戦に向けた点数稼ぎかと思ったけど……目が、ね。ミュール、あんた、人を見下すのようやくやめたんだ」

「応ッ！」

「ちょっと偉そうなのは変わんないけど、まぁ、愛嬌《あいきょう》みたいなもんか」

「壊しちゃったお前の家財道具、買い直したんだ。ふっふーん、ワングレード上のを注文しちゃったからなーっ！　おまえ、ココまでされたら、黄の寮《フラーウム》に戻ってきたくなっただろーっ！　土下座するので、戻ってきて頂けはしないでしょうかーっ！　すいませんでしたーっ！」

謝罪の返答として、先輩は、下がったミュールの頭をぽんぽんと叩《たた》いた。

「ごめんね、もう、蒼の寮《カエルレウム》で出るって友達と約束しちゃったから」

優しく、彼女はミュールの頭を撫《な》でる。

「最初から、そうしてれば良かったのよ。ようやく、あんた、他人と同じ目線に立てたんだから……頑張りなさいよ」

激励を送ってから彼女は去っていき、ミュールはその背中をじっと見守る。

「アイツ、良いヤツだったんだな……寮から追い出してなかったら……友達になって……三寮戦で一緒に戦えたのかな……お母様は、わたしと同格の相手なんて学園にいないから、友人も仲間も必要ないって言ってたけど……」

その独言は、宙空に散らばる。

「お母様は……間違えてたんだな……」

たったひとつの契機で、人間は変わり得る。

その契機は次々と連鎖して、ミュールの中で結びつき、彼女のものの見方が塗り替わっていった。

ミュールの言うように、ソフィアは間違えていた。

ソフィアは、あの脅しで、ミュールの心が折れると思っていたが……それは過ちへの気づきとなり、確固たる心身を育て上げつつあった。

ようやく今になって、ソフィア・エッセ・アイズベルトは、母親としての務めを果たそうとしていた。

自分が追い出した寮員に謝罪して回ったミュールの行動は、黄の寮中《フラーウム》に広まっていったが、それは三寮戦に向けてのパフォーマンスだと見做《みな》された。参加辞退率は改善へと向かわず、むしろマイナスへ落ち込んでいった——と、思われた。

「参加辞退率が、回復しました！」

寮長室に飛び込んできたリリィさんは、満面の笑みを浮かべて叫んだ。

「どんどん、良くなっていて！　見てください！　50％まで戻っています！　謝罪を受けた人たちの中に『アレは、パフォーマンスじゃなかった』って、説明してくださっている方がいるみたいで……寮内に設置されている目安箱も！」

リリィさんは、大量の投書で溢《あふ》れた目安箱をドサリと机に置いた。潤んだ瞳を俺たちに向け、数え切れない用紙を差し出してくる。

「ミュールにです……ミュールに……は、はじめての、寮の改善要望が……さ、最近、寮内をよくうろついて、改善箇所を上げるようにしてたから……だ、だから……だから、認めてくれたんです……」

泣きながら、リリィさんは用紙を握った手を震わせる。

「この人たちは、あなたを寮長だって……認めてくれたのよ、ミュール……あなたを……アイズベルト家ではなく、あなたを……」

顔を伏せたミュールは、口元をわななかせ、唇を噛《か》み締めてつぶやく。

「こんなに……簡単なことだったのか……こんなに……こんなに……」

「ココからだ」

ミュールの頭をぽんぽんと叩《たた》きながら、俺は笑う。

「ココから巻き返すぞ、寮長」

成功体験は、自己肯定へと繋《つな》がり、次なる行動へ繋がっていく。

寮内新聞での三寮戦の周知、三寮戦に向けての戦術会議の開催、寮内設備と施設の改善、毎日の声掛けと挨拶、寮内トラブルの仲裁、寮から学園への改善提案……鍛錬を続けながら、ミュールはそれらをこなし、俺はそのフォローに回り続けた。

そこに『暇だから』と月檻《つきおり》が加わり、『主人がバカだから』とスノウが参加し、その規模はどんどん大きくなっていった。噂《うわさ》が広がっていったのか、蒼の寮《カエルレウム》と朱の寮《ルーフス》の寮生たちが覗《のぞ》きに来るくらいだった。

寮内新聞での三寮戦の周知として、記事を内部委託《スノウへぶん投げ》した俺は、広告効果の大きくなるイラストを付けるべきだと寮長に相談した。

「そ、そうか、絵か……な、なら、そっちも委託すれば良《い》いんじゃないか……？」

「いや、寮長が描いてくださいよ。得意でしょ、寮内新聞のイラストも描いてたんだし」

珍しく歯切れの悪いミュールは、両手の指をくるくると動かしながらまごつく。

「い、いや、でも、アレは芸術的な価値がないんだ。あの、その、パースとか、なんかおかしいみたいで。人体の構造から学び直す必要があって、それで、その」

「クリスは、もう、貴女《あなた》の絵を破いたりはしませんよ」

びくりと反応し、ミュールは顔を伏せる。

「……お姉様に、もう、迷惑をかけたくない」

指遊びを続けながら、彼女はぼそぼそとささやく。

「もうコレ以上、お姉様の足を引っ張りたくない……あの女性《ひと》は、ずっと、わたしのせいで苦しんできた……ずっと……ずっとずっとずっと……わたしを護《まも》ろうとして傷ついて、わたしを救おうとして苦しんで……わたしの弱さのせいで、変わることを強要された……お姉様は、もっと優しい人なんだ……格好《かっこ》良くて素敵で、誰よりも正しい女性《ひと》なんだ……なのに、わたしは昔の思い出に縋《すが》って、お姉様の邪魔ばかりしていた……」

机に載せられている木製の汽車を見つめ、ミュールはゆっくりと首を振る。

「お姉様は、わたしに絵も、漫画も、なにも描いて欲しくはないみたいだった。わたしの絵や漫画が原因でアイズベルト家の評判が悪くなれば、その分、お姉様の立場が危うくなって迷惑をかけることになる。寮内新聞のイラスト画も、もう既に廃止したし、今度こそわたしは筆を折った。こっそり隠れて、こそこそと寮内新聞用に描いたりもしない。褒められるかもなんて期待もしない」

顔を上げて、彼女は俺を真正面から見つめる。

「わたしは、お姉様と訣別《けつべつ》する」

「…………」

「わかったんだ、ヒイロ。寮の皆と触れ合って、人を知って、ちゃんとわかった。甘えていたんだ、心のどこかで。自分は被害者で不幸な人間で、助けてもらえて当然だと考えていた。だから、気づかないフリを続けて自分の心を守った」

ぴくぴくと頰《ほお》を痙攣《けいれん》させて、ミュールは笑みを浮かべた。

「お姉様はな、わたしのことが嫌いなんだ」

震える手で、彼女は自分の顔を覆う。

「認めたくなかった……認めたくなかったんだ……本当なら、寮内新聞を破かれたあの時、気がついて認めるべきだった……いや、もっと前に……もっともっと前に、お姉様を楽にさせてあげるべきだったんだ……わたしは……わたしは……っ！」

指の隙間から涙を零《こぼ》しながら、小さな妹は姉への想《おも》いを吐露する。

「もっと早く、あの女性《ひと》を助けてあげられたんだ……なのに、わたしは、あの女性《ひと》を美化した思い出の中に閉じ込めた……だから、わたしは、お姉様を解放する……わたしという楔《くさび》から解放して関わらないようにする……絵は……描かない……っ!」

苦笑して、俺は、彼女に白紙を差し出した。

「あんたの心は、この白紙一枚で表現出来るか?」

嗚咽《おえつ》を漏らしながら、彼女は顔を上げる。

「クリスの心は? リリィさんの心は? あんたの母親の心は? 表現出来るのか?」

「………」

「出来ない。出来るわけがない。人の心はそんなに単純じゃない。常に移ろう心を白紙一枚に留《とど》めておくことは叶《かな》わない。だから、描くんですよ。貴女《あなた》の絵で。ほんの少し、その心の一片だけでも掴《つか》めるように、願いながら筆を動かすしかない。他の誰かじゃダメだ。貴女の絵でなければ、きっと、三寮戦の辞退率は改善しない」

俺は、彼女に筆を持たせる。

「あんたがしてきたことを筆にのせろ」

ゆっくりと、彼女は用意されたパレットに色を載せる。

筆先が踊る。

線が、影が、色が、紙面上に具象化する。

顔中に絵の具をくっつけながら、ミュールは笑みを浮かべて筆を動かし続ける。お世辞にも上手《うま》いとは言えないが、味のある絵が完成していって、いつの間にか真っ白だった紙面は色彩豊かに飾り付けられている。

色が載りづらい白紙に、安物の筆で色をつけた代物。

紫色のマントを纏《まと》った主人公《ヒーロー》は、勇ましさとは反対の優しそうな表情で杖《つえ》を放り捨てていた。その後ろで、黄色の鷲《わし》、朱《あか》色の獅子《しし》、蒼《あお》色の一角獣《ユニコーン》が楽しそうに輪になって踊っている。

それは、三寮戦という戦いに向けて敵愾心《てきがいしん》を煽《あお》るようなものではなかった。

ミュール・エッセ・アイズベルトの心は、三寮戦を皆が楽しめるイベントとして捉え、レクリエーションとしての参加を寮員たちに呼びかけていた。

ミュールは自分のための勝利を望み、寮員たちのための歓喜を望み、たったひとりの姉のための解放を望んでいた。

その絵を眺めて、俺は彼女へとささやく。

「格好《かっこい》良い主人公《ヒーロー》ですね」

「あぁ、世界一格好良い……」

大好きな姉の姿を眺めた彼女は、涙混じりに震えた声で答えた。

「わたしの……わたしだけの主人公《ヒーロー》なんだ……」

思い出の主人公《ヒーロー》は、ようやく己を縛り付けていた『過去』から解放されて——優しく微笑《ほほえ》んでいた。

時は巡る。

いつの間にか、三寮戦の参加締め切り日がやって来る。各寮の『死神』の発表会見に向かうため、黄の寮《フラーウム》の正装を着こなしたミュールは、タキシード姿の俺と一緒にリリィさんを見つめる。

「参加辞退率17％……」

部屋の隅で『暇だから』とつぶやきながら、その報告を待っていたらしい月檻《つきおり》は、微笑を浮かべて廊下へと出ていく。

顔を上げたリリィさんは、何度も頷《うなず》きながら健闘を称《たた》える。

「奇跡ですよ……ココまで、頑張ったなら、もう……」

俺は、笑いながら、ネクタイを締める。

「いやいや、リリィさん。ココからが本番ですよ。窮地からの逆転劇ってのが、一番、見栄えが良《い》いんですから。ねぇ、寮長？」

「応ッ！」

「寮長、それは壁掛け時計です。俺の顔面は、短針と長針で構成されていません」

ガチガチに緊張しているミュールは、手と足を同時に出すという漫画みたいな歩き方をしていた。

外で待たせているリムジンに乗り込むまでの間に、寮生たちにからかわれ、彼女は顔を真っ赤にして怒る。

「寮長室のわたしのアイス、勝手に食べるなよ！　食べたら、氷点下でアイスの大食いさせるからな！　前に食べちゃったヤツ、未《いま》だに、わたしは許してないぞ！」

「怒るのそこかよ。アイスくらい、別に良くない？　ゆ、許してあげようよ。ね？」

寮長のアイスを食べちゃった俺は、ドキドキしながら仲裁に入った。

リムジンの中のアイスボックスにバニラアイスが用意されており、アイスひとつでミュールの緊張と表情筋がほぐれていく。

「ヒイロ、コレ、美味《おい》しいぞ！　口の中がミルクたっぷりになる！　食べたら？」

「生憎《あいにく》、俺は、チョコミント過激派なんで」

アイスカップを持つミュールの両手は、傷だらけになっていた。

俺は、その手から眼《め》を逸《そ》らし、車窓から夜空を見上げる。

無慈悲な夜の女王は、裁定を下すかのように、煌々《こうこう》と俺たちを見下ろしている……誰も知らない未来《さき》を知っているかのように。

ミュール・エッセ・アイズベルトの運命が決まる時が、すぐそこにまで迫っていた。

ルルフレイム家が運営している超高層ホテル。

眩《まばゆ》いばかりに光を発する七十階建てのホテルは、鏡面のように艶《つや》めいた全身を晒《さら》し、反射した光の粒を道路に撒《ま》き散《ち》らしていた。

リムジンを下りると、ケピ帽をかぶったベルガールが迎えに来る。手早く俺たちの身元を確認し、エレベーターへと案内してくれた。

ベルガールからエレベーターガールへと引き継がれ、会見場のある階層にまで上っていく。目的階層で待ち構えていたルルフレイム家の従者に連れられ、俺とミュールは会見場へ入場していった。

大量に用意された座席には、既に記者たちが腰を下ろしており、導体《コンソール》が嵌《は》められたカメラをこちらに向けてくる。

スーツを着た関係者たちは、膝の上に呼び出した画面鍵《キーボード》を叩《たた》き、後方では四脚に設置した大型カメラの角度を調整していた。司会らしき美女は、ミネラルウォーターで喉を潤している。

視線。

フレア・ビィ・ルルフレイム。

フーリィ・フロマ・フリギエンス。

堂々たる態度で長机に着いていた二人の寮長は、無言で俺とミュールを見つめてくる。

フレアの横には、レイが。

フーリィの横には、ラピスが座っていた。

アイスの効力が切れて、カチコチになったミュールは、手と足を同時に繰り出しながら前に進んでフレアの膝の上に座る。

「…………」

「…………」

「…………邪魔だ」

「うわぁ！　ま、まちがえたぁ！　ライバルの膝を借りてしまったぁ！」

緊張による大ボケは、一種の宣戦布告だと受け取られたらしい。大量のフラッシュが焚《た》かれ、マスコミに交じって連写していた俺は無言でミュールの下に戻る。

顔を真っ赤にしたミュールは、中央に陣取ったフレアの隣に座り、こそこそと俺にささやきかけてくる。

「ヒイロ……アイツ、すごく座り心地が良《い》いぞ……なんか、あったかかった……」

「最近の龍《りゅう》には、保温機能まで付いてんですかね……トイレの便座みてぇ」

「全部、聞こえてるぞ、戯《たわ》けども」

「「…………っ！」」

「『やべ、聞こえてた！』みたいな顔をするな。焦がすぞ」

「やーねぇ、緊張感がなくって。ヒーくんもミューミューも、鳳嬢《ほうじょう》魔法学園の面汚しってヤツじゃない？　ねぇ、ラッピー？」

「会見場で、ミニ・雪だるま作ってる人に言われたくないと思うけど……」

三個目のミニ・雪だるまを作り上げたフーリィは、完成させていた二個の雪だるまの横に並べる。

「お兄様……お兄様……」

ささやき声が聞こえ、振り向くと、妹《レイ》は咳払《せきばら》いしながらちらちらとこちらを窺《うかが》う。

歪《ゆが》んだ笑顔で、俺は手を振ってやり――

『静粛にお願いいたします』

ついに、各寮の死神の発表会見が始まった。

三寮戦のルールのおさらいから始まり、今回の会見の目的が提示され、質問がある際は挙手でひとりずつというお馴染《なじ》みのアナウンスが流れる。

『では、まず、各寮の軍師の発表となります』

各寮の軍師は、なんの意外性もなく提示される。

「蒼の寮《カエルレウム》、ラピス・クルエ・ラ・ルーメット」

なぜなら、三寮戦の軍師は、各寮長が指名した特別指名者でなければならないという暗黙の了解があるためで。

「朱の寮《ルーフス》、三条黎《さんじようれい》」

意外性があるとすれば。

「黄の寮《フラーウム》」

たったひとり——

「三条燈色《ひいろ》」

その中に、男が存在することだ。

ラピスとレイを上回るフラッシュの量、会見場にざわめきが波立って、前代未聞の出来事を前に記者たちは慌ただしく動き始める。

「いぇ～い！　三条家、視《み》てるぅ～⁉」

満面の笑みで、ダブルピースすると、司会のお姉さんに咳払いで窘《たしな》められる。

笑いながら、俺は席に腰を下ろした。

さっきの映像が流れたら、三条家のＢＢＡのうちの何人かが心停止で病院に運ばれるな。

『で、では、続いて……せ、静粛に！　静粛に願います！』

騒ぎが収まるには、十分な時間が必要だった。

ようやく、落ち着いてきた会場を眺め、司会のお姉さんはマイクに口を近づける。

『では、続いて、死神の発表を執り行います』

しんと、会場が静まり返る。

軍師の発表なんてものは、ただの前座で、ココからが本番だ。各寮の間でも、死神の共有は行われておらず、緊張感で満ちた会場にピリついた空気が流れた。

「鳳嬢《ほうじょう》魔法学園が、正式に受理した順で発表させて頂きます。まずは、蒼の寮《カエルレウム》」

会見場の裏から姿を現した師匠は、無銘墓碑の柄頭《つかがしら》に手を置いて余裕の笑みを浮かべる。

「アステミル・クルエ・ラ・キルリシア」

ラピスが蒼の寮に所属していることから、予想されてはいたものの、あの『アステミル・クルエ・ラ・キルリシア』が、学園行事に参戦するという衝撃《インパクト》は凄《すさ》まじかった。

俺に敗《ま》けず劣らずのフラッシュが焚《た》かれ、笑みを浮かべた師匠は、胸元から『最強！』と極太で書かれた色紙を取り出す。

「サイン、書きます。最強印のアステミル、無料です。今なら、ゴミ箱から拾ったトレカのカスレアも付きます」

『うぉおおおおおおおおおおおおおおお！』と、謎の歓声が上がって、記者たちの中に紛れたファンが黄色い声を上げた。

「やべーよあの最強、会見場で、サインにカスレア付けて処分《リサイクル》してるよ」

「わぁ！　弟子には優しくないのに、環境にはとても優しい師匠だぁ！」

ラピスは羞恥のあまり真っ赤に染まった顔を両手で覆い、三人の弟子は『師匠は師匠だな』という共通認識の下に意思を共有していた。

『お、お静かに！　お静かに願います！』

「今なら、ぶっ壊《こわ》したゲーム機のＡボタンも付きます。一万円からどうぞ」

『会見場で、ゴミの処分を始めないでください！　無料って言ってたのに、オークションを開かないでください！　そこ、入札するなッ！』

誰か、あの四百二十歳を止めろ（他人事《ひとごと》）。

ぜいぜいと息を荒らげていた司会のお姉さんは、満身創痍《まんしんそうい》になりながらも、会場を落ち着かせ師匠を着席させる。

『で、では、次に黄の寮《フラーウム》の死神は……え……？』

情報漏洩《ろうえい》防止のために、司会のお姉さんにも伝えられていなかったらしい。

黄の寮の死神の名を目にした彼女は、信じられないと言わんばかりに目を見開き、数秒後、ようやく職務を思い出して口を開いた。

『劉《リウ》……悠然《ヨウラン》……』

しんと、会場全体が静まり返る。

あたかも、本物の死神を招いてしまったかのように、顔面を蒼白《そうはく》にさせた記者たちはカメラを下ろして己の背後を顧みた。

その首筋に死神の鎌が当てられ、刃《やいば》の冷たさに怯《おび》えるみたいに誰もが萎縮する。

「ヒイロ……黄の寮《フラーウム》の死神は……劉《リウ》なのか……？」

俺は、目を閉じて沈黙を守る。

そのまま数十秒が経過し、司会の女性が困惑して表情を歪《ゆが》める。

『え……あの……劉……悠然《ヨウラン》……様……？』

何度、司会が呼んでも、劉は姿を現そうとはしない。

会場がざわつき始め――

「司会。先に、朱の寮《ルーフス》の死神の発表を」

フレアは、戸惑っている司会に呼びかける。

『あ、はい、失礼いたしました。では、朱の寮の死神は……えっ？』

混乱を口に出した司会は、フレアを見つめ、彼女の頷《うなず》きを確認してからささやいた。

『劉悠然』

一気に、会場がどよめいて――死神が、姿を現した。

会場に出現した、純黒の痩身。

表情を消したのか、失ったのか。

冷徹を顔に刻んだ劉は、俺たちの前を通り過ぎて記者たちに向き直り、静寂に沈んだ彼女らにささやいた。

「劉悠然。朱の寮の死神の任をお受けした」

劉は、呆然《ぼうぜん》と口を開いたミュールの横に座る俺を見つめてつぶやく。

「言った筈《はず》だ。私と貴方《あなた》の道は交わらない。私は――」

ミュールから目を背け、彼女は、虚空を見据える。

「シリア様に報いる」

「………」

「私は、私とシリア様の繋《つな》がりを裂こうとした貴様を――」

殺気を帯びた劉悠然は、死神の鎌を俺の首にかけた。

「赦《ゆる》さない」

宙に浮いたアルスハリヤは、俺の耳にささやきかける。

「くっくっく、面白くなってきたなぁ、ヒーロくん。何時《いつ》も、君は、僕の期待通りに百合《ゆり》を破壊する。劉悠然が魔法士殺しであれば、君は百合殺しと言ったところか」

魔人は笑い声を残してかき消え、劉はフレアの横に座った。

沈黙と衝撃に溺れていた会場は、息を吹き返し、大慌ての記者たちは凄《すさ》まじいスピードでキーボードを叩《たた》き始める。連続で焚《た》かれたフラッシュが会場を光で満たし、無表情で座り込む劉の顔を照らした。

数分後、ようやく、一時的な混乱が収まる。

司会へと注目が集まっていったが、彼女は、指示を仰ぐようにフレアを見つめる。

腕と足を組み、眼《め》を閉じたフレアは口を開いた。

「各寮が指名した死神が重複した場合、どの寮の死神として参加するかは、当事者に委ねられる。劉悠然《リウヨウラン》は、朱の寮《ルーフス》の死神として参戦の意思を示した。この場合、黄の寮《フラーウム》は、劉以外の死神をこの場で指名しなければならない。出来なければ」

フレアは、ワンテンポ置いて、ささやいた。

「黄の寮は、死神を指名しなかったものとして処理される……つまり、黄の寮は、死神なしで三寮戦に参戦することになる」

記者たちは、顔を見合わせ、ひそひそとささやきを交わし合った。

誰も彼もが、ミュールの顔を盗み見て、その視線に哀れみを混ぜていた。

俺の袖を引いたミュールは、満面の笑みを浮かべる。

「ヒイロ。大丈夫だ、死神なんていなくても。わたしたちは勝てる。だから、大丈夫だ。安心しろ。不安にならなくていい」

彼女は、俺の腕に、震える手を置いた。

「わたしは、わたしを証明する」

強くなったな、ミュール。本当に。強くなったよ、お前は。

微笑《ほほえ》んだ俺は、時計を確認する。

「……ミュール、知ってるか」

足音が、響き渡る。

会見場の外から聞こえてくる足音に、記者たちは振り向き、ざわめきが大きくなっていく。

「主人公《ヒーロー》ってのは」

なぜか、俺は——このセリフを、どこかで、一度口にした気がした。

「遅れてやって来る」

会見場の大扉が勢いよく開き、眩《まばゆ》い光が、その全身を照らした。

その姿を捉えたミュールは、驚愕《きょうがく》で息を呑《の》む。

紫色のマントが揺れて、光を浴びた白金《プラチナ》が輝き、堂々たる歩みで真《ま》っ直《す》ぐに——彼女は、俺たちのもとへやって来る。

会場中の視線を集めた今宵《こよい》の主役は、堂々とその名を明かした。

「クリス・エッセ・アイズベルト」

姉の背を——その紫色のマントを見つめたミュールの目に、ゆっくりと涙が溜《た》まっていく。

自分を認めてくれていなかった姉が、『出来損ない』と自分を呼んでいた存在が、美化された思い出に過ぎなかった筈《はず》の主人公《ヒーロー》が、自分の眼の前に在ることに……目を見開いたミュールは、ぽろぽろと涙を零《こぼ》しながら嗚咽《おえつ》を上げた。

笑みを浮かべたクリスは、姉妹そっくりに——傲岸不遜に、腕を組んで笑った。

「この度、黄の寮《フラーウム》の死神を引き受けた。先に宣言しておくが」

笑顔の彼女は、記者たちの前で堂々と言い切った。

「誰がなにをしようとも、私の妹の寮が優勝する。いぇーい、視《み》てるか」

ピースサインをカメラに突き付けたクリスを見て、思わず、俺は釣られて笑った。

「アイズベルト家？」

巡った運命の歯車が噛《か》み合い——三寮戦が始まる。

あとがき

こんにちは、端桜了《はざくらりょう》です。

読者の皆様の応援のお陰で、本作は五冊目を迎えられました。

正直、五冊目を出せるとは思っておらず、コミカライズが好調だったらまた出させてもらえるかな……くらいに考えていたので非常に嬉《うれ》しく思っております。

本巻の執筆作業も、例に漏れず七転八倒でした。

早めに執筆を始めようと思った直後に熱は出るわ、咳が止まらないわ、まとめ買いした玉ねぎは腐ってるわ……で、大変な目に遭いました。『終わりがないのが終わり、それが第五巻』と言わんばかりに終わらず、連休中は大分、朝日と仲良しになりました。

基のＷＥＢ版があるのだからココまでする必要ないだろ……と自分でも思ったりするのですが、ＷＥＢ版を縦書きにして推敲《すいこう》していくうちに我慢ならずに書き直しているので、あんな風に書いた過去の自分が悪いという結論に至りました。

『俺は俺の責務を全うする！』とか格好《かっこ》つけて作業してましたが、必死に自分のお尻を拭いているだけでした。そりゃそうだよ、お前の責務《ケツ》だよ。

第五巻は、出来れば『第五巻・上』と銘打ちたかったくらいで、ヒイロたちが迎える三寮戦の前哨戦《ぜんしょうせん》ともいえる内容となります。

せっせと第三巻から仕込みをしてきましたが、この第五巻でようやく『線』として結ばれ始めたと思います。基のWEB版では、この『線』の部分がかなり薄かったので、書籍版ではキャラクターへの感情移入がより深まったかなと感じています。

書籍として三寮戦までを出版するのが目標だったので、あと一冊まで迫っている現状を迎えられて大変有り難く思っております。

あと一冊出せれば成仏出来そうなので、引き続き、応援頂けますと大変助かります。

以降、謝辞となります。

イラストのhai《はい》さん。毎巻、キャラクターのイメージ通りのイラストを描いてくださり、本当にありがとうございます。劉《リウ》が劉過ぎてびっくりしました。最高です。

担当編集のMさん。本作が五冊も出版出来たのは、Mさんのお陰だと思っております。いつもいつも、的確なご指摘やご尽力、本当にありがとうございます。

帯コメントを書いてくださった硬梨菜《かたりな》先生。大変お忙しい中、コメントの記載、ありがとうございました。ゲーム版シャンフロ、発売しましたら購入までのRTAに臨みます。

読者の皆様。こんな好き勝手に書いている物語を『面白い』と言って、応援してくださる方がいるということが夢のように思います。いつも、応援、ありがとうございます。

本作の刊行に携わってくださった方々、すべてに心から感謝します。

では、皆様、またどこかで。

端桜了

MF文庫J

男子禁制ゲーム世界で俺がやるべき唯一のこと5
百合の間に挟まる男として転生してしまいました

2024年 6月 25日　初版発行

著者　端桜了

発行者　山下直久

発行　株式会社 KADOKAWA
〒102-8177 東京都千代田区富士見 2-13-3
0570-002-301（ナビダイヤル）

印刷　株式会社広済堂ネクスト

製本　株式会社広済堂ネクスト

Printed in Japan　ISBN 978-4-04-683703-5 C0193

●お問い合わせ
https://www.kadokawa.co.jp/（「お問い合わせ」へお進みください）
※内容によっては、お答えできない場合があります。
※サポートは日本国内のみとさせていただきます。
※Japanese text only

◇◇◇

【 ファンレター、作品のご感想をお待ちしています 】
〒102-0071 東京都千代田区富士見2-13-12
株式会社KADOKAWA　MF文庫J編集部気付「端桜了先生」係「hai先生」係